보통사람
# 강사되기

# 보통사람
# 강사되기

## HOW TO BECOME A LECTURER

문현정 지음

도서 **더 로드**
출판
The Road Books

## 머리말

기업교육 강사로 지내며 다양한 사람들과 만남을 이어오며 강사하길 참 잘했다는 생각이 든다.

국제공항 서비스 현장에서 쌓은 생생한 서비스의 경험과, 업무의 특성상 자주 받는 교육에서 인생2막 강사라는 직업의 힌트를 얻었다.

누구에게나 어느 한 순간, 눈이 번쩍 뜨이는 깨달음의 순간, 내가 찾던 것을 만난 반가움에 눈물이 날 만큼 기쁠 때가 있다. 강사라는 직업이 그랬다. 강사라는 직업을 선택하고 배워가는 즐거움과 감사함이 지금까지 나를 단단하게 성장시켰다.

교육과정 현장에서 만난 사람들에게 자주 받는 질문 중 하나가 어떻게 강사가 되었냐는 질문이다. 그리고 어떻게 하면 전직을 활용하여 강사의 길에 들어설 수 있느냐는 질문이다.

"대중 스피치는 자신이 없는데 어떻게 사람들 앞에 서서 강의를 할수 있을까요?"

"나와 같은 보통의 직장인도 강사를 시작할 수 있을까요?"

누군가에게 물어보고 싶지만 현실적인 답을 바로 구하기가 힘들었던 질문에 대한 답도 담았다.

《보통사람 강사되기》에서 알려주고 싶은 핵심 내용은 3가지이다.

첫째, 평생 직업으로 강사를 선택해야 하는 이유를 말한다.

둘째, 강사가 되고 싶은 사람에게 강사의 입문부터 준비방법을 제시한다.

셋째, 청중에게 신뢰받는 강사가 되기 위한 실전전략과 성장방법을 제안한다.

1부 1, 2장은 지식 기반 시대, 강연의 시대인 오늘날 왜 평생현역인 강사를 꿈꾸어야 하는지, 왜 강사라는 업이 좋은지를 구체적인 사례와 경험담을 들어 이야기하고 있다.

2부는 강사 되기 실전전략으로 두 개의 파트로 구성하였다. 3장 실전전략Ⅰ에서는 강사준비의 시작에 앞서 나에게 맞는 강사 양성기관을 선택하고 자신이 강의할 아이템과 콘텐츠를 찾는 방법, 자신의 강의분야 포지셔닝 하는 방법을 다뤘다. 4장 실전전략Ⅱ에서는 강의전달력의 핵심인 스피치 커뮤니케이션의 스킬을 다뤘다. 발표불안감이 생기는 원인부터, 불안감을 극복할 수 있는 팁을 담았다. 또한 강의의 실용적인 기술인 교안작성과 파워포인트 똑똑하게 활용하기, 강의 시작과 전후에 챙겨야 할 작은 팁도 상세히 담았다. 강의의 마지막 점검 리허설의 준비과정을 담아 활용할 수 있도록 하였다.

3부 4장은 프로강사로 성장하기 위해 꼭 갖춰야 할 5력(개발력, 영업력, 강의력, 지속력, 영향력)을 제시하였다. 5장과 6장은 나이 들수록 잘나가기 위한 성장노하우로 퍼스널 브랜딩 하는 방법과 프로강사로 가지면 좋을 습관관리 노하우를 다뤘다.

이론적인 교수법이나 화려한 강의스킬보다는 저자가 실질적으로 강사가 되기 위해 겪은 시행착오와 필요한 준비사항, 강사의 실행력과 강의력을 높이기 위한 팁, 지속적인 성장을 위한 자기관리에 비중을 두었다.

따라서 이 책은 이미 프로강사로 활동하고 있는 사람보다 기업교육 강사의 세계가 궁금한 이 시대의 직장인, 지식인으로 살아가는 대한

민국 보통의 강사지망생들에게 권하고 싶은 책이다. 이제 막 강사로 발을 내딛은 초보강사와 은퇴를 앞두고 강사로 직업의 전환을 꿈꾸는 사람들과 함께하고 싶은 '강사 되기 프로젝트'이다.

조금 앞서 걸은 나의 경험이 강사의 길을 가고자 하는 사람들에게 작은 도움과 힌트가 된다면 더없이 행복하겠다.

## 제3부
# 프로강사로 거듭나기 위한 발걸음

## 5장 프로강사라면 반드시 갖춰야 할 5력(力)

제1부

---

# 지금 왜 강사를
# 꿈꾸어야 하는가

# 1장
# 지식 기반 시대야말로
# 강연의 시대

## 강연열풍 대한민국, 강사를 꿈꾸는 사람들

7년 전 강의 자료를 준비하면서 유튜브의 TED를 접한 나는 깜짝 놀랐다. 1만 시간의 법칙을 설명하는 《아웃라이어》, 《블링크》의 저자로 잘 알려진 말콤 글래드웰의 "토마토 소스에 대하여"라는 강연은 내 눈과 귀를 사로잡기에 충분했다. 그만의 독특한 헤어스타일로 눈길을 끌며 다양성의 가치를 정말 실감나게 보여주는 명쾌한 강연에서 눈을 뗄 수가 없었다.

TED는 기술(Technology), 엔터테인먼트(Entertainment), 디자인(Design)의 첫 글자를 따서 만든 강연 사이트로 '세상에 확산시킬 가치가 있는 아이디어'라는 부제와 함께 다양한 분야의 강연 동영상이 올라와 있는 곳이다. 이곳에 등장하는 강연자들은 탄탄한 콘텐츠로 반짝이는 아이디어나 다양한 세상의 이야기를 전달하며 우리의 뇌와 오감을 기분 좋게 자극한다.

지금은 많은 사람들이 강연을 이야기할 때 TED를 이야기하지만 그 당시만 하더라도 많은 사람이 즐겨 보는 강연 사이트는 아니었다. 몇 년 사이 우리나라 강연문화의 변화를 살펴보면 그야말로 열풍이라는 말밖에는 적당한 단어가 떠오르지 않을 만큼 '강연'에 관한 관심이 뜨겁다.

친근한 이미지의 연예인이 진행하는 토크 콘서트 이후 다양한 콘셉트의 이야기 쇼가 인기를 끌면서 강연의 대중화를 이끌었다. 꼭 유명한 학자가 아니어도 보통의 평범한 사람들이 인생 역경을 이겨낸 이야기를 담은 공중파 프로그램 〈강연, 100도씨〉(KBS), 〈지식나눔 콘서트〉(SBS), 케이블 프로그램 〈스타특강쇼〉(tvN), 〈세상을 바꾸는 15분〉(CBS) 등은 한 번쯤은 보거나 들었을 프로그램들이다.

우리나라도 강의, 강연시장의 규모가 커져서 2조 원을 넘었다고 한다. 대중화된 강연은 어느새 전 국민의 교양·오락 프로그램이 되었고 문화 콘텐츠가 비즈니스 콘텐츠로 이어져 그야말로 강연열풍시대가 되었다.

미디어를 플랫폼으로 활용해 보통 사람들이 자신의 경험과 지식을 메시지로 다듬어 하나의 강연 콘텐츠로 선보이고 있는 것이다. 이러한 실질적이고 자연스러운 강연은 일반 사람들로부터 뜨거운 지지를 얻고 공감대를 형성한다. 바로 나의 이야기처럼 들리고, 나도 마음먹으면 변화될 수 있을 것 같고, 강연하는 보통 사람이 내 모습처럼 보이기 때문이다. 이처럼 공감과 소통이라는 키워드는 대중강연문화와 합쳐지면서 엄청난 시너지 효과를 내고 있다. 강연을 전문적으로 기획하고 대행하는 강연기업이 활발히 생겨나고 있고, 강연에 따른 강사섭외와 비용 조율 등의 문제를 해결해주는 강연컨설팅업체도 많아졌다.

'열풍'이라고 하면 떠오르는 단어가 몇 가지나 있을까? 열풍의 의미를 보니 매우 세차게 일어나는 기운이나 기세를 비유적으로 일컫는 말이다. 독서열풍, 한류열풍, 다이어트열풍, 흥행열풍, 힐링여행·감성캠핑열풍, 그야말로 뜨거운 관심 속에 우리나라 대다수의 사람이 한 번쯤은 들어봤을 공감 키워드가 열풍으로 이어진다.

그 많은 열풍 속에서도 나는 지금의 대한민국을 가치소비를 추구하는 강의, 강연의 열풍시대라고 부르고 싶다. 우리는 복잡한 통계수치와 어렵고 딱딱한 내용의 강의보다 누구나 쉽게 이해할 수 있는 신선한 이야기와 아이디어에 더 공감하고 열광한다.

강사가 직업인 나는 이러한 강연열풍이 참으로 반갑고 고맙다. 유창한 말만으로 세상을 바꾸는 것은 어려운 일이다. 나와 다른 다양성을 이해하고 새로운 변화와 마주할 수 있게 하는 용기를 주고 소통으로 연결하는 교육 플랫폼인 강사는 그래서 내게 아주 소중한 직업이다. 강연의 열풍이 반가운 또 하나의 이유는 다양한 보통 사람들이 강연가, 강사라는 직업에 높은 관심을 보이고 있고 실제로 강사지망생이 많아졌다는 데 있다.

이제는 보통 사람이 차별화된 콘텐츠로 1인기업을 만들어 자신의 지식을 경영한다. 바야흐로 '강사 전성시대'다. 대중강연을 통해 지식을 자연스럽게 공유하며 좋은 내용과 인사이트가 있는 강연에 대해서는 기꺼이 돈을 지불하며 듣는 것에 어색해하지 않은 시대다.

미국에서는 대략 10년을 주기로 직업사전이 간행됐는데 10년마다 약 1/4의 직업이 바뀌는 것으로 나타났다고 한다. 마지막으로 간행된 미국의 직업사전을 보면 약 3만 종의 직업이 수록되어 있는데, 이 중에서 지난 10년 동안 3,500여 종의 직업이 사라지고 2,100개의 새로운 직종이 생겨났다. 이를 살펴보면 기술과 정보라는 지식을 활용해 고부가가치를 생산하는, 즉 지식이 기반이 되는 직업으로 변화하는 경향이 뚜렷하다. 대중 강연가, 강사라는 직업은 여러 가지 변화에 적응할 수 있도록 지식을 활용, 전파하는 직업이기 때문에 평생직업으로서 수요가 꾸준할 것이다.

강사양성과정과 프레젠테이션 코칭을 하면서 이메일로 혹은 직접적으로 문의를 해오는 직장인들, 다양한 기관 소속의 교육생과 주변의 지인들은 내가 무슨 교육을 받고 어떻게 강사가 됐는지, 강사가 되려면 무엇부터 준비해야 하는지, 강사가 된다면 어디에서 교육을 할 수 있는지, 매번 다른 교육수요 니즈에 맞춘 맞춤형 교육 프로그램을 어떻게 만드는지, 강사의 수입은 얼마나 되는지, 앞으로 전망은 어떤지를 묻는다.

이런 질문에 가장 가까운 답을 주기 위해 되도록 자세히 책에 담으려 노력했다. 강의를 하면 할수록 전문 강사로 내가 성장하는 것은 물론 더욱 긍정적인 삶을 살고 싶어진다. 꾸준히 자신의 콘텐츠를 업데이트하며 강의를 하다 보면 강사로서 뜻밖의 좋은 기회도 올 수 있고 내세울 경력도 쌓이고 그렇게 자연스럽게 몸값이 높아진다.

물론 현재의 강사시장도 빈익빈 부익부 현상이 뚜렷해 억대 연봉의 고수입 강사도 있고 아르바이트 수준의 수입을 올리는 강사도 있다. 강사의 수입을 정확히 말할 수 없는 것은 이처럼 강사의 세계에서는 수입이 천차만별이기 때문이다. 분명한 것은 강사는 기업 소속의 사내강사를 제외하고는 정해진 연봉을 받는 것이 아니라 강사 개인의 능력에 따라 수입이 결정된다는 것이다. 알려진 대로 강사의 시간당 강사료를 생각한다면 고수익 직종임은 맞다. 강사가 되고 싶은 이유가 주목받는 삶과 강사의 높은 강의료 때문이라고 하는 사람도 있다.

높은 수입을 올리는 고소득 직업인 것은 맞지만 모든 강사가 그렇지는 않은 것이 현실이다. 표면적으로 보이는 것보다는 강사로서 올바른 인격과 가치관을 세우는 일이 먼저 이루어져야 한다. 강사는 메시지로 영향력을 주는 직업이기 때문이다. 그것이 먼저 마음에 바로 세워져야 어떤 상황에도 흔들리지 않고 자신의 일에 확신이 생긴다. 강사내공이 쌓이면서 자신의 일이 좋아지고, 좋아지면 잘하게 되며, 몸값을 스스로 결정하는 프로강사로 자리매김할 수 있는 것이다.

나는 강사지망생들을 교육하면서 '당신은 왜 강사가 되고 싶은가?', '강사로서 청중에게 무엇을 전달할 것인가?', '좋은 메시지를 전달하기 위해 자기계발과 전공 공부를 계속해나갈 열정이 있는가?'를 질문한다. 강사는 타인의 삶을 존중하고 그들과 공감하는 능력을 소유해야 한다. 강사는 여러 상황으로 인해 힘든 터널을 지나고 있는 사람들이 스스로 문제해결 능력을 지닐 수 있도록 조언을 해줄 줄 알아야 한다. 근거 있는 정보나 자신의 경험과 지혜를 메시지로서 편집해서 말해줄 수 있어야 한다.

나는 강사지망생들에게 당신 안에 있는 재료, 즉 말할 만한 콘텐츠가 충분하다면 도전해볼 만한 일이 '강사'라고 말해준다. 자신의 경험이 묻어난 진정성 있는 말 한 마디가 누군가의 삶에 힘이 될 힌트로 전달될 수 있다면 얼마나 행복한 일인가? 나의 지식과 경험, 생각이 지식자본이 되어 직업이 되고 그로 인해 경제적인 이득을 얻을 수 있다는 것은 분명 행복한 일일 것이다.

누구나가 갖고 있는 이야기는 전하지 않으면 그저 자신만의 이야기로 남고 말지만, 누군가와 이야기를 나누기를 희망한다면 이야기가 달라진다. 분명한 것은 나만의 경험은 차별화된 나만의 아이템이 될 수 있다는 사실이다. 흔히 어른들은 "내 이야기를 책으로 쓴다면 10권도 부족해"라는 말을 한다. 10권으로도 부족한 인생 스토리 속에 아이템이 숨겨져 있다.

이렇듯 사람은 저마다 자신만의 이야기를 갖고 있다. 40대라면 40년, 50대라면 50년 살아온 인생이 책으로 10권은 못되더라도 그 안에는 짧게는 몇 분에서 길게는 몇 시간 다른 사람들과 나눌 인생의 지혜가 담겨 있는 법이다. 다른 사람들 앞에 서서 나의 이야기를 한다는 것은 직업적으로 발표를 자주 하거나 전문 강사가 아닌 이상 많은 용기를 필요로 하는 일이다. 하지만 남의 이야기가 아닌 나의 이야기를 한다면 달라진다. 내가 남들보다 잘 알고 잘할 수 있는 일이라면 말이다.

우리나라도 미국처럼 지역사회 곳곳에서 유명인의 대규모 강연뿐만 아니라 소규모 강연이 일상처럼 열리는 강연문화가 정착될 날이 머지않았다. 모든 사람에게 강사가 되는 길이 답이 아닐 수도 있지만, 지식과 경험을 필요로 하는 곳에 우리 모두가 예비강사, 개인 멘토가 되어 삶의 지혜를 나누고 지식공유시대의 가치를 열어 간다면 전 국민 강사시대도 먼 이야기가 아닐 것이다.

모든 프로강사는 초보강사 시절을 거치며 강사의 내공을 쌓아간다. 프로강사 하면 떠오르는 경제적인 여유로움과 자유로운 삶뿐만 아니라 프로강사의 반열에 들어서기까지 전 과정을 한 계단씩 오르며 흘렸을 보이지 않는 노력과, 땀, 시간 투자, 열정도 함께 보아야 한다.

강사의 세계에서 내가 본 프로강사들은 세 가지 공통점이 있다.

첫째, 스스로 프로강사라고 어필하지 않고 오로지 강의로 증명한다.

---

### ··· 강사라서 참 좋은 이유

1. 자신의 강점인 콘텐츠로 승부를 낼 수 있다.
2. 1인기업 프로강사는 출퇴근하지 않는다. 9 to 6의 삶이 아닌 자기가 주도하는 삶을 계획하며 살 수 있다.
3. 프로강사는 은퇴하지 않는다. 정년의 시기도 자기가 정한다. 나이가 들수록 더 깊고 다양한 콘텐츠를 소화할 수 있다. 나이 때문에 못하는 일은 없다.
4. 투자금에 대한 리스크가 적다. 자본금 없이도 바로 시작할 수 있는 일이다.
5. 내공이 쌓이면 수입도 저절로 올라간다. 회사와 연봉 얼마에 계약하는 것이 아니라 스스로 자기가치를 결정할 수 있다.
6. 멈추지 않고 지속적으로 성장할 수 있는 멋진 직업이다.

---

청중에게 무엇을 줄지가 확실하다는 얘기다. 프로강사로서 전문성과 자기 확신이 있으며 교육생이나 교육담당자들에게, 즉 강사의 세계에서 먼저 고수로 인정받는다.

둘째, 배우는 데 만족하는 법이 없다.

프로강사들은 자기가 전파하는 수평적인 소통을 몸소 실천한다. 그들은 새로운 사람들을 만나고 호흡하면서 끊임없이 배워나간다. 또한 교육이 집중되는 교육 성수기에는 강의로 바쁘지만, 강의 비수기를 활용해 새로운 것을 배우고 부족한 부분을 채운다. 배울 때는 전문가의 도움을 확실히 받고, 필요하다면 과감히 투자한다. 그것이 시간적인 것이든 경제적인 것이든 말이다.

배운 것을 나누는 데도 인색함이 없다. 언제나 새로운 정보를 먼저 알려주고 싶어 한다. 차이는 있을 수 있지만 강사들 간에 서로 많은 것을 오픈하지 않는 강사도 적지 않다. 비슷한 콘텐츠를 가진 잠정적인 경쟁자로 인식하기 때문일 수도 있고, 강사마다 강의 스타일과 가치관, 수입 등이 다르기 때문에 대충 느낌으로 알 뿐 서로의 민낯을 쉽게 공개하지는 않는다.

강사에게는 자신을 마케팅 하는 능력도 굉장히 중요한데 요즘은 책이나 SNS 말고 아예 마케팅 전문가가 강사로서 마케팅 하는 방법을 많이 강의한다. 그 밖에도 필요하다고 생각하는 분야의 세미나나 특강은 강사 스스로 수강생 신분으로 수강한다. 선배가 후배를 이끌어주는 직장의 독특한 선후배 관계나 서열을 강사세계에서는 흔히 볼 수 없다. 또한 강사들은 사석에서 허심탄회하게 고충을 이야기하고 격려하는 분위기를 정기적으로 만들기가 쉽지 않다. 강사들은 개인적인 강의 일정을 소화해야 하기 때문에 강의 성수기에는 회식 등의 모임을 갖기가 어렵다.

대신 각종 스터디나 정기 세미나 등 트렌드를 알기 위한 정보교류 차원의 모임을 참석한다. 인맥을 쌓기 위해 온·오프라인상에서 다양한 네트워킹을 가지는데 서로 각자의 전문 분야를 존중해주는 분위기가 강하다는 것이 다른 모임과 다르다. 재미있는 것은 강사들은 모임에도 주로 정장을 갖춰 입고 오는 경우가 많은데, 그러다보니 분위기로 보면 편한 자리는 아니다.

나는 강의할 때를 제외하고는 정장을 잘 입지 않는데 얼마 전 SNS의 강사모임을 제안하는 카페에서 한 모임공지가 눈길을 끌었다. 가볍게 맥주 한잔하며 정보도 교류하고 친목도 도모하자는 취지임을 밝히며 제발 모임에 정장 입고 오지 말라는 조건이 달려 있어서 웃었던 기억이 있다. 무척 공감 가는 이야기였기 때문이다. 생각해보니 나 역시 강의 마치고 바로 가는 모임에는 편한 복장이 아닌 경우가 많기 때문이다. 이렇듯 강사는 사실 늘 긴장감을 유지하는 직업이기도 하다.

강사가 새로운 사람들을 만나고 새로운 정보에 촉을 세워야 하는 이유는 프로강사는 다양한 직업, 직급, 연령대를 만나는 직업이기 때문이다. 그렇기에 지난 정보를 움켜쥐고 있지 않는다. 정보의 비만, 지식반감기를 살고 있는 현대인에게 오래된 정보는 가치를 잃는다. 강사는 자신의 지식을 언제나 열어두고 좀더 쉽고 간결하게 전달하려고 꾸준히 연습하고, 같은 길을 가는 동료강사들과도 언제든 공유하며 동반 성장하려는 자세를 가져야 한다. 강의에 필요한 양질의 정보와 노하우를 공유하고 배움을 게을리하지 않는 겸손한 모습이 프로강사의 모습이다.

요즘 지상파 방송은 물론 다양한 채널에서 백 선생으로 등장하는 유명한 외식경영전문가 백종원 대표의 활약이 돋보인다. 그가 진행하는 요리프로가 왜 매력이 있는가 살펴보면 쉽게 고개가 끄덕여진다. 그는 자신이 개발한 레시피를 아낌없이 제공하고 요리 초보도 쉽게 요리할 수 있도록 동기부여를 해준다. 많은 재료를 준비하지도, 복잡한 과정을 거치지도 않고 설렁설렁 특유의 소탈하고 친근한 입담으로 프로그램을 진행한다. 요리란 게 정말 쉬운 거구나 느껴지게 한다.

시중의 많은 요리책은 익숙하지 않은 재료와 계량법으로 집밥까지 가는 여정이 어렵게 느껴져서 만들기도 전에 포기해버릴 때가 많았다. 하지만 백선생은 오랫동안 번거롭게만 생각했던 집밥에 대한 고정적인 이미지까지도 과감히 깨주었다. 파슬리 없이도, 두반장 소스 없이도 누구나 쉽게 집밥을 만들어 먹자는 '쉬운 집밥' 콘셉트가 딱 들어맞은 것이다.

나는 유창하지 않아도 친근한 이미지와 구수한 말솜씨로 흡인력 있는 방송인으로 우뚝 선 백 선생을 성공 사례로 든다. 똑 떨어지지 않는 발음과 사투리마저 정겹게 느껴지는 것은 그의 콘텐츠가 요리를 쉽게 하고 싶은 청중에게 이익을 주기 때문이다. 그의 사례는 강사를 시작하려는 많은 사람들에게 공감을 얻고 있다.

프로강사들이 백 선생과 비슷하다. 그들은 좋아하는 일을 하면서 자신이 아는 지식을 누군가가 필요로 할 때 쉽게 설명하며 아낌없이 내준다. 그래서 나는 강조한다. "좋아하는 일을 전문적인 내 콘텐츠로 만들 것." 자신감과 전문성이 만났을 때 시너지가 나온다는 것을 알고 있기 때문이다. 그렇게 되면 강의 실력은 자연스럽게 향상된다.

마지막으로, 자기관리에 철저하다.

강의를 하려면 강사세계의 평판도 중요하다. 교육업계가 의외로 좁아 한 사람 건너면 알 수 있고, 또 언제 함께 파트너로 협력강의를 하게 될지 모른다. 강의력은 물론 인격적으로도 느낌이 좋은 강사로 남으려면 자기관리는 필수다. 또한 강의는 체력적으로 에너지를 많이 소비하는 일이기도 하기 때문에 자신의 컨디션 관리와 건강관리에도 특별히 신경을 써야 한다.

강사가 좋은 이유만 적어 보았는데 단점은 뭐가 있을까? 규칙적으로 월급을 받는 사내강사와 달리 프리랜서 강사는 자신만의 확실한 전문성과 브랜드가 없다면 그저 생존을 걱정해야하며 고용 불안에 시달릴 수 있다.그럼에도 불구하고 강사라는 직업이 참 좋은 이유는 내가 정말 좋아하는 일이고 잘할 수 있는 일이기 때문이다. 그리고 이 일을 할 때 가장 행복하기 때문이다. 직업 전환을 꿈꾸는 이 시대의 지식인, 직장인들과 은퇴를 준비하는 사람, 누구보다 열심히 자신의 삶을 살았을 경력단절의 주부, 책을 출간하고 자신의 콘텐츠로 강연을 준비하는 저자라면, 자신의 전문 지식과 경험을 살릴 수 있는 강사에 도전해 보는 것은 어떨까?

내 삶을 주도적으로 살아가려면 나 스스로가 움직여야 한다. 아무도 정답을 알지는 못하지만, 누구나 가슴에 해답을 가지고 살아가는 것이 우리의 모습이기 때문이다. 본인의 성공 의지, 강사가 되고 싶다는 열정이 있다면 당신도 좋은 프로강사가 될 수 있다. 강사는 어느 정도 타고나는 재능도 있어야 하지만, 강사는 강의에 필요한 여러 가지 훈련을 통해 스킬이 다듬어지고 만들어지는 것이다. 재능이 먼저일까? 훈련이 먼저일까? 둘 다 맞을 수도 있지만 나는 후자라고 생각한다. 왜냐하면 많은 강사들이 코칭과 훈련을 통해 자신의 재능을 더욱 빛내며 자신만의 강점을 살려 훌륭한 강사로 성공하는 모습을 눈으로 보아왔기 때문이다.

## 보통 사람들의 이야기도 강연이 되는 시대

평범한 사람, 보통 사람, 어떤 분야에서 일을 하든지 누구나 강사가 될 수 있는 시대다. 평범한 사람들의 이야기가 사람들의 마음을 더 움직인다는 진리는 변함이 없다. 보통 사람, 그들의 이야기가 오히려 더 특별한 이야기로 느껴지는 이유는 그들의 이야기가 바로 우리 자신의 이야기이기 때문이다. 그런 영향 때문인지 치열하게 살아온 사람들의 이야기를 다룬 강연방송의 열기가 뜨겁다. 이후에도 이러한 보통 사람의 이야기들은 다양한 강연 콘셉트의 프로그램으로 진화돼 방송되고 있다.

대한민국의 많은 사람들은 평범한 사람들의 이야기가 강연으로 방송되는 것을 보고 혹은 다양한 교육의 기회를 통해 강연을 접하면서 강사라는 직업에 호기심을 갖는다. '나도 강사가 되고 싶다', '강사가 되려면 어떻게 해야 하지?'라는 호기심을 가지고 다른 사람의 삶에 영향을 주는 강사로 살고 싶다는 생각을 한다. 4차산업혁명 시대라 불리는 지금, 산업이 고도화되고 업무 프로세스가 단순화될수록 오히려 배워야 할 것이 많아지고 있다. 10년 전까지만 하더라도 사람들에게 생소했던 스마트폰이 생활에 밀착돼 많은 편리함을 주지만 디지털 치매현상, 정보와 인맥의 비만과 소통 부족이라는 부작용도 나타나고 있다. 배우고 채워도 부족한 느낌이 드는 것은 변화의 속도를 따라가지 못하고 있기 때문일 것이다. 이렇게 배워야 할 부분, 익혀야할 기술이 많아지고 세분화되면서 다양한 분야에서 전문 강사의 수요가 생겨나고 있음은 물론이고 다양한 수요 속에 강사를 희망하는 사람들 역시 많아지고 있다.

얼마 전 인천공항에서 함께 일했던 동료와 10여 년 만에 연락이 닿아 만나게 되었는데 동료는 나의 변화에 몹시 놀라워했다. 대학원에 진학해 상담 관련 공부를 하고 있는 그녀는 누구보다 다양한 강의를 접하고 있던 터였다. 정확히 기업교육 강사라는 나의 직업에 대해 흥미로워하며 이런 질문을 던진다. 자신의 재능으로 학교가 아닌 상담 관련 컨설턴트로 전문 강사가 된다면 어디서 강의를 할 수 있는지, 수입은 어느 정도가 되는지, 어떻게 강사를 시작하면 좋은지, 지금 강사가 되려면 어떤 전문적인 기술과 스펙이 필요한지 말이다. 강사라는 직업이 친근하게 알 것만 같은데도 도무지 감이 잡히지 않는다고 말하면서 말이다. 나는 정말 오랜 시간 다양한 경로로 진출 가능한 강사의 세계를 그녀에게 알려주었다.

### 다양한 강사의 세계를 경험하다

내가 기업강사로 입문하게 된 계기는 인천국제공항 면세점에서 수많은 불만고객과 다양한 고객을 응대하면서 생긴 노하우를 후배 직원들과 공유하며 우리만의 작은 지침서, 응대 매뉴얼 교육자료를 만들면서부터였다. 주 업무의 무대가 국제공항인 만큼 다양한 국적의 고객들을 만날 수 있었고 그들의 다양한 반응과 불만 사항을 기록하고 분석하고 문제를 해결해나가면서 서비스현장에서 이뤄지는 다양한 불만족 사례의 재발방지를 위해 매뉴얼화된 교육이 꼭 필요하다는 생각을 하였다. 하지만 매뉴얼로 모든 문제를 해결할 수 없는 고객의 크고 작은 클레임이 있다. 현장에서 느낀 것은 결국 고객과의 공감과 소통이었다. 즉 '커뮤니케이션', 그것이 키워드였다. 서비스의 시작과 끝은 커뮤니케이션이었다. 서비스 교육 중에서도 커뮤니케이션이라는 콘텐츠를 좀 더 공부하기 위해 다양한 성향진단과정을 수강하고 대학원에서 커뮤니케이션을 전공하며 전문성을 키우려 노력했다.

공항에서는 고객의 구매 패턴을 이해하고 거기에 맞는 현장 세일즈 서비스를 하는 것이 담당 업무였다. 적은 인원이었지만 팀 리더로 재직 시에는 신입 직원과 아르바이트생이 바로 현장에 투입되어도 어렵지 않도록 직무교육과 세일즈 교육 등을 할 기회가 자연스럽게 주어졌다. 첫 비행기를 이용하는 고객을 위한 새벽출근, 마지막 비행기의 고객까지 응대해야 하는 공항의 업무 특성상 2교대의 업무 스케줄로 근무하였는데, 주로 서서 국내외 고객을 응대하는 업무였기에 자기관리와 건강관리가 절대적으로 필요한 직업이었다.

김포공항을 거쳐 인천공항 오픈 멤버로 일을 하였는데 당시에는 공항 내외부의 인프라가 많이 부족한 상황이었다. 지금과는 달리 공항만 하나 덩그러니 있었다. 출퇴근 시간의 압박으로 근처 오피스텔을 구해 출퇴근하는 동료도 많았고, 지하철이 개통되지 않아 자차 혹은 리무진에 의지해 출퇴근해야 했다. 다행히 나중에는 통근버스가 지원되어 새벽 출근 시 조금 서두르면 차 안에서 눈을 붙일 수 있어 하루 종일 서서 일하는 피로를 풀 수 있었다. 이동시간이 길었던 출퇴근, 일정하지 않은 업무시간으로 체력적으로 힘든 날이 많았지만 구성원 대부분이 여성인 그곳에서 얻은 다양한 에피소드와 귀한 현장에서의 경험은 나의 강사생활에 가장 소중하고 든든한 자산이 되었다.

경력이 쌓여 처음 팀장이라는 직책이 주어졌을 때 그 역할을 잘해내고 싶어 많은 리더십 책을 읽었고 좋은 강의를 찾아 들으러 다녔다. 강의를 들으며 내 직업의 실무 현장경력이 강사가 되기에 더없이 좋은 커리어라는 것을 확신하면서 차근차근 준비해 강사에 도전했다.

그렇게 보통의 직장인에서 서비스 전문 강사가 되었다. 학부에서 일본문학을 전공했던 나는 20대에 여의도와 강남의 어학원과 기업체에 출강을 하는 일본어 아카데미 강사 일을 3년간 했다. 3년을 사회 초년생으로 재미있게 일하고 대학원 진학을 위해 일본 유학을 결정했다. 유학생활 중에도 아르바이트로 한국어 강사로서 일본인에게 한국어를 가르치며 강사로의 커리어를 계속 이어갔다. 귀국 후 입사한 기업에서 파견된 곳이 김포공항과 인천공항이었다. 직장인으로 7년간의 조직생활을 경험한 후 나는 서비스 관련 강의와 커뮤니케이션을 전문으로 하는 기업교육 강사로 지내고 있다. 강사도 여러 소속기관에 따라 다른데, 나는 교육컨설팅 전문 업체에서 전임강사로도 일을 했고 기업의 서비스 사내강사로도 재직했다. 이후 프리랜서, 1인기업강사로 활동 중이다. 강사라면 거쳐야 할 거의 모든 형태의 강사를 경험해 본 셈이다.

사내강사로 재직 시에는 안정감과 조직의 지원이 장점이었고, 프리랜서 강사는 내 강의에 대한 모든 책임과 영업, 수입까지도 철저히 나의 능력으로 평가되기에 1인기업 경영 마인드가 필요하다. 프리랜서 강사의 시간적인 자유로움과 내 강의의 내실을 다져나가는 모든 과정이 좋았다. 조직에서 어떤 형태로 교육이 결정되고 어느 시기에 실시되는지 알았기에 사내강사의 경험이 많은 도움이 되었다.

내가 직업인으로 살아온 인생의 절반 넘게 강사로 살아온 나는 지금도 강사 일이 만만치 않음을 느낀다. 아직도 떨리는 강연이 있어서 강의 때의 긴장을 유지하는 편이다. 내 다이어리 앞에는 세계적인 동기부여가 지그 지글러의 '시도하지 않으면 아무것도 할 수 없다'는 명언을 포스트잇에 써서 붙여 놓고 수시로 마인드셋을 한다. 무슨 일이든 지레 겁먹고 포기 하지 않으려 애쓰며 노력했다.

나는 늘 무언가를 시작할 때 생각이 많아져서 생각의 숲에 갇혀버리곤 했다. 강사로 직업 전환을 했던 서른 중반의 늦은 나이에 안정된 직업을 그만두고 새로운 일을 한다는 것에 대해 부담감이 컸던 것이 사실이다. 지나고 보니 그 나이가 지금보다는 빠르다는 것을 알게 되었지만 그때는 조급하기만 했다. 강사 공부를 함께 시작한 동기들 중에서는 내가 가장 많은 나이였다. 기업에서 뽑는 사내강사의 연령 제한에 부딪혀 좌절하기도 했다. 뽑아만 주면 정말 잘할 수 있는데 하고 의기소침해 있을 무렵, 작지만 가족 같은 분위기의 교육컨설팅업체에서 대학교 강의와 기업의 워크숍 진행 등의 다양한 기회를 얻을 수 있었다. 대표님께 직접 다양한 영업 노하우와 강의에 필요한 많은 것을 배울 수 있었다. 그 이후에는 내가 원한 기업의 사내강사로 입사가 가능했다.

지금도 나는 나이 평계 대는 일은 접어두고 무엇이든 새로운 일을 경험해보려고 노력한다. 전문 강사로 직업을 전환할 때 두려움과 설렘이 공존했던 그때의 초심을 잊지 않으려 노력했다. 아무리 직업적 커리어가 있어도 나만의 콘텐츠를 구성하고 전하는 일이기 때문에 남다른 노력이 필요하다. 많은 보통 사람들은 자기 확신이 부족한 상태에서 과연 내가 할 수 있을까 의심하는 일부터 한다. 하지만 일단은 시작하는 사람이, 그 일을 그만두지 않는 한 무엇이 되도 되는 법이다. 좋아하는 일이고 잘할 수 있는 일이라는 확신이 선다면 망설이지 말자. 이젠 정말 한 직장에서 평생 같은 일을 하는 시대가 아니다.

2004년 본격적으로 강사를 준비할 때만 하더라도 기업강사, 서비스 강사를 양성하는 기관도 많지 않았고 직업에 대한 사회적인 인지도도 지금처럼 높지 않았다. 1994년 대전 엑스포를 시작으로 2000년 전후로 양성된 수많은 강사들이 기관과 기업, 대학 등에서 서비스 친절 교육을 전파하면서 지금은 서비스와 매너에 대한 인식과 생각이 달라지고 성숙해질 수 있도록 많은 기여를 했다. 지금은 공중파 방송 혹은 다양한 채널로 강연문화가 발달하고 동네의 작은 서점에서 이루어지는 소규모의 저자 강연 및 지식 강의도 접할 수 있는 기회가 많아지면서 강사라는 직업에 대한 이해와 공감이 더욱 높아졌다. 사람들이 지식을 공유하는 것이 가치가 있는 일이라고 인식하게 된 것이다. 실제로 마음만 먹으면 유튜브를 통해 접할 수 있는 강의와 강연의 양은 상상을 초월할 만큼 엄청난 분량이다.

보통의 사람이 자신의 콘텐츠로 강연하고 강의하는 시대에 강의를 통해 경험과 지식을 사회에 환원하는 것은 꽤 유의미한 일일 것이다. 일이나 삶에서 경험치가 쌓여서 할 얘기가 있는 연령대라면 사람들과 공유할 더 많은 풍부한 콘텐츠가 있을 것이다. 20대에는 발견하지 못한 주특기나 주 관심분야가 커리어로 분명히 장착되어 있을 테니까 말이다. 자신의 이야기를 여러 사람에게 들려주고 싶지만 사람들 앞에 나서기가 두려운 사람들에게는 전문가가 진행하는 강의스킬 코칭 등의 도움을 받는 것도 강사로 빠르게 입문할 수 있는 한 가지 방법이다.

나 역시도 누구보다 평범한 30대 직장인이었을 때 나의 일에 대한 자부심과 열정으로 나만의 커리어를 만들어갔다. 지금 강사로 사람들 앞에 서서 할 이야기 거리는 그냥 생긴 것이 아니라 그때의 그 자리에서 최선을 다했기 때문에 얻어진 것이다. 성취라는 것은 후회 없이 나의 일을 해냈을 때 얻어지는 결과물이라는 것을 알게 되었다. 무엇이든 실패해도 좋으니 시작해보고 그것을 이뤄보기를 바란다. 작은 성취라도 이뤄본 적이 있는 사람이 그 맛을 아는 법이다. 강사는 크고 작은 성취의 맛을 알아야 다른 사람의 마음을 움직이는 메시지를 전할수 있고 강의할 명분을 얻는다.

우리는 강연 형식의 프로그램과 토크쇼가 인기를 끌고 있는 '강연의 시대'를 살아가고 있다. 강연 프로그램들은 왜 그렇게 울림을 줄까? 특별한 사람이 아닌 보통 사람들의 이야기가 잔잔한 감동을 주기 때문이다. 누구나 살면서 힘든 좌절의 시기가 온다. 늘 행복한 시간만 있는 사람은 없다. 결국 그 힘들었던 시기를 잘 이겨낸 개인 스토리 혹은 성취의 경험담을 자신만의 방식으로 바로 앞에서 이야기하듯 전달한다. 그래서 그들의 강연은 억지스럽거나 과장되지 않고 그 어떤 강연보다도 사실적이며 감동적이다.

특별히 어려운 말로 지식을 전하려 애쓰지 않아도 된다. 강사는 단순한 정보와 지식만을 전달하는 직업이 아니다. 지식이 아닌 하나의 메시지를 전달하는 것이 강의이다. 전문적인 지식은 인터넷에 검색만해도 그 내용과 분량이 엄청나다. 소통과 힐링이라는 점에서 이렇게 누구나 자신의 이야기를 풀어낼 수 있는 무대가 제공되고 들어주는 문화가 자연스럽게 형성되는 것은 참 반가운 일이다.

물론 우리는 소통을 강조하는 시대에 살면서도 여전히 불통을 고민하고 있다. 이러한 시대에 보통 사람이 더 큰 목소리로 자신의 이야기를 할 수 있는 통로와 장치가 사회 곳곳에 마련될 필요가 있다. 또한 보통 사람 모두가 자신의 지식을 공유하는 일의 가치를 알아갈 필요가 있다. 나의 이야기로 상대방에게 메시지를 전하고 나 또한 다른 사람들의 이야기에 귀 기울여주는 일련의 과정은 궁극적으로는 우리 모두의 행복을 위해 필요한 것이다. 우리는 지금 나이에 관계없이 자연스럽게 배우고 나누는 오늘을 함께 살아가고 있다.

## 40대 직장인, 언제까지 조직 안에 있을까?

요즘 직장인들이 가슴에 품고 있는 한 단어는 바로 '돌파구'라고 한다. 저마다 인생의 어떤 터닝 포인트가 되어줄 변화의 시점, 인생의 전환점을 꿈꾸며 마음을 달래보지만 절박함을 이겨내기가 힘든 것이 사실이다.

하지만 다행인 것은 인생에서 공평한 한 가지, 우리 모두는 누구나 나이를 먹는다는 것이고 하루라는 똑같은 시간을 보낸다는 사실이다. 성공한 사람은 성공한 사람대로, 변화를 꿈꾸는 사람은 변화를 꿈꾸는 사람대로 내일을 준비하고 내게 올 또 다른 적절한 기회를 찾으며 인생의 돌파구를 꿈꾼다.

누구도 피할 수 없는 이 시대의 화두는 '2막 인생'이라고 할 수 있다. 사람마다 직업과 그에 따른 경험이 다르기 때문에 어떤 준비를 하는 것이 맞고 어떤 직업을 가지고 인생 2막, 3막, 4막의 주인공이 되어야 하는지를 함부로 권하기는 어렵다. 하지만 대안이라면, 직장인으로 일하면서 다가올 미래를 준비하고 있느냐, 변화를 인식하고 있느냐의 차이가 아닐까. 제2의 인생 설계가 중장년층의 위기가 될지 돌파구의 기회가 될지 알 수가 없다. 피할 수 없는 2막 인생이라면 나는 후자인 돌파구를 택해서 기회를 만드는 쪽을 권하고 싶다.

2막 인생이 안정된 꽃길이면 좋겠지만 새로운 투자에서는 높은 수익과 리스크가 언제나 동반하기 마련이다. 리스크 없는 투자는 없다고 하는데 강사라는 직업은 다른 직업에 비해 시작할 때 리스크가 적은 것은 확실하다. 은퇴를 앞두고 있거나 현재 조직에 몸담고 있으며 다른 직업을 준비하고 있다면 이 일을 선택함에 있어 나의 강점은 무엇이며, 그것이 내 2막 인생의 돌파구가 될 수 있을지 냉정히 따져봐야 한다. 여기에 정답은 없지만 누구나 자기만의 해답은 가지고 있기 때문이다.


우리가 살아가는 100세 시대는 어떤 모습으로 다가올까? 대한민국의 자영업자 수가 2017년 기준으로 550만 명, 가족 종사자까지 합치면 660만 명이라고 한다. 과다 경쟁으로 골목의 한 집 건너 한 집이 카페나 치킨집, 음식점이다.

40대 이후의 중년이 퇴직할 경우 창업 아니면 뚜렷한 대안 없이 자녀들의 교육과 결혼, 부부의 노후준비와 생계유지라는 커다란 산을 만나고 만다. 양질의 일자리를 고민하는 대한민국의 중장년, 액티브 시니어 들은 새로운 일로 창업하기보다는 기존 직업을 활용한 일로 새 출발을 해야 위험부담을 줄일 수 있다. 누구나 창업하는 시대에 자영업으로 확실한 성공이 보장된다면 좋겠지만, 보이는 현실이 이렇다 보니 다른 시각으로 나의 40대 이후를 설계해보는 것도 대안이 될 수 있다. 경영환경의 잦은 변화로 우리가 일하고 있는 회사라는 조직의 수명도 보장할 수 없으며, 개인도 막연한 불안감만 가지고 있을 뿐, 별다른 뾰족한 묘수가 떠오르지 않는다. 이럴 때는 나 자신이 최고의 자산이다. 믿을 건 나 자신뿐이다. 그러니 목표를 설정하고 실행할 수 있는, 즉 통제 가능한 자기 자신에게 투자해보는 것이 어떨까? 100세 시대를 살아가면서도 오히려 일을 할 수 있는 정년은 보장받을 수 없으며 자식들에게 노후를 맡긴다는 것도 현실적으로는 어려운 일이지 않은가.

"정년 이후 노후 준비하고 계세요?"라는 질문에 자신 있게 "준비하고 있다"고 답하는 사람이 얼마나 있을까? 아마도 대부분은 이렇게 답할 것이다. "노후 준비요? 막연하지만 실감은 솔직히 나지 않아요…. 노후 준비는 아직 생각조차 못하고 있어요. 아직 젊고, 현재 조직 안에 있고 하루하루 바쁘다 보니 뭐 어떻게든 되겠죠."

전문가들의 답변은 한결같다. "절대로 어떻게든 되지 않아요. 우리의 희망사항일 뿐입니다." 많은 전문가들이 100세 시대에는 노후에 대비해 늦어도 40대부터는 철저히 준비해야 한다고 강조한다. 정말 총과 칼만 없지 "노후 준비는 전쟁이다"라는 말이 딱 맞는 것 같다. 아무런 준비를 못하고 맞이하는 은퇴 후의 삶은 일하고 싶어도 직업이 없고, 일하지 않으니 소득이 없고, 경제적으로 여유롭지 못하니 갈 곳도 제한적이다. 아무런 준비 없이 맞이하는 장수의 시대는 축복이 아닌 재앙에 가깝다는 경고를 간과하면 안 될 것이다.

그렇다면 직업의 전환, 그 돌파구를 찾기 위해 어떤 준비를 해야 할까? 나는 첫 번째로 당신의 삶에 확신을 줄 '배움'에 투자하기를 바란다. 불안한 미래에 대한 가장 확실한 투자는 직장인이 아닌 직업인으로 평생현역을 살아갈 준비를 하는 것이다. 우리 모두가 겪은 학생 때의 공부 목적은 상급학교 진학과 취업이었다. 하지만 30~40대에 하는 공부는 평생 현역으로 살아가기 위한 생존을 위한 공부다. 우리나라 대부분의 직장인은 학생 때 열심히 공부해서 원하는 직업을 얻고 나면 공부하려는 동력을 잃고 마는 것이 현실이다. 당신은 지금 어떤 방향과 목적을 가지고 배움에 투자하고 있는가?


10년차 HRD 전문가인 K씨는 조직에서 비교적 인정을 받으며 업무 성과를 내고 있는 안정적인 위치이다. 10년차가 되니 자신의 취미생활과 병행하며 조직생활을 그럭저럭 해나갈 수 있지만 그는 반복되는 안정감이 불안해졌다. 자신이 가장 자신 있는 교육과 인사업무에 대한 확신을 가지고 전문가의 컨설팅을 받아 40대에 조직에서 나와 창업을 했다. 뚜렷한 목적과 방향을 가지고 조직에서 했던 다양한 교육 운영 및 진행 경험을 기록해 책을 내고 그 분야의 강연으로 퍼스널 브랜딩을 했다. 이후 꾸준히 1년에 1권 이상의 저서를 쓰고 있다. 10년 넘게 한 분야에서 잔뼈 굵은 전문가로 살아온 예전과 비교하면 강연과 책 쓰기로 확실한 브랜딩을 한 지금은 삶과 수입 면에서 많은 차이가 난다고 한다. K씨의 경우는 조직에서 나와 자신의 미래를 잘 설계해 안착한 사례다. 하지만 아무런 준비도 못한 채 등 떠밀려서 조직 밖의 세상을 맞닥뜨려야 한다면 어떨까. 그것은 개인으로서는 엄청난 삶의 고난과 좌절의 파도일 것이다. 조직에서 가졌던 권력, 전문적인 시스템, 자본력, 그 모든 것과 이별해야 할 준비를 하는 과정에서 상처받고 쓰러지지 않으려면 가장 확실한 대비와 투자는 '배움'이다. 이것은 불변의 진리다.

두 번째로, 나만의 필살기를 찾아라. 대체 불가능한 사람이 되자. 자신의 적성과 능력에서 최대한 활용할 수 있는 것을 찾아 집중해야 한다. 그것이 나의 필살기가 되고 나의 2막 인생의 직업이 될 수 있기 때문이다.

또한 내가 잘할 수 있는 것을 찾아 즐겁게 일하며 밥벌이할 수 있는 직업을 가질 수 있도록 아낌없는 지지와 지원을 해주는 정서적인 지원군을 만들어야 한다. 나의 경우는 가족이다. 가족들의 무조건적인 지지와 사랑은 성인이 되어도 높은 자존감으로 나타나 인생을 살아가는 데 큰 힘이 되고 있다. 그때는 잘 몰랐지만 이거 하나만큼은 내가 참 잘한다고 생각한 것이 내 강점이 되어 밥벌이가 돼주고 있다. 세상을 살아가는 데, 그리고 조직의 직장생활에도 이것은 공통으로 적용된다. 조직 안에서 "내가 이거 하나만큼은 제일 잘해. 이거 하나만큼은 업계 최고야"라고 말할 수 있는 자신감은 정말 중요하다.

경험은 사람을 자신 있게 만들어주는 마법과도 같은 힘을 지녔다. 사회에서의 나의 경험, 인생에서의 나의 경험을 최대한 살려 자신만의 필살기를 꼭 만들자. 이 필살기는 조직을 나와서도 대체되지 못할 차별화된 가치로 누구도 대체할 수 없는 나의 강점이 되어줄 것이다.

강사들도 모두 저마다의 강점이 있다. 어떤 강사는 따뜻한 인간미가, 어떤 강사는 강의를 이끌어가는 탁월한 카리스마가 매력적이다. 어떤 강사는 지적 매력이 뛰어나고, 어떤 강사는 목소리가 너무나 매력적이다. 누구나 저마다의 매력요소, 강점을 가지고 있다. 당신의 매력, 강점은 무엇인가? 지극히 평범한 사람도 특별하게 만드는 나만의 필살기를 찾아보자.

마지막으로, 40대에 시작해야 할 것들, 나만의 '골든트라이앵글'(수익과 보람, 미래)을 찾아라. 강사를 준비하거나 시작한 당신이라면 알기 쉽게 3가지로, 황금 삼각형으로 구체화해보자. 강사로의 골든트라이앵글은 경제적인 수익 창출, 지식을 공유하는 보람, 가치 있는 미래가 함께 찾아오는 황금의 삼각형이다. 3가지 모두 소홀히 할 수 없는 부분이다. 지금의 시대는 하나의 직업과 하나의 직장을 완주하는 시대가 아니며, 개인에게 끝없는 변신을 요구한다. 그래서 내가 무엇을 좋아하는지 그리고 잘하는지 알기 위해 끊임없이 나와 마주하며 대화해야 한다. 내가 좋아하면서, 누구보다 잘하는 일, 동시에 비즈니스로 가치가 있는 일, 시장에서 거래될 수 있는 능력과 시장이 원하는 일을 찾아내야 한다.

자기분석을 해봐야 발전이 있고 변화가 있다. 셀프 토크를 통해 자신을 발견하고 내 콘텐츠가 비즈니스가 될지, 이 일에 보람과 미래의 가치를 부여할 수 있는지, 나만의 골든트라이앵글을 그려보길 바란다.

조직에서 일하는 40대라면 공부하는 직장인이라는 말이 낯설지 않을 것이다. 그렇다면 무엇을 공부할 것인가? 자신이 가진 지식과 경험을 자본으로 바꾸는 공부를 시작하기 바란다. 40대에게는 샐러던트(Saladent: Salaryman+Student)라는 말이 익숙한 세대이기도 하다. 조직 안에서 몸담고 있는 동안 열심히 일하는 것은 당연한 일이다. 여기에 자신을 조금 더 가치 있게 만들 수 있는 것은 근무 이외의 시간이다. 당신은 출근 전과 퇴근 후 그리고 주말을 어떻게 보내고 있는가? 자기관리를 잘한다는 것은 시간을 잘 관리한다는 것이다. 출근 전 시간을 쪼개어 관심 있는 분야의 책을 읽는다든지 퇴근 후와 주말에 주어지는 자투리 시간을 활용해 부족한 공부 계획을 세워보는 것도 좋다.

### ••• 강사를 시작하기에 적당한 나이란 없다!

하지만 좋은 나이는 있다. 40대는 20대의 열정과는 또 다른 노련함과 숙성된 노하우가 있다. 40대에 자신의 커리어를 강점으로 인식하고 목표를 설정한 다음 부족한 부분은 과감하게 배움에 투자하라. 강사로 직업을 전환하고자 하는데 자신은 특별함이 없다는 사람이 나는 제일 안타깝다. 스스로 평범한 40대가 되기를 거부하길 바란다. 자신의 스토리를 가진 당신은 누구보다 특별한 사람이니까 40대에는 조직 의존율을 낮추고 개인이 할 수 있는 일과 자신의 가치를 찾아보자. 20대의 젊음만 인생의 황금기가 아니다. 바로 지금 이 인생이 황금기다. 40대는 늦은 나이가 아니다. 인생 후반전을 준비하고 시작할 절호의 타이밍이다.

무엇을 하든 가만히 아무것도 하지 않고 있는 것보다는 낫다는 말이다. 아무것도 안 하는데 나에게 무슨 일이 생길까? 움직여야 새로운 사람도 만나고 새로운 정보와 기회를 얻을 수 있다. 만약 당신이 발표에 대한 불안감으로 회의 때나 인간관계에 어려움을 겪고 있다면, 스피치 관련 다양한 도서와 강좌들을 찾아 듣고 도움을 받아도 된다. 강의할 전문지식, 즉 콘텐츠는 있지만 의외로 사람과의 대화와 수업을 리드할 만한 자신감이 부족한 강사지망생이 많다.

강의는 대중과의 만남이고 교육생과의 교류와 소통이 중요시되는 만큼, 그 부분이 부족하다면 전문가의 도움을 받는 것에 주저하지 말길 바란다. 지금 당장의 변화는 눈에 보이지 않을 수 있지만 노력하고 투자해 쌓인 시간은 다른 사람들과의 '차이'를 만들어줄 것이다. 이렇듯 교육과 배움은 현재와 미래 사이의 편차를 줄여주는 유일한 방법이다. 당신이 평범한 직장인이라면 더욱더 자신의 강점을 찾아 필살기로 만들고 목적과 방향을 가진 배움에 투자해 제3, 제4의 직업전환에 대비해야 한다.

## 평범한 조직경험, 인생경험이 강의 콘텐츠다

엔리코 레타 전 이탈리아 총리는 2017 제8회 아시안리더십컨퍼런스(ALC) 연설에서 교육의 중요성을 말하며 교육의 목적이 지식 전달에만 국한돼서는 안 되고 인터넷으로 배울 수 없는 '경험'을 가르치고 나아가 빈부격차 해소를 위한 통로가 되어야 함을 강조했다. "구글과 위키피디아가 대학교수보다 더 정확한 정보를 갖고 있다"며 이제는 인터넷에 없는 경험과 관점의 차이를 가르쳐야 한다는 것이다. 경험이라고 하는 것은 개인이 가진 가장 강력한 지적 자본인 것이다.

우리 모두는 이미 생활 속에서 가르치고 배우는 강사인지도 모른다. 조직에서 신입들에게 업무를 전수하듯이 크고 작은 노하우를 가르치고 우리 또한 배우는 것을 반복하고 있기 때문이다. 인생을 살아가고 업무를 수행하며 자연스럽게 쌓인 경험과 지혜는 자신만이 가지고 있는 특별한 콘텐츠가 된다. 비슷한 삶을 살아가지만 똑같은 삶을 살아가는 사람은 없기 때문이다. 똑같이 힘든 일에 마주할 때 그것을 이겨내고 목표를 성취해낸 사람이 겪은 그 과정과 경험이 다른 사람에게 동기부여가 되어 하나의 강의 콘텐츠가 되는 것이다. 그것이 실패의 경험이었든 성취의 경험이었든 모두 다 소중한 경험이다.

사람들은 개인의 경험을 쉽게 보고 지나치는 경우가 많다. "무슨 이런 작은 일들, 누구나 하는 일들이 대수로운가요?", "이런 사소한 경험이 강의 콘텐츠가 된다구요?"라고 반문할지도 모른다. 나는 오랜 시간 '강사'라는 직업과 함께했다. 그래서 강사라는 직업을 가장 잘 알고 있고 그 경험이 시작하는 사람들에게 도움이 될 수 있을 것이라는 확신이 생겼다. '내가 가장 잘 아는 일이 무엇인가? 내가 가장 잘하는 일이 무엇인가? 나의 가슴을 뛰게 하는 일이 무엇인가?'를 생각했을 때 답은 '강사'였기 때문이다.

우리가 살아가는 지금은 지식과 생각이 곧 돈이 되는 사회다. 자신이 해온 일이나 경험 등 아무리 작고 사소한 일도 꾸준히 기록하는 습관을 들여야 한다. 그 기록을 분석하고 정리해두면 그것은 나만의 빅데이터가 되어 돈이 되는 지식자본이 될 것이다. 내가 일하면서 경험한 모든 것과 거기서 깨달은 전문지식이 누군가에게는 꼭 필요한 것일 수도 있다. 누구에게나 열려 있는 인터넷에서 필요한 정보는 찾아서 사용하면 되지만, 개인과 사회에 꼭 필요한 지혜와 경험은 공유할 가치로 선순환되어 사용되기 때문이다.

지금 우리가 무엇인가 몰입해 보내고 있는 시간, 각자 하고 있는 일에 대한 경험, 노력, 투자, 이런 보물 같은 크고 작은 시행착오의 자원들은 우리의 지식자본이다. 그러니 잘 기록하고 분석하고 정리해서 나만의 강의 콘텐츠로 다시 만드는 연습을 해보자. 나의 지식을 필요로 하는 곳에서 차별화된 콘텐츠로 강의하게 된다면 또 다른 새로운 기회의 문이 열릴 수도 있지 않겠는가.


우리가 잘 알고 있는 국민강사, 김미경 강사는 어느 날 갑자기 유명한 강사가 된 것이 아니다. 그는 꾸준하게 자기계발과 여성리더십 관련 책을 쓰고 강의하며 강의 콘텐츠를 확장했다. 피아노 학원 원장을 하면서 겪은 크고 작은 경험들, 딸로 사는 이야기, 엄마가 되고 나이를 먹으며 겪은 여러 가지 경험들, 강의를 하며 겪은 일들, 이 모든 개인의 경험을 강의 콘텐츠로 잘 활용하는 사람이 바로 김미경 강사다. 그의 강의가 많은 사람들에게 공감을 불러일으키는 이유는 살아온 이력을 잘 활용해 쉬운 언어로 강의하기 때문이다. 이젠 소소한 작은 경험일지라도 자신의 경험을 흘려보내지 말고 기록하자.

조직에서 은퇴한 후 자신의 근무경험 관련 책을 쓰고 저자가 되어 조직에서의 경험을 전수하는 강사도 있다. 자신의 경험만큼 확실히 차별화되는 콘텐츠가 있을까. 그러니 누구도 대체할 수 없는 매력적인 콘텐츠로 탄생되는 것이다. 내 경험을 강의로 만드는 것은 크게 어렵지 않다. 다른 사람의 경험을 전달하는 것보다 훨씬 쉽고 청중에게 전달할 수 있는 감동도 더 크다. 무엇보다 생생하게 전달할 수 있다는 장점이 있다, 왜냐하면 바로 나의 경험이기 때문이다.

실패해보지 않은 사람보다 실패를 겪고 이겨낸 사람의 말이 더욱 공감을 얻는다. 또한 경력 단절을 겪은 사람은 누구보다 경력단절에서 오는 어려움을 잘 공감할 수 있으며 중년이 구직활동을 할 때 겪는 어려움과 실질적인 문제에 대한 이해와 해결책이 명쾌할 수 있다. 바로 자신이 경력단절을 경험했기 때문이다. 이렇듯 보잘것없는 경험이란 없다.

기업, 조직의 임원급 경력자로 리더십 강의를 할 경우 그 리더십 교육이 설득력 있는 이유는 그들이 조직에서 리더의 역할을 수행하며 겪은 에피소드가 강의에 풍성한 사례가 되어 공감을 이끌어낼 수 있기 때문이다.

아이를 키우며 겪는 육아에 대한 크고 작은 경험, 인테리어를 하며 발로 뛰어 터득한 경험, 성인이 되고 학부모가 되고 회사원이 되어 겪는 대인관계의 경험, 모든 경험들은 기록으로 남겨두어 강의 콘텐츠로 활용하자. 조직에서의 경험, 살아온 인생 경험이 바로 당신이 해야 할 강의 콘텐츠다. 자, 지금 콘텐츠를 포스트잇 한 장 한 장에 키워드로 적어 정리해보자.

## 프로강사, 그들도 시작은 지극히 평범했다

강연시장이 그 어느 때보다도 뜨거운 만큼 강연시장에도 연예인처럼 스타강사, 프로강사가 있다. 스타강사, 국민강사 하면 떠오르는 이름, 김미경 강사, 김창옥 강사, 역사 공부 신드롬을 일으킨, 역사를 재미있게 풀어내는 한국사의 설민석 강사, 인문학 강사들, 그리고 연예인 중에는 김제동 씨가 있다. 알다시피 그들도 처음엔 평범함에서 출발했다.

김미경 강사는 기업교육 강사로 꾸준히 강의했지만 한때는 조직경험과 직장생활 경험이 제대로 없는 사람이 무슨 기업강사를 하느냐는 비난이 있었다. 하지만 김미경 강사는 자존감을 잃지 않고 자신의 책장을 강의 관련 공부를 해야 할 전문 도서로 가득 채워 독서를 이어나갔고 짬을 내어 자신만의 책을 썼고 그 콘텐츠로 꾸준히 강의하며 성장해왔다. 지금도 주변의 모든 것이 강의아이템으로 보인다는 열정적인 강사다.

초보강사시절 기업의 교육담당자에게 강의 제안서를 꾸준히 보내며 자신을 적극적으로 알린 사실은 방송과 책을 통해 널리 알려진 사실이다. 그러한 노력으로 강의 기회를 얻었고, 어렵게 얻은 강의에서 실수를 최소화하기 위해서 A4용지에 강의 내용을 빼곡히 적어 정리해 외우고 반복하는 연습을 했다고 한다. 말만 잘하는 강사가 아닌 콘텐츠가 있는 강사가 되기 위해 자신의 약점은 반드시 메워가는 노력을 했고 지금도, 직원들에게 수시로 자신의 스피치에 대한 피드백을 요청하고 다음 강의에 반영하며 자신은 지금도 성장 중이라고 말한다. 아마도 이런 부분에서 강사들의 최고의 멘토라 불리는 것이 아닐까 싶다. 세상의 모든 것을 다 경험할 수 없지만 독서로 간접경험을 하고 저자로 자신의 무기를 갈고닦으며 수많은 평범한 강사들 사이에서도 빛을 발해 국민강사라 불리게 된 것이다. 김미경 강사는 어려운 얘기도, 아주 쉽고 친근하게 어려운 감정도 간단한 독설로 해결해주는 김미경표 카리스마가 분명 있다.

김창옥 강사는 공업고등학교를 나와 신문배달을 하며 꿈을 이루기 위해 대학에 진학해 성악을 전공했다. 시간당 2만 원을 받는 스피치 강사를 시작으로 보이스 컨설팅이라는 강의 콘텐츠를 개발했다. 그리고 특유의 유머감각과 노력으로 꾸준히 성장하면서 지금의 스타강사가 되었다. 김창옥 강사 역시 청중과 공감하며 소통을 위해 책을 출간하며 강의를 이어가고 있다. 김미경 강사와 김창옥 강사, 스타강사 하면 떠오르는 이들도 처음에는 평범함에서 출발했고 평범함이 비범함이 되기까지 과정은 공통점이 하나 있다. 평범함 속에서 묻히지 않도록 확실한 자신만의 강점으로 전문 콘텐츠가 구축됐다는 점이다. 많은 사람들이 김미경 강사의 탁월한 공감능력을 칭찬하며, 김창옥 강사의 누구라도 무장해제시켜 버리는 유쾌한 소통능력에 매료된다는 것이다. 그들에게는 확실한 콘텐츠가 있다. 또한 강사 자신이 브랜드이다.

프로강사로 성공한 사람들의 성공 키워드를 분석해보면 공통적으로 나타나는 단어가 있다. 자기에 대한 확신, 열정, 추진력. 그들은 된다는 보장이 없어도 자신만의 꾸준한 속도로 실행력을 발휘하고 있으며 꿈을 향해 투자할 곳에는 확실히 투자하고 시행착오도 기꺼이 감수 한다. 이렇게 프로강사는 타고나는 것보다 끊임없는 노력으로 탄생되는 것이다.

강의 경력이 부족해도 탄탄한 강의 콘텐츠와 체계적인 교수법으로 다듬어진 강사라면 1인기업강사에 도전해볼 만하다. 자신의 능력에 따라 얼마든지 수입을 조절할 수 있는 매력을 가진 것이 강사의 세계다.

당신은 어떤 강사가 되고 싶은가? 강의는 누구나 하지만 강사는 아무나 될 수 없다. 강사가 되기 위해서는 자신의 강사상을 확실히 세우고 좋은 강사가 되기 위한 노력을 해야 하며, 강사다운 모습으로 강의를 해야 한다.

강사가 자신의 강사상을 세워야 하는 이유는 내가 하는 말과 행동의 영향력 때문이다. 수도권 대학에서 프레젠테이션 강의를 할 때 만난 여학생은 자신의 진로를 기업강사, 교육진행과 컨설팅 쪽으로 정하고 싶은데 어떤 자격을 준비하면 좋을지를 내게 문의해왔다. 그 학생의 미래에 영향을 끼칠 수 있는 입장이라 조심스러웠지만 나는 우선 직업적으로 어떤 경험을 해보면 좋을지, 어떠한 관련 전문도서를 읽으면 도움이 될지 알려주고 그 책을 다 읽고 나서 궁금한 점이 있거나 직업 관련 정보를 더 원하면 도움을 주겠다고 했다. 그렇게 몇 번 이메일을 주고받았다. 그녀는 한참 지난 5년 뒤 내게 서비스 유통 관련 기업에 취업했고 사내에서 좋은 강의의 기회를 얻었는데 내가 생각이 나서 연락을 해왔다고 했다. 유일하게 이 학생은 내게 안부를 전하며 강의 준비 시 궁금한 부분을 메일을 보내왔다.

사실 수많은 교육생이 직업적인 관심을 가지고 있다고 할지라도 적극적인 경우는 많지 않았는데 그녀는 정말 목표를 확실히 정하고 꿈을 위해 노력하고 집중했다. 철저히 준비해 자신에게 주어지는 모든 상황을 적극적으로 활용하고 해결해나가는 열정적인 모습에 나는 아낌없이 응원하고 있다.

그녀는 지금 열심히 회사에서 인생 경험과 업무 노하우를 쌓아가고 있다. 나도 그녀처럼 처음부터 목표와 방향이 일정했더라면 지금까지 오는 길에 시간을 절약하고 좀더 빨리 안정되지 않았을까 생각해보곤 한다. 목표를 향한 열정을 이길 그 무엇이 있을까? 평범함에서 출발하지만 목표는 확실히, 이상은 높게, 실행은 빠르게 하는 것이 좋다.

나는 '…답다'라는 말을 좋아하는데 강사에게 강사답다는 말만큼 좋은 칭찬이 있을까 싶다.

선생님답다, 강사답다, 프로답다, 학생답다. '…답다'는 말이 주는 의미는 담고 있는 직업과 그 위치를 잘 수행하고 있는 느낌의 말이기 때문이다. 그렇다면 강사답기 위해 어떠한 노력을 해야 할까? 다음의 4가지를 정리해보았다.

1. 내가 잘하는 것, 나의 강점은 무엇인가?
2. 나는 강사로서 무엇을, 어떤 메시지를 전달할 것인가?
3. 시간과 비용을 투자한 청중에게 나는 어떤 이익을 제시할 것인가?
4. 청중을 어떻게 움직이게 할 것인가?(실행력, 어떤 울림을, 감동을 줄 것인가?)

청중과 교감하고자 하는 생각을 멈추는 순간 강사는 성장을 멈추는 것과 같다. 성장 없는 성공은 없다. 성장을 통해 성공할 수 있는 것이다. 오늘 당신은 강사로의 성장을 위한 어떤 노력을 했는가? 이러한 끊임없는 질문과 고민을 통해 프로강사는 만들어지고 다듬어지는 것이다. 지금까지의 평범함을 비범함으로 바꿀 무기를 준비하자. 언제까지나 평범한 나로 살아가기 싫다면 말이다.

## 내 인생 가장 빛나는 선택, 나는 강사다!

우리는 하루에도 몇 번씩 '선택'해야 하는 삶을 살아가고 있다. 아침에 5분을 더 잘지 지금 당장 이불을 박차고 일어날지, 점심메뉴로 무엇을 먹을지의 소소한 선택부터 중요한 선택의 매 순간마다 어떻게 선택해야 할지를 고민한다.

물론 선택을 어려워하는 우리에겐 한국 사람이 제일 사랑하는 '아무거나'라는 선택방법도 있지만 말이다.

피에르 가르뎅이라는 이름은 많이 들어봤을 것이다. 패션이나 디자인에 관심이 없는 사람이라도 한 번쯤은 들어보았을 이름, 그의 이름은 지금은 패션의 전설이 되었다. 그런데 나는 피에르 가르뎅을 생각하면 '선택'이라는 단어가 떠오른다. 바로 유명한 동전 던지기를 해 결정을 한 사람. 선택을 그렇게 단순하고 명쾌하게 즐길 수 있도록 해주었으니, 일상으로 선택을 하며 살아야 하면서도 선택에 덤덤해지지 못하는 지금의 우리 모습을 생각하면 참으로 감사할 따름이다.

피에르 가르뎅은 인생의 가장 중요한 선택의 순간에도 단 한 가지 방법, 동전 던지기로 결정을 내렸다고 한다. '동전의 앞이 나오면, 지금까지 해온 대로 추진하고 뒷면이 나온다면 변화를 선택해야지'라고 말이다. 중요한 선택을 하면서 동전을 던져 결정하다니, 어쩌면 너무 단순하고 어리석어 보일지 모르겠다.

하지만 세계적인 디자이너로 성공한 그는 선택은 단순하게 하고 어느 쪽의 결과가 나오든 한 번 결정된 일에 대해서는 최선을 다했다고 한다. 사실 동전의 앞뒤의 선택이 뭐가 중요했을까? 그는 어느 쪽이 선택되어도 최선을 다했을 것이 분명했다. 성공한 사람들의 특징은 어느 쪽으로 결정을 내리는가가 중요한 문제가 아니라는 것이다. 선택을 책임지는 자세가 중요하다고 본 것이다.

　강사를 직업으로 선택하고 보니 더 좋은 강사로 남기 위한 노력이 필요한데, 자신의 전문성과 매력을 살려 강의 알맹이를 채워나가는 것이 더 중요하다. 강사의 보여지는 이미지 관리도 중요하지만 누가 만들어놓은 기준에 따를 필요는 없다는 말이다. 나이가 많은데, 특별한 경력이 없는데, 말재주가 없는데 강사가 될 수 있냐는 질문에 대한 답이다. 나다운 것을 살리고 나서서 가능한 강의를 할 수 있는 강사가 되어보자. '이건 내가 제일 잘 아는 분야야, 나 아니면 누가 하겠어?'라는 자신감이 필요하다. 가장 잘 알고 있고 거기에서 좋은 성과를 이룬 경험이면 충분하다. 강사는 교육의 평가 결과에, 교육생의 차가운 반응에, 때로는 누군가가 만들어놓은 기준에 상처 입고 넘어지고 일어서기를 반복하며 비로소 '진짜강사'로 성공한다.

　나는 내가 직업으로 강사를 선택한 것에 감사하게 생각하며 더 많이 찾아서 경험하고 더 겸손하게 뭐든 강사로 최적화된 강의를 실감나게 할 수 있도록 모든 경험을 축적하고 싶다. 강사가 되어보니 축적의 힘이 강사에겐 꼭 필요하다. 그리하여 나는 "다시 직업을 선택하여야 한다면?"이라는 질문을 받는다면 그래도 강사, 더 멋진 강사, 축적의 힘을 가진 강사가 되겠다고 말하고 싶다. 진짜강사가 되기를 원한다면 지금 내가 무엇을 할 수 있을까. 먼저 해야 할까를 생각하고 실행에 옮기는 일이다. 또 하나 중요한 것은 언제든 누구에게든 배울 준비가 되어 있느냐이다. 배우는 것에 대한 열정이 사라지지 않도록 관리하는 힘을 기르고 자신감이 없어졌을 때 빨리 회복할 수 있는 자신 안의 가능성을 깨워보는 작업을 꾸준히 해보자.

　다음은 강의 때 활용하고 있는 나폴레온 힐의 '자신감을 부르는 다섯 가지 방법'이다.

　첫째, '나에게는 훌륭한 인생을 구축할 능력이 있다'고 믿는 것이다. 선택을 한 이상, 어떤 어려움이 와도 절대 도중에 그만두지 않겠다고 마음을 다독이는 것이다.

　둘째, 무엇이든 내가 마음속으로 강렬히 원하는 것은 반드시 실현될 것이라고 확신하는 것이다. 매일 10분 이상씩 강사의 꿈을 이루는 모습, 꿈을 성취하는 모습을 상상하는 것은 중요하다. 마음으로 그려보고 상상하는 것은 대단히 큰 효과가 있다.

　셋째, 자신감을 불어오는 방법은 '나는 할 수 있다'는 자기암시다. 자신의 구체적인 목표를 정하고 매일 10분간 집중해보자. 목표는 구체적일수록 좋은데 '나는 강사가 되겠다', '나는 다이어트에 성공하겠다', '나는 꼭 취업에 성공하겠다' 등 직접적이고 구체적인 것에 집중하는 것이다.

　넷째, 인생의 목표를 명확하게 종이에 쓰는 것이다. 자신이 이루고자 하는 꿈을 마음속으로만 생각하지 말고 명확하게 직접 적어보는 것은 꿈을 '내 것'으로 만들어가는 첫 단계다. 목표가 있다면 지금 그것을 기록해두자.

　마지막으로, 자신감을 불러오는 방법은 정도(正道)를 벗어나지 않는 것이다. 좋은 강사로 성장하기 위해서는 요행으로 성공하겠다는 생각을 버려야 한다.

나는 강사를 희망하는 모든 강사지망생들이 모두 강사로 성공하길 바란다. '나도 할 수 있다'는 자신감을 가지고 강사에 도전해보길 바란다.

직업이 무엇인지 궁금해 하는 사람에게 "저는 강사예요", 이렇게 말하면 무슨 강의를 하냐고 물어본다. 현재 우리나라는 사교육, 평생교육 열풍의 영향으로 여러 곳에서 활동하는 다양한 형태의 강사가 있다. 학원강사는 일반적으로 많이 알고 있지만 기업강사는 조금 생소하게 생각하는 사람이 많다. 그래서 기업에서는 직업별, 직급별 직장인들에게 필요한 다양한 교육이 이뤄지고 있고 나는 그곳에서 커뮤니케이션과 서비스 관련 강의를 제안하기도 하고 강의 의뢰를 받아 강의를 하기도 한다고 설명해준다. 무엇이든 시작할 때는 어렵고 막막한데 먼저 그 길을 걷는 사람이 따뜻한 말 한마디, 따스한 손을 내밀어 준다면 얼마나 좋을까? 그 작은 힌트가 누군가에게는 엄청난 반향으로 도움이 될 수 있다는 사실을 나는 알게 되었다.

나는 트렌드를 좇는 반짝하는 강사가 아니라, 전문가로 오래가는 강사로 성장하고 싶다. 자신의 직업에 만족하고 산다는 것이 얼마나 행복한 일인가. 내 주위의 많은 기업강사들은 자신의 일에 대한 자부심과 만족도가 무척 높은 편이다. 일하는 시간 이외의 시간을 전투적으로 공부에 투자하기도 하고 열정적인 강의를 위해 쉬는 것도 사전 준비와 계획으로 알차게 보내며 재충전한다. 이렇게 열정적인 삶을 사는 이 시대의 모든 강사들이 존경스럽다. 강사는 트렌드에 매우 민감한 직업이며, 끊임없는 지적 호기심으로 강의의 품질을 관리하고 자기만의 확실한 강의 아이템을 점검하는 일을 게을리하지 않아야 오래 살아남을 수 있다. 프로강사들이 가지고 있는 강의력과 내공을 하루아침에 만들 수는 없다. 하지만 그들의 직업을 대하는 행동패턴과 습관은 벤치마킹해도 좋을 것이다.

자신의 직업에 만족하는 기준을 어디에 둘까? 얼마 전 한 일간지에 실린 칼럼에서 직업의 만족도에 영향을 미치는 것은 첫 번째가 지속적으로 성장할 수 있는 직업, 커리어가 관리되는 직업이라는 기사가 인상적이었다. 사람에 따라 급여도 중요한 만족도를 주는 요인이지만 커리어를 키워주는 회사를 이상적으로 보는 것이다. 하루의 대부분을 보내는 조직에서 나의 성장이 멈추고 소통이 불가능한 직업이라면 급여가 아무리 많아도 행복하지 않을 것 같다.

무엇을 하든 내가 성장하는 것에 가치를 둔다면 강사라는 직업은 충분히 매력적이다. 자신만의 독특한 경험이 있는 사람이라면 더 쉽게 접근할 수 있는 직업이기도 하고 그런 경험이 없다고 하더라도 하고자 하는 실행력과 의지만 있다면 일단 시작할 수 있는 일이라고 말해주고 싶다.

100세 시대를 맞이해 자신의 커리어를 기반으로 안정적인 인생 2막을 설계해야 한다면, 평생에 갖는 직업 속에 강사라는 직업은 평생현역으로 살 수 있는 충분히 매력적인 직업이다. 앞으로 직업의 세계는 장소에 구애받지 않고 출퇴근도 하지 않으며 전 세계가 근무지가 될 수 있는 초연결 넷 사회다. 어쩌면 우리가 알고 있는 많은 직업들은 앞으로 사라지거나 없어질 수도 있다. 하지만 사람이 가르치고 배우는 평생 교육이 시스템화되고 지식을 공유하는 시대인 만큼 '강사'라는 직업은 지속될 것이다.

# 2장
# 우리는 평생 배움과 가르침을 반복한다

## 이제는 평생학습의 시대, 평생직업을 가져라

세계경제포럼(WEF)은 2016년 1월 스위스 다보스에서 '4차 산업혁명'을 주제로 개막하면서 일자리 보고서를 발표했다. 이 보고서는 "올해 초등학교에 입학하는 어린이들의 약 65%는 현존하지 않는 새로운 직업을 얻어 일하게 될 것"이라며 이러한 변화의 원인은 '4차 산업혁명'이라고 설명했다. WEF는 2020년까지 4차 산업혁명으로 인해 일자리가 710만 개가 사라질 것으로 전망했다. 반면 신기술이 새롭게 만들어낼 일자리는 210 만개로 내다봤다. 현재의 일자리 가운데 500만 개가 사라진다는 관측이다. 이러한 변화는 인생 이모작을 위해 재취업을 희망하는 세대가 놓치지 말아야 하는 포인트다. 퇴직 후 30~40년을 더 살아야 하는데 수요도 없는 분야에서 에너지를 낭비할 필요가 없기 때문이다.

2017년 한국고용정보원이 국내 대표 직업 195개에 대해 10년(2016~2025년)을 내다본 '2017 한국 직업 전망'을 보면 향후 직업 세계에서 나타날 '7대 변화 트렌드'를 보면 알 수 있다. 4차 산업혁명으로 핵심인재 중심의 인력재편 가속화와 기계화, 자동화로 대체되는 직업의 일자리는 줄어들고 고령화와 저출산 문제도 직업별 일자리에 영향력을 미친다. 이러한 변화에 적응하기 위해서 필요한 노력은 다음과 같다.

1. 새로운 변화에 적응해 끊임없이 스킬을 업그레이드해야 한다.
2. 새로운 산업 환경에 적응하는 멀티커리어에 도전 가능해야 한다. 예를 들면 과거의 문서업무 위주의 방식을 모바일 업무 방식으로, 아날로그 방식에서 디지털 방식으로 전환해야 하는 것이다.
3. 새로운 정보를 업그레이드해서 평생학습에 순응해야 한다. 과거에 배운 지식의 유통 기간은 불과 한 달도 못가고 폐기처분되고 마는 시대이기 때문이다.
4. 기술이 가져오는 새로운 환경에 적합한 새로운 지식이 등장하고 상식마저 쉽게 바뀌는 시대에 대응해야 하며, 새로운 지식을 끊임없이 받아들이는 능력으로 오픈마인드가 필요하다.
5. 지식정보화 네트워크를 형성해서 힘을 모아야 성과를 내는 시대

가 되고 있으므로 다른 분야와 협업하고 융합하는 능력이 요구된다.

인간의 평균수명 80년, 그런데 현실은 명예퇴직 연령이 50대에서 40대로, 40대에서 30대로 당겨졌고, 요즘은 20대 명예퇴직이라는 말까지 생겨나고 있다. 실제로 고용노동부의 발표에 의하면 2013년 53세에서 2016년 49.1세로 당겨졌다는 추정을 했다. 많은 젊은이들이 충분히 자신의 적성을 탐색할 시간조차 가져보지 못한 채 진학을 위한 공부만을 강요받는다. 대학을 졸업하고 취업이 되었다고 해도 60세는커녕 50세까지 다닐 수 있다는 보장도 없다. 평균수명도 80세, 100세보다 더 늘어날 수도 있는 현실에서 개인이 직업 없이, 소득 없이 30~40년을 어떻게 살아갈 수 있을까? 라는 고민이 깊어질 수밖에 없다.

일본도 고령층의 취업을 확대해 노동력을 확보하기 위해 공무원 정년을 60세에서 65세로 연장하는 것을 검토 중이라고 한다. 결국은 언제까지 일할 수 있는가가 관건이라는 얘기다. 열심히 공부해서 좋은 성적으로 좋은 대학을 가고 좋은 직장을 얻던 예전의 성공방식이 이제는 더 이상 통용되는 시대가 아니다. 물론 아무런 경험과 준비 없이 1인기업을 창업한다면 성공을 보장할 수 없다. 어디든 직장이라는 조직 속에서 사회적인 경쟁력을 갖춘 후 자신만의 전문성을 키우는 것이 제일 바람직하다. 앞으로는 평생직장이 아닌 평생 자신이 몰두해 즐기며 일할 수 있는 자신만의 직업을 찾아야 하기 때문이다. 따라서 특별한 경쟁력이 있는 사람은 물론, 보통의 직장인, 평범한 누구라도 인생의 제2막 설계가 반드시 필요하다. 수명이 길지 않았던 시대에는 평생직장이 이상적이었지만 100세 시대는 평생직업을 생각해야 할 때이다. 일모작을 끝내고 이모작도 자연스럽게 연장될 수 있도록 기술 변화에 맞춰 새로운 지식으로 무장해 이모작을 해나가야 한다.

새로운 지식을 받아들이고 활용하기 위해서는 생애주기별 평생학습이 활발하게 이루어져야 한다. 이제는 진학을 위한 학습, 취업을 위한 학습의 형태만이 전부가 아닌 지금 내게 필요한 모든 것을 시작으로 평생 배워야 한다. 즉, 지금 하고 있는 것을 평생 하겠다는 생각보다는, 자신의 삶을 '평생 학습하고 배운다는 마음으로 나에게 맞는 일, 가슴 뛰는 일을 찾는 여행의 과정'이라는 생각을 해보자. 이것은 은퇴를 앞두고 있거나, 현재 현업에 열중하고 있는 30~40대가 주목해야 할 100세 시대 개인 커리어의 관리 방향이다.


은퇴를 하게 되면 자신이 수년간 해왔던 일이 아닌 전혀 다른 일로 창업을 하는 경우가 있다. 가령 은행이나 기타 사무직에 다니던 사람이 치킨집이나 커피숍 등의 프랜차이즈로 시작하는 경우이다. 또 하나는 자신이 그동안 해왔던 일과 연관 지어 자신의 전직 커리어를 살려 강사로 관련 전문지식을 활용하거나, 창업으로 경영자의 삶인 '업(業)'을 살아가기도 한다. 직장인이 아닌 직업인으로 살아가는 것이다.

요즘은 이렇게 전직을 활용한 시니어 강사들의 활약이 눈에 띄게 많아졌다. 직장에서의 수십 년 경험을 무형자산인 자기만의 특별한 콘텐츠로 개발해 다음 세대에게 업무지식과 문제를 해결하는 힘과 지혜를 주는 강사로, 1인기업 지식경영자로 살아가는 것은 무척이나 가슴 뛰는 일이 될 것이다. 나여서 가능한 일, 내가 가장 잘할 수 있는 일, 즐겁고 행복한 일을 평생 직업으로 삼는 것은 어떨까?

## 이력서가 필요 없는 1인기업, 강사의 세계

◇◇◇◇◇◇◇◇◇◇

강사들은 기업에 소속되어 있는 기업 사내강사와 교육 전문 컨설팅 회사 소속으로 여러 기업과 학교, 정부기관 등 다양한 무대에서 강의하는 프리랜서 강사, 자신의 이름으로 1인기업 교육연구소를 만들어 교육과 컨설팅 업무를 하는 1인기업강사가 있다. 즉, 프리랜서로 1인기업을 겸하는 형태이다.

1인기업이라는 개념은 2013년 작고한 구본형 컨설턴트가 국내에 전파했다. 그는 당시 누구나 선망하는 IBM이라는 외국계 회사를 그만두고 '구본형 변화경영연구소'라는 1인 연구소 소장이라는 직함으로 1인기업의 선구자 역할을 했다. 그의 메시지는 '당신 내부에서 직장인임을 죽여라. 더 이상 고용자에게 매달리지 마라. 스스로 CEO처럼 생각하고 행동하라. 그리하여 그대 스스로를 고용하라. 마침내 당신만의 브랜드와 뜨겁게 재회하라!'였다. 즉, 더 이상 회사에 나를 맞추려 안간힘을 쓰지 말고, 회사를 위해 일해야 하는 직장인이 아니라 자신이 제일 좋아하고 잘할 수 있는 일의 주인공으로 그것을 업으로 삼는 '직업인'으로 살 것을 주문했다. 이는 2005년 출간된《그대 스스로를 고용하라》라는 그의 책에서 강조한 내용이기도 하다. 당시에는 지금처럼 스마트폰이나 SNS의 소통이 활발하지 못했던 시기였는데 나는 당시 직장인의 경력관리에 관심을 갖고 있던 터라 '1인기업 직업인'이라는 말에 강력한 인상을 받았으며 신선한 충격으로 다가왔던 기억이 있다.

얼마 전 대학생 대상의 취업 특강에서 미래 직업세계에 대해 이제 화두는 '직장인이 아닌 1인기업 즉 스스로 직업인이 되라'는 주제의 강연을 하게 되었다. 여전히 1인기업이라는 말은 많이 쓰이고 있는데 1인기업강사란 '주로 지식서비스 산업분야에서 자신만의 전문성으로 가치를 발휘하며 수입을 창출하는 강사'를 말한다.

내가 대학을 졸업한 1990년대 초중반만 해도 취업은 평생직장이라는 인식이 강했던 시기였다. 고성장 시대에 노동력은 부족했고 실제로 당시 분위기는 20대에 들어간 직장이 60세 정년퇴직으로 이어질 것이라는 기대감이 있었고 실제로 많이 그랬던 것이 사실이다. 하지만 1997년 한국에 외환위기와 더불어 저성장의 시대가 도래했고 기업들의 평균 수명은 짧아졌다.

미국 기업의 평균수명은 1935년에는 90년으로, 1970년대에는 30년으로 줄었고 2005년에는 다시 15년으로 줄어들었다는 조사가 있다. 2017년 현재는 어떨까? 야심 차게 회사를 설립해도 경영환경의 급변으로 10년을 지속하기 힘든 것이 현실이다. 구조조정이 상시화, 보편화되면서 정년퇴직이란 말은 생소해지고 대신 명예퇴직이라는 말이 일반화됐다. 이에 공무원을 제외한 수많은 직장인들은 명예퇴직 이후의 삶을 스스로가 준비해야 한다는 강박관념과 불안감으로 자기계발도 소홀히 할 수 없는 지금의 직장문화가 생겨난 것이다. 이러한 분위기는 평생직장이 도저히 존재할 수 없는 구조인 것이다. 이제는 직장에서의 관리직과 정규직의 시대가 저물어가고 1인기업 직업인이 새로운 삶의 방식으로 떠오를 것이다.

디지털 노마드라는 키워드가 주목받고 있다. 디지털 노마드(Digital nomad)는 이미 20년 전 프랑스 경제학자 자크 아탈리가 1997년《21세기 사전》에서 처음 소개한 용어다. 시간과 장소에 구애받지 않고 인터넷과 스마트폰이 되는 작업환경이면 어디에서든 일을 할 수 있는 유목민 같은 특징 때문에 디지털 노마드를 '신유목민'이라고 부르기도 한다. 우리는 지금 디지털 노마드의 시대를 살아가고 있다. 정해진 회사에 출퇴근하지 않고 노트북 하나로 사무실 없이 어디서든 일할 수 있고 전 세계를 무대로 국제적인 경쟁을 하며 일하는 시대인 것이다.

직장에 들어가기 위해 공부하는 목표를 세우는 것이 아니라, 자신의 삶을 스스로 이끌어가는 자기 경영의 시대로, 이미 잘하는 것을 더욱 잘할 수 있도록 몰입하고 집중하는 것이 더욱 중요해졌다. 이렇듯이 개인이 꼭 특정한 직업을 가지지 않아도 자신만의 전문성으로 컨설팅의 업무를 수행하기도 한다. 마음만 먹으면 스마트폰 하나로도 얼마든지 회사 업무가 가능하며 누구에게 고용되는 형태가 아닌 자신이 만든 직업으로 살 수 있는 것이다. 자신이 좋아하는 여행을 하며 모든 일상을 사진으로 남기고 기록해 여행 작가로 데뷔 후 여행 관련 강연을 하는 강사가 그 예이다. 스포츠의 예로 김연아 선수의 자신의 브랜드와 이미지를 관리하는 자신만의 에이전시 형태의 기업만 보아도 알 수 있다. 이제는 이렇게 어디에도 소속되거나 고용되지 않는 프리에이전시의 개념으로 바뀌고, 다양한 전문직종의 1인기업도 많이 생길 것이다. 강사의 1인기업 형태도 이러한 흐름의 하나로 보면 된다.

1인기업의 정의는 아직 명확하지 않다. 직원 없이 딱 한 사람만 있어야 1인기업으로 인정되는 것인지, 의사나 변호사 같은 전문직종에서 개업을 할 경우도 1인기업으로 보아야 하는 것인지 다양한 전문직종의 컨설턴트와 같은 프리랜서 개념과 어떻게 다른 것인지, 사전에 명시된 것같이 지식사전에 명확하게 정의되어 있지 않은 상태라고 한다. 따라서 1인기업을 '1인 창조기업', '1인 지식기업', '1인 창업' 등과 같은 의미로 책에 소개되고 있고 많이 쓰이고 있는 것이 현실이다. 외국에서는 '셀프임플로이드(Self-employed)', '솔로프레너(Solopreneur)', '독립 계약자(Independent)' 등 다양한 표현으로 불리고 있다.


현재 우리나라에 100만 명이 넘는 청년들이 대학을 졸업하고도 취업이 되지 않아 사회적인 문제가 되고 있다. 여전히 자격증 취득과 고스펙 쌓기에 열중하고 있다. 그들은 연애와 결혼, 출산을 포기한다는 3포 시대, 여기에 더해 인간관계와 집도 포기해야 하는 5포 시대, 여기에 꿈과 희망도 잃어버린 7포 시대, 그냥 모든 것을 포기하고 숨만 쉬고 살아간다는 N포 시대로까지 불리고 있다. 참으로 씁쓸한 신조어다.

요즘은 공기업을 시작으로 블라인드 이력서 쓰기가 시행돼 나이와 성별, 출신학교를 보지 않고 채용하는 방식이 시행된다고 하지만 '종이 한 장에 내 본모습과 내가 잘할 수 있는 것을 어떻게 하면 효과적으로 잘 전할 수 있을까?'라는 모순에 부딪히고 만다. '어떻게 20~40년 넘게 살아온 인생을 종이 한 장에 다 표현할 수 있을까?' '어떻게 단 몇 초 만에 타인에 의해 나의 첫인상이 결정되고 면접 몇 분 만에 내가 이 일에 적합한지 아닌지를 판단한단 말인가?' 회의감이 들 수 있다.

강사로 강의를 하게 되면 처음 강의를 하는 곳에서는 당연히 강사의 이력서라고 할 수 있는 강사 프로필을 요구한다. 강사 프로필에는 자신의 전문 강의분야를 잘 어필해야 하며 내가 이러이러한 자격사항이 되며 관련 커리어가 있으므로 이 강의에 적합한 사람임을 어필해야 한다. 강사의 이력서는 곧 프로필인 셈이다. 이력서는 연도별 나의 장점이든 단점이든 살아온 날들을 쭉 나열해야 하지만, 프로필은 내가 내세우고 싶은 전문적인 부분을 강조하고 관련성이 적거나 필요 없는 경력은 생략할 수 있기 때문에 이력서와는 조금 다르게 인식하는 것이 일반적이다. 프로필은 또한 일정한 형식이 없다는 점도 다르다.

강의를 막 시작하는 초보강사들은 경력강사들의 화려한 프로필을 보며 적지 않게 기가 죽는 것이 사실이다. 어떻게든 한 줄이라도 더 써보고자 여러 가지 전문 강사과정을 속성으로 이수하고 교육 자격증을 취득하며 새로운 교육이나 트렌드에 맞는 과정은 어김없이 찾아 듣는다. 하지만 당신이 만약 1인기업강사 CEO라면 이러한 여러 교육 자격을 굳이 쭉 나열 할 필요는 없다. 왜냐하면 1인기업의 대표 강사로 이미 그 분야의 전문가라고 인식하게 되기 때문이다.

물론 성공적인 1인기업강사가 되기 위해서는 전문성 있는 강연이 가능해야 하며 전직 커리어를 성공적으로 관리해야 하는 것은 당연하다. 그만큼 자신의 경력관리는 물론, 자신의 콘텐츠를 가지고 확실한 준비가 되어야 한다. 자신의 이름으로 운영되는 일련의 교육과정은 강의를 통한 검증이 되어야 하며 이 콘텐츠만큼은 전문적으로 몇 시간을 강의할 수 있는 자신감과 확신이 생길 때 창업을 하기 때문이다. 1인기업강사는 자신의 평생직업을 스스로 만들 수 있고 자신의 노력과 열정에 따라 수입이 결정된다. 자신의 노력 여하에 따라 직장생활을 할 때보다 몇 배의 연봉을 올릴 수도 있다. 강의도 성수기와 비수기가 있는 직업이다. 또한 사회적인 문제, 2015년 메르스 사태와 같은 감염병과 재난문제 등과도 관련이 있다. 당시 메르스 사태로 거리는 텅텅 비었으며 사람들이 모이는 크고 작은 강연들도 줄줄이 취소되었다. 회사의 여러 사정과도 밀접하게 관련이 있고 크고 작은 영향을 받는다. 회사의 경영상태가 나빠지면 교육에 드는 예산을 대폭 줄이기 때문이다. 강의가 몰리는 달은 수입이 몇 배로 뛰기도 하고 한 달 수입이 월급 받는 사람의 몇 달치 월급이 될 수도 있다.

물론 강의가 없다면 그야말로 수입이 하나도 없을 수도 있는 것이 강사이다. 하는 만큼, 노력한 만큼, 콘텐츠의 유무에 따라서 강사의 수입은 천차만별이며, 모두가 꿈꾸는 억대 연봉도 가능한 것이 1인기업강사의 세계다. 이렇게 전문성을 가진 1인기업강사에게는 따로 이력서를 요구하지 않고 검증된 강의커리어, 가능 분야, 교육제안서, 교육

커리큘럼을 요구한다. 물론 이력서 제출과는 달리 교육의 평가와 교육 후의 변화와 성과관리 등에서도 자유로울 수 없지만, 그 부분은 모든 강사의 숙명과도 같은 것이기에 노력 말고는 다른 방법이 없다. 다시 말해 1인기업강사는 화려한 이력서를 필요로 하지 않는다.

이력서보다는 '자신만의 브랜드로 전달할 메시지를 지녔는가', '강의를 할 자격이 되는가'이다. 꾸준히 노력하다 보면 프로필은 자연스럽게 채워지게 마련이다. 즉, 강사는 자신의 강의로 모든 것을 증명할 수 있다.

## 나는 출근도 하지 않고 은퇴도 하지 않는다

불금. 화끈한 한국인이 생각해낸 불금이라는 단어는 단면적으로는 고단한 직장인의 애환이 담겨 있기도 하다. 언제부터인가 금요일은 한국 직장인들의 가장 애정을 보이는 요일이 되었다. 직장인들에게 금요일은 한주를 마감하며 편안한 주말을 계획하기도 하고, 한 주를 열심히 보낸 자신에게 한 숨 돌리는 여유를 선물하기도 한다. 월요병을 이해하고 불금을 즐기는 한국 사람이라면 누구나 출퇴근이 없는 직업에 대한 로망을 갖고 있을 것이다.

강사도 기업 소속의 사내강사가 아니라면 대부분의 강사는 프리랜서, 1인기업강사로 강의를 하고 있는 경우 출퇴근 시간이 따로 정해져 있지는 않다. 하지만 담당자와 미팅을 하고 필요하면 사전 모니터링도 해야 하며, 관련 교육과정을 개발하다 보면 정시 출퇴근의 근무개념보다는 강의를 위한 시간을 투자하는 데 있어 일반 직장인의 근무시간보다 더 많은 시간을 강의 준비에 쏟는 경우도 있다. 프리랜서강사는 일반 직장인과는 다른 출퇴근의 패턴일 뿐, 비교적 일하는 시간의 운영과 관리가 자유롭다는 말이지, 일하는 시간이나 노력이 결코 적다는 것은 아니다. 강사에 따라 2~4시간 강의를 하는 데 그 배의 시간을 투자하기도 하고 하루 혹은 며칠의 강의준비는 기본이다.

새로운 주제의 강의 의뢰가 올 때는 준비시간이 강의시간 몇 배를 초월하기도 한다. 그럼에도 불구하고 강사의 직업이 매력적인 이유는 일할 장소가 한 곳으로 얽매이지 않으며, 시간관리 또한 스스로 하며 자유롭게 일할 수 있다는 점이다. 또 하나는 정년 없이 평생직업으로 삼을 수 있다는 점이다. 이렇듯 강사가 갖는 매력은 참으로 많다. 1인 기업 프리랜서 강사의 경우는 일반적인 출퇴근의 형태인 9시 출근, 6시 퇴근이라는 시스템보다는 자유롭다고 할 수 있다.

보통 출퇴근 시간에서 자유롭지 못한 직장인의 경우라면 프리랜서의 이러한 자유로움을 부러워한다. 나 또한 오전 강의만 있는 날은 강의를 마치고 서점에서 신간을 읽으며 반나절을 보내고 쇼핑도 한다. 분위기 좋은 카페에 노트북 하나 들고 들어가 폴더를 신나게 정리하기도 하고 맛있는 커피를 홀짝이기도 한다. 필요하다면 좋은 강연들도 찾아다니며 듣는 여유도 부린다.

하지만 프리랜서 강사의 생활이 모두 화려한 장밋빛만은 아니다. 강사 자신만의 확실한 전문성과 퍼스널 브랜딩이 되어 있지 않으면 강사로 생존하는 것조차 불안한 고용불안에 노출되어 있으며, 비정규직의 다른 이름일 수도 있기 때문이다. 소속된 조직이라는 비빌 언덕조차 없고 사업 운영과정에서 수시로 발생하는 크고 작은 문제들과 불확실성을 혼자 해결해 나가야 하는 외롭고 고독한 자기와의 싸움이 될 수도 있기 때문이다. 자신이 좋아하는 일을 자유롭게 하기 위해 프리랜서 강사를 하다가 수입이 여의치 않아 생계의 위협을 받을 경우 다시 안정된 나를 고용해주는 직업으로 돌아가는 수많은 강사 동료들을 많이 보아왔다.

나 역시 프리랜서 강사로 활동하면서 시간적인 자유로움은 있지만 안정적인 시스템에서의 소속감이 어떨 땐 그립기도 하다. 자신의 전문분야를 강의하며 직장인일 때와 비교해도 수입적인 면에서도 크게 차이가 나지 않는다면 당연히 자유로운 출퇴근과 장소의 제한이 없는 일에 끌리게 마련이다. 미혼일 때는 출퇴근의 제약과 지방 출강의 어려움이 크게 와 닿지 않았지만 결혼을 하고 육아를 하다 보니 아이가 어리거나 하면 그런 것들이 특히 어려움이 많다. 결혼을 하고 강사라는 직업이 그렇게 감사할 수가 없었다. 조금 쉬었다 다시 시작한다 한들 아무도 뭐라고 할 사람은 없다. 하지만 강의를 쉬면 트렌드에 뒤처지지 않을까, 강의의 리듬이 깨지지는 않을까라는 조바심이 나서 무척 힘들었다. 아마도 기혼의 여자 강사들은 누군가의 도움 없이 육아를 병행하며 강사 일을 유지하기가 힘들다는 것에 무척 공감할 것이다. 주위의 많은 실력 있는 지인 강사들도 개인 사정이 아닌 육아라는 산을 쉽게 넘지 못하고 그만둔 경우가 많았다. 강사도 경력단절을 겪는다는 사실이다. 하지만 그녀들은 이 일의 매력을 잘 알기에 언제든 자신을 재정비해서 다시 강사 세계로 복귀할 날을 꿈꾸며 자기계발을 게을리하지 않는다.

기업 교육강사로 활동하면서 느낀 것은 나이로 인한 불이익은 극복할 수 있다는 점과 일을 충분히 조절해도 가능하다는 점이다. 물론 강의를 하는 횟수를 조절하다보니 한참 열심히 활동할 때와는 활동시간과 수입적인 부분에서는 차이가 났지만 마냥 욕심을 부릴 수는 없는 일이다. 그럴 땐 과감히 내려놓고 다시 시작해도 되는 일이 강사다. 출퇴근에서 자유롭다 보니 스스로 계획을 세워 일과 휴식을 안배하고 자기계발과 육아라는 두 마리 토끼를 잡을 수 있다는 매력도 있다.


우리는 지금 평생직장은 말할 것도 없고 평생직업의 보장조차도 어려운 시대를 살아가고 있다. 로봇과 경쟁하며 인공지능과 공존하는 일이 자연스럽게 받아들여지는 환경 속에서 살고 있는 것이다. 지난해 3월은 구글 자회사인 딥마인드의 인공지능(AI) 바둑 프로그램 알파고가 인간 대표인 이세돌 9단을 4:1로 꺾었고 올해 5월에는 세계 최강 중국의 커제 9단이 3:0으로 완패하며 흘린 눈물을 보았다. 최근에는 더 나아가서 인간의 한계를 뛰어넘어 창의성까지 겸비한 알파고 제로의 등장이 놀랍기만 하다. 면접도, 일도 로봇이 대신하고 진료도 로봇이 하고, 사람이 직접 운전을 하지 않아도 된다는 자율운행 자동차의 시대가 곧 열린다는 지금, 내가 이 일을 언제까지 할 수 있을까? 하는 불안감은 누구나 있을 것이다. 정년까지 일할 수 없는 불안한 직장에서 은퇴의 대안으로 자영업으로 눈을 돌려보지만 신통치 않다. 실패했을 때의 리스크도 크다. 그런 면에서 보면 강사라는 직업은 사업자금에 대한 부담도 없고, 실패했을 때의 리스크가 적다. 오히려 실패의 경험조차도 강의의 콘텐츠로 활용할 수 있다. 물론 강사가 되기 위해 초기 교육에 투자하는 비용은 저마다 다르지만 어디까지나 자기의 성장과 계발을 위한 투자비용이다.

강사에게 실패해본 경험만큼 실감 나는 콘텐츠가 있을까? 강사는 그야말로 실패한 경험, 성공한 경험, 도전해본 경험, 도전 과정에서 겪은 일련의 모든 과정조차도 일상의 기록으로 남겨 강의로 활용해야 할 아이템이다. 40대의 나도 은퇴에 대한 불안감이 피부로 직접 느껴지지는 않지만, 직업에 대한 불안감을 느끼는 직장인 대상 강의를 많이 하다 보니 남의 일도 아니고 개인의 걱정으로 그칠 이야기도 아니다, 라는 생각이 많이 든다.

그야말로 곧 모두에게 닥칠 커다란 변화의 앞에 서 있는 것이다. 일하고 싶어도 일할 수 없는 정년이라는 시스템 앞에서 당연히 무력해질 수밖에 없다. 일할 수 있는데 일할 곳이 없다는 것은 큰 사회 문제이며 손실이다. 정년을 걱정하지 않는 일이 있을까? 강사는 내가 일하고 싶을 때까지는 활발히 일할 수 있다는 것. 그것이 정년의 시점이다. 정년의 시점을 강사 스스로가 정할 수 있다. 내가 일하고 싶을 때까지 일할 수 있는 직업, 은퇴 시기도 스스로 결정할 수 있는 것이 '강사'라는 직업이다.

실제로 10~20년 이상의 경력을 가진 프로강사들 중에는 나이를 가능할 수 없을 만큼 활발하게 활동하고 있는 강사들이 많다. 그들은 수많은 강사지망생들에게 좋은 롤모델이 되어주고 있다. 나이가 궁금하지 않은 일, 바로 '강사' 다. 일본의 경우 50~70대의 액티브 시니어들이 누구보다 활발히 삶의 지혜를 젊은 층에 나누어주는 작은 강연들을 많이 하고 있다. 그들의 삶의 지혜가 젊은 층에게 좋은 영향력을 주고, 젊은이들은 거기에서 삶의 힌트를 얻고 미래를 예측하는 힘과 자혜를 갖게 된다. 이러한 선순환의 사회적 시스템이 안착될 때 비로소 건강한 사회가 되리라 믿는다. 이렇게 건강한 직업이 또 어디 있을까? 강사라는 직업이 모두에게 정답이 될 수는 없지만 대안은 될 수 있다고 생각한다.

강사지망생, 교육생들이 반짝이는 눈으로 나에게 강사의 직업적 매력이 뭐냐고 물어보면 나는 이렇게 답한다. 강사는 출근하지 않는다. 은퇴하지 않는다. 정년의 시기도 스스로 정한다. 강사는 스스로 일할 수 있을 때까지 일할 수 있다. 강사 일을 그만두어도 다양하게 골고루 쌓은 자기계발과 지식은 영원히 남아 언제든 써먹을 수 있다고 말이다.


## 나이 들수록 빛나고, 즐길수록 탁월해진다면

◇◇◇◇◇◇◇◇◇◇

한국고용정보원의 직업만족도 관련조사에 따르면, 직업만족도 상위 20개 직업에는 교육 및 연구 관련직이 7개로 가장 많은 것으로 나타났다고 한다. 직업만족도는 해당 직업의 발전 가능성과 급여만족도,

직업지속성, 사회적인 평판, 수행직무 만족도 등을 고려해 '현재 몸담고 있는 직업에 얼마나 만족하고 있는지'를 해당 직업인들이 주관적으로 평가한 개념이다.

강사라는 직업은 나이 제한이 있는 직업은 아니지만 강의 주제를 다룸에 있어서 강사의 연령이 제한될 때가 있고 빛을 발할 때가 있다. 모든 것을 다 경험하여 강의를 할 수는 없지만 인간관계나 커뮤니케이션 관련 강의는 지식과 정보의 전달 이외에도 다양한 삶의 경험이 바탕이 되는 주제이기 때문에 20대보다는 30대 이상이 잘 이끌어갈 수 있는 주제다.

반면 요즘은 인터넷의 발달과 모바일 생태계의 구축으로 직장 경력을 최대한 줄이고 발 빠르게 1인기업을 구축해 오히려 이러한 환경에 능숙하게 적응하는 젊은 강사의 활약도 많아지고 있다. 젊은 20대도 강연가의 삶을 꿈꾸며 책을 내서 저자가 되고 강연활동을 하는 경우도 많다. 그들은 강의에 필요한 소셜 미디어의 활용법 등 기술을 기반으로 하는 강의와 창업 관련 강의를 많이 한다.

주위의 지인들이 다양한 직업군에서 일하지만 나는 강사로 살아온 시간이 많은 만큼 당연히 주위에 지인으로 '강사'가 많다. 강사의 직업적 애환도 있지만 대체적으로 강사들은 자신의 직업만족도가 높은 편이다. 그 이유로는 강사라는 직업이 주는 사회적인 평판과 지속적인 자기성장이 있어야 살아남는 직업이기 때문에 공부를 계속해야 한다는 것이 있다. 또한 강사에서 혹시 다른 직업으로 전환한다고 하더라도 많은 책을 읽고 변화에 민감한 습관과 시간을 낭비하지 않는 축적의 시간을 만들어 새로운 관계와 환경에도 잘 적응한다. 많은 사람들이 반복되는 직장생활에 지치고 그로 인해 자기 성장이 멈춰버린 것 같아 불안감을 느끼는데, 강사라는 직업은 똑같은 일만 반복하는 일이 아니기 때문에 지루하거나 단조롭지 않다. 이동도 많은 직업이기 때문에 얽매어 있다는 느낌도 적다. 비교적 자유롭게 시간 활용이 가능하다는 장점도 있다.

강의료 또한 시간당 단가가 결코 적은 금액은 아니다. 꼭 강의하는 그 시간만 투자하는 것은 아니지만 일반강사가 한두 시간 강의하면서 시간당 10~30만 원이 넘는 돈을 벌 수 있는 직업이 많지는 않다. 물론 요즘은 강사의 수가 많아지고 국비지원 강좌가 많이 생기면서 강의료가 10년 전과 똑같은 기관도 있다. 전문직 대부분의 진입 장벽이 단시간에 이뤄질 수 없는 만큼 기본 투자시간이 있다. 하지만 강사는 전문직이지만 진입장벽이 높은 편은 아니다. 물론 강사로서 경쟁력인 전문성이 전제조건이다. 자신의 콘텐츠가 확실하다면 빠른 시간 안에 프로강사로 진입해 원하는 수입과 명성을 얻을 수 있는 장점이 있다. 그래서 강사라는 직업으로 살아가는 것을 길게 보았을 때 다양한 주제를 강의에 담기 위한 적당한 연령이 되어야 그 주제를 잘 다룰 수 있을 것이라고 생각한다.

물론 아직까지 사내강사나 서비스 강사 관련 구인구직의 플랫폼에서 눈에 띄는 연령 제한이 있지만 자신이 강사로 할 말이, 즉 메시지가 확실히 있다면 연령 제한이 크게 문제가 되지는 않는다. 그 연령에 맞게 내가 성장하고 강의하면 되는 것이다. 강사 에이전시도 많이 있고,

교육 관련 컨설팅 회사는 인터넷 검색만 해도 그 수가 꽤 많다. 자신의 콘텐츠로 책을 내고 강연하는 대다수의 강사들은 모두 1인 교육 연구소와 1인기업강사 CEO를 겸하고 있다.

강사라는 직업은 대학을 갓 졸업한 사회초년생보다는 자기계발을 위한 경제적인 투자가 자유롭고 조직 생활이 5~10년 이상은 되어 할 말이 있는 다양한 경험이 있는 사람, 명예퇴직이나 정년퇴직을 앞두고 있는 사람, 직업의 전환으로 제2의 인생 터닝포인트를 꿈꾸는 사람들에게 적합한 직업이다.

사회 경험은 없지만 자신은 말을 논리적으로 잘한다는 사람이 강사를 희망하며 직업의 미래를 물어본다. 그러면 나는 아르바이트라도, 무엇이라도 해보라고 한다. 사회적인 경험 없이, 간접 경험만으로는 강사 일에 한계가 있다고 말해준다. 강사가 설득력 있게 말을 잘해 강의의 전달력을 높이는 일도 중요하지만 경험에 의한 공감능력도 중요하기 때문이다. 소중한 시간을 내게 내어준 청중에게 어떤 이익을 줄 수 있을까가 우선되어야 한다. 생각을 정리해 지식만을 전하는 유창한 말솜씨보다 강사로서 어떤 메시지로 청중에게 울림을 줄까가 우선이라는 얘기다. 즉, 말을 잘한다고 모두 강사에 적합한 것은 아니다. 그 분야에 대해 할 말이, 메시지가 명확하게 있을 때 강사로 자격이 주어지는 것이다.

강사는 스스로 업(業)이 좋아서 열심히 하다 보면 자기의 성장이 눈에 보이는 직업이다. 교육개발을 위한 꾸준한 공부는 자기계발도 되지만 무엇보다 나 자신이 긍정적으로 변한다는 사실이다. 교육생들에게 동기부여하며 긍정성과 창의성, 도전을 이야기하다 보니 말한 대로 인생을 살고 있는 기분이다. 무의식중에도, 화가 나다가도, 다시 긍정을 되뇌는 나를 보기 때문이다. 자리가 사람을 만들고, 말한 대로 산다고 하지 않는가?

### 강사되기 전 자기분석은 필수

강사라는 직업을 택하기 이전에 내가 타고난 능력, 이것은 주로 개인의 인성이나 기질, 열정 등으로 나타나는데 내가 잘하는 것과 좋아하는 것이 이에 해당된다. 여기에 학교나 직장, 사회에서 내가 갈고닦은 지식과 기술은 훈련된 역량이라고 할 수 있다. 즉, 타고난 나의 능력과 훈련된 역량을 재능이라 할 수 있는 것이다.

이러한 개인의 재능이 무엇인지 객관적인 확인을 하고 자신의 적성에 맞는 일을 선택할 때 비로소 자신의 일에 대한 자부심과 성공 확률이 높다. 강사로 성공하기 위해서는 가장 먼저 나를 분석해보고 내가 강사로 무엇을 전달할 것인지(지식을 나만의 메시지로), 내가 좋아하고 잘하는 일을 다른 사람에게 잘 설명할 수 있는지(강의 스킬), 내가 하는 일이 나를 비롯해 다른 사람들에게 좋은 영향력과 이미지를 줄 수 있는지(강사의 인성과 태도)를 생각해보아야 한다.

이렇게 강사 스스로 어떤 일을 하기에 앞서 셀프 SWOT분석을 해보면 나의 내외부를 관찰하고 목표에 좀더 집중할 수 있는 좋은 자료가 되기도 한다. 원래 SWOT분석은 회사의 내외부환경을 분석하고 분석내용을 경영전략에 반영할 때 사용하는 프레임워크인데 장점

(Strengths), 약점(Weaknesses), 기회(Opportunities), 위협(Threats)을 가리키는 말이다. 요즘은 경영뿐 아니라 자기 분석에도 유용하게 많이 활용되고 있다. 장점과 단점을 적어보고 훈련이 필요한 단점을 보완해 나가는 형식으로 진행해보는 것도 좋다.

내가 할 수 있는 일, 가지고 있는 기술, 서비스, 알고 있는 지식 등이 사회에서 거래될 수 있는 것인지, 지식과 기술이 나의 개인 브랜드가 되어 수입을 이뤄낼 수 있는 것인지도 따져 보아야 한다. 나는 다행히 알고 있는 것을 가르치는 일에 재능이 있었고 가르치면서 점점 강의 스킬도 좋아졌다. 탁월해지기 위해서는 나름의 축적의 시간이 반드시 필요한 법이다. 강사로 오래 성장하기 위해 배운 경력을 자랑하는 강사가 아닌 지속적으로 배움을 즐기는 강사로 살아야 한다. 배움을 즐겨라. 결국은 탁월해질 것이다. 내가 생각하는 최고의 직업은 내가 잘할 수 있는 일, 하면서 성과를 만들어 낸 일, 생각하면 설레서 행복한 일, 사회적 평판에 있어 가치 있는 일, 내가 좋아서 즐길 수 있는 일이라고 생각한다. 나이 들수록 강사 내공이 더욱 깊어지고 계속 성장 중인 직업인으로 살아갈 수 있어서 행복하다. 강사라는 직업이 행복한 이유이다.

## 지속성장이 가능하며 계속 배우고 나누는 일

강사는 다양한 직업군과 연령대의 청중과 강의로 만나기 때문에 되도록 폭넓은 경험이 도움이 된다. 하지만 모든 것을 다 실제로 경험하기는 어렵기에 강사에게 간접경험이 되는 책 읽기는 취미를 넘어선 생존독서여야 한다. 강사마다 차이는 있지만 강의를 준비하며 적게는 5~10권 이상의 관련 최신 도서를 읽고 참고하며 강의를 준비한다. 다양한 매체를 활용해 간접경험을 해 강의에 참고한다. 이처럼 강사도 모든 것을 직접 경험하고 강의를 하는 것은 아니다. 상황에 따라서는 생소한 이론도 책으로 머리에 땀나게 공부해야 할 때도 있다. 그렇기에 책은 강사에게 단연 으뜸의 참고교재다. 간접경험과 직접경험 사이의 현실적인 틈을 메울 수 있는 것이 책이기 때문이다.

책이라는 도구는 읽는 시간과 노력에 비해 느리게 효과를 나타내는 것 같지만 강사에게 책 읽기는 강사의 내공을 키우는 단단한 힘이며, 매일 숨 쉬는 것처럼 일상적인 것이 되어야 한다. 강사가 흡인력 있는 메시지를 청중에게 잘 전달하려면 많은 독서가 밑바탕이 되어야 한다. 그래야 풍부한 언어를 사용할 수 있다. '맞아, 내 마음이 그래', '내가 표현하고 싶었던 것이 바로 그 말이었는데….' 강사가 딱 그 말을 상황에 맞게 표현해 주었을 때는 청중이 먼저 고개를 끄덕여준다. 이럴 땐 참 감동적이다. 강사는 상황에 맞는 말을 딱 맞게 활용하는 능력이 중요하다. 독서를 일상화해야 청중이 무릎을 탁 치게 만드는 '주제에 딱 들어맞는 명확하고 적합한 단어'를 구사할 수 있다.

같은 언어라도 고급스러운 느낌이 드는 어휘를 사용하는 강사는 신뢰감을 준다. 독서와 배움이 일상처럼 자연스러운 강사는 화려한 입담으로 같은 내용을 재탕, 삼탕 하는 강사와는 다른 차이를 보여줄 것이다. 그러니 읽은 내용이 다음 날 연기처럼 내 머리속에서 휘발되더라도 책 읽기를 멈추지 말길 바란다.

내가 느낀 생존독서를 통해 얻을 수 있는 장점은 첫째, 생활 독서를 통해 배울 수 있고 그로 인해 강사 자신이 지속 성장이 가능하다는 점이다. 강사가 성장한다는 것은 새로운 지식과 정보의 변화를 읽어내는 트렌드를 읽는 힘을 가졌다는 것을 의미한다.

둘째, 생존독서는 키워드를 뽑아내는 힘을 준다. 긍정의 메시지를 전파하고 나눌 때 공감키워드를 잘 전달할 수 있다. 같은 주제로 강의를 반복하다 보면 강사는 스스로 매너리즘에 빠지기도 하고 어느 순간 번아웃 상태가 되기도 한다. 강사에게 찾아오는 이러한 일련의 과정을 잘 이겨내는 힘, 즉 회복탄력성을 갖추는 비결은 새로운 지식을 배우고 좋아하는 일에 도전하는 것이다. 국민강사라고 불리는 김미경 강사는 요즘 강의를 하는 이외의 시간에 봉사도 많이 하지만 자신이 제일 좋아하는 옷 만들기에 심취해 있다고 한다. 의류 브랜드를 만들어 직접 디자인하고 옷을 만들어 입고 그 과정을 즐기며 행복해한다. 번아웃을 극복하는 에너지는 휴식과 일을 분리하고 독서와 배움을 지속하는 일이다. 쉴 때는 확실히 쉬고 가르치면서 비워낸 나의 허전한 마음을 또 다른 배움이라는 주기적인 채움으로 메워야 지속적인 성장이 가능하다. 강사는 배움에 있어서만큼은 열일 제쳐두고 부지런해야 한다.

독서와 더불어 정기적인 강사 네트워크를 통해 업계정보도 공유하며 같은 일을 하는 사람들과 정기적으로 교류하며 공감대를 형성하고 자기관리를 잘해나가다 보면 충분히 즐기며 배울 수 있는 최고의 직업이 강사다.

미래학자 토머스 프레이는 "앞으로 15년 안에 20억 개의 일자리가 사라지며 직업의 40%가 프리랜서, 1인기업, 시간제 근로자 등 기존의 시스템과는 다른 형태로 일을 하게 될 것이며 10년 뒤 직업의 60%는 아직 태어나지도 않았다. 새로운 기술을 수행하는 데 필요한 기술은 지금과는 다를 것"이라고 말한다. 4차 산업혁명이라는 키워드가 그 어느 때보다도 뜨거운 지금, 토마스 프레이가 예측한 시간보다 그 시기가 더 앞당겨질 수도 있다. 기존의 시스템과는 다른 형태의 여러 가지 일이란 우리가 개인 경쟁력을 가지고 내가 잘하는 일을 하고 그 안에서 지속 성장을 하며 행복할 수 있는 일이어야 하지 않을까?

지금까지 살아온 직업의 패러다임과는 다른 시대에서 살아가려면 우린 끊임없이 평생 공부를 해야 한다. 배움에 시기와 한계를 두지 말고 지금 배우고 싶은 것을 시작하자. 배워서 나누면 함께 성장하는 건강한 사회가 만들어지는 것이다. 이런 면에서 강사는 지속 성장이 가능한 최고의 직업이다. 배움을 통해 지속 성장하는 강사는 언젠가는 성공하는 강사로 빛을 발할 것이다.

# 알아가면 갈수록 참으로 특별한 직업, 강사

누군가를 이야기할 때 첫인상은 기억에 남지 않는데 그 사람 알아 갈수록 참 괜찮다, 매력적이다, 라는 말을 들어본 적이 있는가? 시간이 갈수록, 관계가 오래될수록 더 깊고 은은한 매력을 주는 사람, 주위에 한 명쯤은 있을 것이다. 우리는 그런 사람을 알아갈수록 참 특별한 사람, 매력적인 사람으로 기억한다. 나는 강사라는 직업을 이야기할 때 참 매력적인 직업이다, 라는 말을 한다. 자원이 풍부하지 않은 우리나라는 그야말로 인적자원이 국가의 경쟁력인 나라다. 인재를 키우고 육성하는 일이 국가산업이 될 만큼 '맨파워'에 관심이 높다.

회사의 사정이 나빠지면 가장 먼저 교육 예산을 줄인다고 하지만 여전히 많은 기업과 산업 현장에서는 교육의 중요성을 알고 있으며, 직원들에게 다양한 분야의 교육지원이 이루어지고 있다. 성인교육에 있어 한국과 일본의 특징적인 모습은 신입직원의 연수 시스템인데, 많은 기업의 연수원에서는 업무, 직급별 전문교육과 계층별 승진자 교육 등 다양한 교육이 이뤄지고 있다. 성인교육 콘텐츠를 서비스하는 온라인 교육시장의 성장 속도와 높은 매출이익을 보면서 강사라는 직업과 강사의 역할을 생각하지 않을 수 없다.

실제로 많은 강사들이 온, 오프라인의 강의를 겸하고 있으며, 단순한 정보제공 차원의 강의를 넘어 자신만의 메시지, 양질의 콘텐츠로 승부한다. 전국 지자체의 시민아카데미에서의 정기적인 특강은 물론 백화점과 마트의 문화센터를 통해 이루어지는 평생교육 프로그램, 각 대학 소속의 평생교육아카데미 강좌 등 강사의 활동무대는 무척 다양하다. 강의가 이루어지는 곳은 이처럼 다양하지만 막상 내가 강사가 되면 어디서 강의할 수 있을까 하는 불안감은 누구보다도 잘 이해하고 있다. 나 역시 그런 과정을 겪으며 강사로 성장했기 때문이다. 거의 실시간 인터넷으로 모든 정보가 무료로 공개되고 있는 지금, 과연 강사라는 직업이 오래 살아남을 수 있을까를 염려하는 사람도 있다. 하지만 미리 앞서 겁낼 필요는 없다. 2017년 오늘 배운 것이 2017년 내일 아무런 쓸모가 없는 것이 될지라도 배움을 멈출 수는 없다. 빠르게 변하는 시대를 살아가는 우리에게 가장 필요한 것은 지속적인 평생교육이고 교육을 담당하는 강사다. 끊임없이 새로운 것을 배우는 분위기로 평생교육이라는 시스템이 존재하고 거기에 성인교육과 강사로 살아가는 답이 있다. 그렇기에 강사라는 직업은 다른 형태의 직업으로 변화 발전할 가능성이 충분히 있고 사라지는 직업은 되지 않을 것이라는 확신을 한다. 우리는 평생 배움과 가르침을 반복하기 때문이다.

**학력 및 연령 제한 없음**

기업교육 강사로 강의를 하면서 주변의 많은 사람들로부터 수없이 많이 받는 질문 중 하나는 강사의 연령제한, 즉 정년에 대한 질문과 자격요건으로서의 학력에 대한 질문이다. 성인교육시장을 이해하고 있는 직장인이라면 강사의 연령은 오히려 연륜으로 인정되어 나이가 크게 문제될 것이 없음을 알 것이다. 단, 관련 분야의 경력이 충분히 있다는 조건하에서 말이다. 관련 경력에서 콘텐츠는 찾아내면 된다.

물론 취업사이트의 CS강사 채용이나 사내강사 채용 모집요건에 나이제한은 있다. 또한 고객사의 강의 요청 시 강사의 연령대 제한을 언급하는 곳도 있지만 일반적으로 흔한 요구사항은 아니다. 충분한 커리어로 강사를 준비하는 당신이 만약 강사의 연령 제한에 마음이 쓰인다면, 그 연륜과 전문성으로 1인기업을 만들고 대표강사로 활동해도 아무런 문제가 될 것이 없는 것이 강사의 세계라고 말해주고 싶다.

물론 강사로 전문성을 가졌을 때 1인기업강사가 가능하다. 강사의 학력에 대한 질문에는 결론적으로 강사의 학력과 전공에 대한 제한 기준은 없다는 것이다. 단, 학력이라는 스펙을 언급하지 않아도 통할 자신만의 차별화된 전문성이 있다는 전제하에서 말이다. 여기서 말하는 전문성은 모두 콘텐츠로 만들 수 있다. 우리나라가 학력사회이기도 하지만, 기업강사의 학력이 갈수록 높아지고 있어서 강사들 사이에서는 이미 석·박사는 흔하다. 강사들의 학위는 자신만의 전문분야를 좀더 단단히 구축하고자 하는 자기개발의 결과물인 경우도 많다.

나 역시 대학에서의 전공은 일본문학이었지만 강의 분야에 좀더 전문성을 갖추고자 대학원에서는 커뮤니케이션학을 전공했으니 말이다. 대학원을 사회적 인맥이 형성되는 곳이라고도 말하지만, 나의 경우는 인맥보다는 전공에 대한 전문도서를 많이 접하고 관련 전문용어를 좀더 세련되게 구사할 수 있는 계기가 되었다는 점에서 많은 도움이 됐다. 자신의 강의분야에 대해 이론적인 지식을 알고 배경까지 설명할 수 있는 능력을 갖춘다는 것은 강사로서 중요한 경쟁력이다. 그렇기에, 강의에 필요하다면 지식 습득을 위해 학위에 도전하는 것은 오직 강사 자신의 결정에 따를 뿐이다.

## 특별한 직업, 강사

같은 직업으로 10년 넘게 일을 하다 보면 찾아오는 매너리즘이 있을 법한데도 고백하건대 나는 이 직업에 한 번도 싫증이 난 적이 없다. 오히려 어떻게 하면 멋지게 나이 드는 강사로 성장할지, 실력으로 연륜이 통하는 강사로 성장할지를 고민한다. 아마도 계속 긴장하고 성장해야 하는 부담감이 싫증을 억제하는 것인지도 모르겠다. 오히려 시간이 갈수록 강사라는 직업은 여전히 재미있고 설렌다. 강의 준비로 밤을 새야 하는 상황에서도 동이 트면 그 상황도 즐길 줄 아는 체력을 기르고 싶다는 생각을 할 정도다. 강의에 대한 부담감보다는 새로운 것 하나라도 더 배우고 싶고 많은 사람들을 만나고 싶은 내 안의 열정이 더 크다.

강사를 준비하는 모든 사람들에게, 강사가 되고 싶지만 여러 가지 이유로 망설인다면 선배로서 일단은 도전해보라고 말해주고 싶다. 아무것도 안 하면 아무 일도 일어나지 않는다. 동경만 하지 말고 지금 움직여라. 자신을 믿고 실행하는 추진력을 발휘해보자.

성별 제한 없고, 정년도 없고 나이, 학력도 문제되지 않는 전문 강사는 그만큼 매력적인 직업이다. 이미 스타가 된 프로강사들, 막연하게 부러워만 하지 말고 자신만의 매력으로, 전문성으로 자신 있게 도전해 보자. 시작하면 이미 강사다.

## 인공지능이 발전해도 교육은 계속된다

2015년 1월 5일 워싱턴 포스트(WP)는 10년 후 미래에 살아남을 직업을 고르는 방법을 공개했다. 워싱턴포스트는 하워드 가드너 하버드 교수의 저서《미래를 위한 다섯 가지 생각》등을 인용해 '미래에 살아남을 직업'은 로봇이 대신할 수 없는 업종임을 이야기하며 법률가, 의사, 약사, 교사, 목수, 벽돌공 등이라 발표했다. 또한 "엄청난 정보를 걸러낼 수 있는 '정보처리 능력'과 SNS 등 '가상 환경'을 다룰 수 있는 능력이 중요시되는 직업인 정보 보안 전문가, 빅데이터 분석가, 인공지능?로봇 전문가, 모바일 애플리케이션 개발자 등도 10년 후 '미래에도 살아남을 직업'에 속하며, 미국 노동부에서도 "10년 후 미래에 살아남을 직업 중 약 65%는 지금까지 생각하지 못했던 직업이다"라고 밝혔다. 우리가 주목해야 할 부분은 10년 후에도 살아남을 직업에 교사라는 직업이 포함되어 있다는 사실이다. 뇌 과학자인 카이스트대 김대식 교수는 인공지능 시대에 각광받는 직업을 언급하며, 안전한 직업의 카테고리 3가지를 말했다. 첫 번째는 중요한 판단을 해야 하는 직업으로 법률가인 판사를 예로 들며 일어나는 일을 분석해서 법적인 조건으로 판단을 하는 것은 기계가 더 잘할 것이지만 정말 중요한 케이스의 경우 가장 중요한 판단은 '사람'이 할 것이라고 했다.

두 번째, 인간을 이해해야 하는 직업으로 교육, 협상, 광고, 세일즈 등 사람의 심리를 이해하는 직업이 인공지능의 발전 속에서도 살아남을 것이라고 했다

세 번째로 창의성이 필요한 직업으로 지적인 노동이 있지만 매번

새로 해야 하는 반복성이 없는 직업, 기계가 잘 다룰 수 없는 일이라고 했다. 여기에서도 주목할 만한 부분은 '교육'이 포함된다는 사실이다.

다시 말해 인공지능시대에도 인간이 할 수 있는 가장 위대한 행위 중 하나인 '교육'은 사람에 의해 지속되고 반복된다는 점이다. 우리는 이렇듯 평생을 배움과 가르침의 반복 속에서 살아가고 있다. 베이비부머 시대의 저성장의 그늘에서 은퇴 후의 30~40년을 어떻게 보내야하는지 고민이 깊어지고 있다. 인생의 두 번째 시작을 앞두고 제2의 직업을 고민하는 사람이 많은 가운데 다양한 분야에서 시니어 전문 강사가 대안으로 떠오르며 새로운 직업으로 강사의 세계에 진입하는 경우가 많다. 우선, 강사를 도전하기에 앞서 내가 가진 아이템을 점검하는 일은 필수다.

당신은 어떤 조직에서 무슨 일을 했는가? 잘하는 일은 무엇이었으며, 일하면서 성취했던 경험이나 그로 인해 행복했던 일은 무엇이었나? 무엇을, 어떤 메시지(아이템)를 전달하는 강사가 될 것인지가 정말 중요하다. 강사라는 직업은 정말 매력적인 직업이지만 아무런 준비 없이 쉽게 도전할 수 있는 직업은 아니다. 10년 전과 비교하면 요즘은 강사의 수요보다 공급이 정말 많아졌다. 평생교육프로그램을 진행하는 강사, 학원과 교습소의 강사들, 기업전문 강사, 대학교 시간강사 등 강사의 수는 1만 명 이상이라고 알려졌으며 정확한 집계가 어려울 정도로 변동이 심하다.

강사가 많아지다 보니 강사라는 유형도 다양하고 강사의 실력도 천차만별이며 수입의 격차 또한 심한 편이다. 알려진 대로 기업교육 강사는 억대 연봉이 가능한 직업이기도 하지만 프리랜서 강사 경력 10년이 되어도 일반 신입 회사원 연봉에도 못 미치는 강사도 있다. 대충 남이 하는 것만큼 해서는 안 된다는 얘기다. 그러나 여러 가지 자기에 대한 분석과 콘텐츠에 대한 기초 점검이 끝났다면 일단 시작하라.

## 강사라는 직업이 이로운 꽤나 많은 이유들

첫째, 콘텐츠만 있으면 자본 없이 시작할 수 있으며, 1인기업가로 창업을 한다면 강사CEO로 제2의 출발을 할 수 있다. 강사의 자본은 지식이다. 강사는 자신의 지식 아이템이 고객에게 내놓을 상품(콘텐츠)이다. 고객에게 내놓을 상품은 유행이 지나거나 폐기처분을 기다리는, 유통기간이 임박한 아이템이 아닌 참신하고 흥미로운 것이어야 함은 말할 것도 없다. 지식 아이템이 빈약하다면 착실히 준비한 후에 언제든지 도전할 수 있다.

둘째, 정년이 없으며 평생직업이 가능하다. 강사는 본인의 의지에 따라 원할 때까지 현역에서 일할 수 있다. 사실 요즘은 내가 다니는 직장이 계속 건재할 거라는 믿음이 깨진 지 오래다. 그런 면에서 볼 때 강사는 평생직업으로 도전해볼 만한 직업이다. 내가 하고 싶을 때까지 멋지게 현역강사로 사는 삶이 가능하니 말이다.

셋째, 개인의 능력과 노력 여하에 따라 빠르게 원하는 수익을 낼 수 있다. 강사의 시간당 강의료는 다른 직종에 비해 결코 적지 않다. 강사가 자신의 퍼스널 브랜드를 확립하고 책을 쓰고 저자로 강연을 하며 그 분야의 전문가로 인정을 받으면 강의료로 고수익을 창출하는 건 시간문제다. 그때 얻는 수익은 회사원이 일한 시간과 비교해서 볼 때 적은 수입은 아니라고 생각한다. 강사로서 수익을 낼 수 있는 자신만의 파이프라인을 확실히 구축한다면, 본인의 노력에 따라 억대 연봉이 가능한 것이 강사의 세계임은 분명하다.

넷째, 사람들에게 좋은 영향력을 끼칠 수 있으며 사회적으로도 이로운 영향력을 주는 위치다. 직업 선택 기준이 사람들에게 영향력을 주는 사람이 되고 싶은 것이라면, 강사라는 직업은 이로운 영향력을 끼치기 위해 스스로를 선하게 연마해가는 과정이라 말할 수 있다. 끊임없이 스스로 동기부여하고 말한 대로 살려고 노력하게 된다. 그 과정에서 긍정적인 생활습관이 생기고 선한 영향력이 발휘된다.

다섯째, 강사는 지식을 전달하고 배우고를 반복하는 직업이므로 강사 개인의 지속적인 성장이 가능하다. 강의를 듣는 사람만 배우는 것이 아니라 강사도 강의를 하면서 배우고 성장한다. 강사가 강의 준비를 하다 보면 여러 가지 정보를 수집하고 정리하면서 교육에 적용할 부분을 걸러내는 과정을 통해 교육을 개발하고 지식을 단순화시키는 작업을 하기 때문이다. 흐트러진 지식을 잘 정리해 자기 것으로 소화하는 그 과정에서 강사의 지적인 수준은 높아진다. 그래서 강사는 변화에 민감해야 하며 지적인 호기심을 가지고 자신의 성장을 탄탄하게 이끌어야 한다.

여섯째, 새로운 환경, 새로운 사람들과 다양한 주제로 만날 수 있어서 인간관계에 대한 이해의 폭이 넓어진다. 교육과정이 끝나면 다른 장소에서 새로운 교육생과 새로운 주제로 관계를 형성한다. 다양한 조직의 분위기를 간접 경험할 수 있으며 경험한 만큼 사람과 사회를 보는 시야가 넓어진다.

일곱째, 9 to 6의 회사 시스템에서 벗어나 내가 일할 시간과 장소를 선택할 수 있으며, 전달할 메시지 또한 자유롭게 구상해 주도적인 삶을 살 수 있어 만족도가 높다. 회사원으로 조직생활을 하다 보면 내가 주도적으로 일의 방향을 결정하기가 어렵다. 하지만 강사는 자신의 강의에 주어진 시간을 자유롭게 구성하고 청중과 호흡할 수 있다. 로봇이 대체할 수 없는 일을 하는 인재양성을 위한 평생교육을 담당하는 업(業)을 이어가는 것이 강사라는 직업이다.

제2부

___

# 직업강사가 되기 위한
# A to Z

# 3장
# 실전전략 Ⅰ
# – 나만의 것을 찾기 위하여

## 강사 준비, 과연 무엇부터 시작해야 하는가

바야흐로 전문가의 시대다. 전문가들의 강연시대라 해야 맞겠다. 최근 강연의 대중화와 스토리 파워에 관한 관심이 높아지면서 강사, 강연가, 스피커, 프리젠터에 관한 관심이 정말 뜨겁다. 전문강사의 전성시대라고 해도 과언이 아니다.

강사는 얼핏 보면 원맨쇼를 하는 말 잘하는 사람, 입담이 좋은 사람으로 여겨지는 선입견도 있다. 물론 강사는 자신의 지식을 전달하는 직업이기 때문에 전달력은 필수다. 말을 조리 있고 논리적으로 잘한다는 것은 일단 강사로 청중의 호감을 사기에는 좋은 조건이다. 하지만 단지 말을 잘한다는 것과 말로 사람의 마음을 움직일 수 있게 하는 것은 다르다. 강사는 일방향(one-way)이 아닌 청중 즉 교육생과 양방향(two-way) 커뮤니케이션이 능한 사람에게 적합한 직업이다. 강사는 내가 하고 싶은 말만 하는 것이 아니라, 교육생과 만나기 전까지 무수히 많은 소통의 강을 건너야 하는 직업이라는 말이다. 교육프로그램을 기획하고, 교육과정을 개발하면서 교육담당자와의 긴밀한 소통도 필요하며, 프로젝트성 교육을 진행한다면 동료 강사들과의 협업을 위한 소통도 필요하다. 피드백 과정에서 일어나는 교육생과의 소통 과정도 무시할 수 없다. 그러기에 강사는 대상과 상황에 맞는 소통상의 유연성을 발휘해야 한다.

기업이 원하는 성과를 창출해내기 위해서 강사는 교육을 통해 동기부여하고 조직원의 변화를 이끌어내며 그로 인해 조직이 활성화되고 생산성이 향상되는 것에 역량을 집중해야 한다. 경력과 연령에 따라 개인적인 차이는 있을 수 있으나 강사가 되기 위해 실질적으로 가장 먼저 준비할 것을 정리해보았다.

### 전문 강의분야를 체크하고 비전과 로드맵을 작성하라

나는 어떤 일을 해왔는가? 내가 가장 잘 아는 것은 무엇인가? 내가 가장 오래 해온 일은 무엇인가? 그중 성과를 낸 일은 무엇인가? 네 가지 질문에 조용히 나와 마주하고 적어 내려가 보기를 바란다. 초보강사라면 강의 대상 또한 청소년으로 할지, 성인, 시니어 대상으로 할지 정하는 것이 좋다. 대상을 좁힘으로써 좀더 해당 콘텐츠에 집중할 수가 있다. 물론 경력이 쌓이면 스펙트럼이 넓어져서 다양한 연령대의 강의를 소화할 수 있다.

실질적으로 해당 분야에 대한 전문지식을 갖춘 사람이라면 일단 출발점은 유리하다 할 수 있다. 전문지식은 곧 콘텐츠가 될 수 있기 때문이다. 자신의 확실한 콘셉트 없이 이 강의 저 강의 모두 같은 내용으로 접근하다 보면 깊이가 없는 저품질의 강의가 되기 쉽다. 물론 강사는 기업 교육담당자의 요구대로 다양한 주제를 상황에 적용시켜 소화해내야 하는 것은 맞지만, 자신의 전문 강의분야 콘셉트를 확실히 주제에 넣어 활용하는 방안을 찾도록 해야 한다. 나의 경우는 고객만족(CS) 교육과 커뮤니케이션 분야 강의를 전문적으로 하고 있다. 커뮤니케이션도 분야가 다양한데 갈등과 위기, 설득과 협상의 관리, 스피치와 프레젠테이션, 조직을 살리는 커뮤니케이션, 부모대화법, 교사, 강사의 공감 커뮤니케이션 등으로 세분화해 주제를 구성한다. 요즘은 커뮤니케이션 분야의 강사가 정말 많아졌다. 모든 강사들이 자주 다루는 주제이기도 하기 때문에 나는 나만의 전문성을 확보하기 위해 커뮤니케이션 관련 분야의 공부를 게을리하지 않고 있다.

어떤 방법이든 내가 잘할 수 있고 전문성을 보일 수 있는 분야를 택하는 것이 유리하다. 일단 당신만의 전문 분야가 확실히 있다는 것은 강사가 되기에 더없이 좋은 조건임에는 틀림이 없다. 전문분야가 없다고 미리 걱정할 필요는 없다. 분명히 누구나 잘하고 성과를 낼 수 있는 분야는 있는 법이다. 나의 가장 잘하는 것, 잘 아는 것을 키워드로 먼저 뽑아보라. 그러면 답이 보인다.

## Check 1

| 구분 | 나에게 질문하고 답하기 | 키워드 요약 |
|---|---|---|
| Q 1. | 나는 어떤 일을 해왔는가? | |
| Q 2. | 내가 가장 잘 아는 것은 무엇인가? | |
| Q 3. | 내가 가장 오래 해온 일은 무엇인가? | |
| Q 4. | 일하면서 성과를 낸 일은 무엇인가? | |

## Check 2

| 나는 어떤 강사가 되고 싶은가? (강사 비전 세우기) |
|---|
| 1. |
| 2. |
| 3. |

## Check 3

| 강사로서 강점 | 강사로서 약점 |
|---|---|
| 예) 자료를 잘 정리하고 활용한다 | 예) 목소리가 가늘고 힘이 없다 |
| 1. | 1. |
| 2. | 2. |
| 3. | 3. |
| 나의 강점 & 약점 분석 | |

## Check 4

| 강점을 강화하고 약점을 보완하는 전략 & 액션플랜 | |
|---|---|
| '강강약보'전략 | 액션플랜 |
| | |

# 소통의 무대를 기꺼이 즐길 준비가 되었는가

클릭 하나로 모든 것을 표현하고 해결 가능하다 보니 사람과 얼굴을 마주하고, 눈을 맞추는 대면을 어려워하고 기피하는 시대다. 일본에서는 이렇게 사람을 마주하며 대화하고 소통하는 것이 서툰 사람들에게 다양한 교육 프로그램을 제시하는 컨설팅이 활발하게 이뤄지고 있다고 한다. 우리나라 역시 요즘은 사회적으로 대면 기피 성향이 뚜렷한 것이 특징인 것 같다. 관계에서 오는 피로감이 쌓이다 보니 점점 소통이 어렵게 느껴진다.

얼마 전 신문기사에서는 일본 어느 지역의 스포츠센터를 소개했는데 이곳은 사람들과 함께 그리고 환한 조명 아래에서 다른 사람의 눈을 의식해 복장을 갖춰 입고 운동하러 가야 하는 불편함을 해소하기 위해 조명을 어둡게 해 고객을 배려하고 있다고 한다. 또 일본의 한 유통업체에서는 고객들에게 다가서서 말을 거는 직원들을 불편하게 여기는 고객의 목소리를 반영해 매장에 입장하면서부터 파란색 가방을 들고 쇼핑하는 고객에게는 다가서서 말을 시키지 않는 침묵서비스를 실시하고 있다. 혼밥, 혼여, 혼영이 유행을 하는 요즘, 소통이 꼭 필요하고 또 소통을 하고 싶지만 서툴 수밖에 없는 현대인의 모습이 반영된 것 같아 많은 생각을 하게 된다. 자연스러워야 할 소통이 어려운 문제로 느껴진다니 말이다.

강사라는 직업은 혼자 움직이는 1인기업 형태가 많아 혼자 일을 잘 해결해 나가는 능력도 중요하다. 사람들과 어울리고 먼저 친근하게 다가서는 것에 서툰 사람이라면 조금 힘든 일 일 수 있다. 한마디로 성격이 원만하고 대인 친화력이 요구되는 직업이 강사다. 유모감각과 엉뚱한 발상으로 개성 있는 강의를 구성해 다양한 연령층을 공략하는 강사도 많아졌다. 강사도 개성시대다.

강의 대상 조직도 다양하고 그 조직에서도 직급과 연령대와 사고 방식과 가치관도 저마다 다른 사람들을 대상으로 강의를 하기 때문에 너무 젊은 강사라면 넉살 좋게 이끌어가는 것이 무리일 수도 있다. 경험의 폭도 제한되어 있어 소통에 한계를 많이 느낄 수 있는 것이다.

하지만 직무교육이나 지식전달 교육 등을 시작으로 경력을 쌓다 보면 어느새 경력과 경험치가 더해지고 내공이 단단해지며 자기 몫을 해나가게 된다. 그래서 프로강사가 되는 과정은 시간을 잘 견디는 일이라고도 말하고 싶다.

새내기 강사 시절 3년을 함께하며 돈독한 우정을 쌓아온 K강사는 원래 성향이 조용하고 분석하고 연구하는 것을 좋아했다. "문 강사, 나는 강의는 싫고 혼자서 교육을 개발하거나 자료만 만들었으면 좋겠다"라며 어려움을 토로했다. 강사는 사람들과 소통하는 직업인데 강

---

**··· 교육장에서 강사소통의 TIP**

1. 인간적인 친근감으로 다가서기
2. 유쾌한 긍정의 에너지를 전달하기
3. 편안함으로 대상에 맞게 눈높이를 맞추기
4. 적극적인 관심과 호감을 보이기

---

의하는 게 고역이라면 어떻게 하란 말인가? K강사는 실제로 교육과정을 개발하고 교재를 만드는 일에 능숙했고 PT 자료 또한 세련되고 간결하게 잘 만들었다. 그런데 사람들과 막상 교육시간에 대면하면 그 시간이 너무 힘들고 에너지가 고갈되는 느낌이라며 힘든 점을 호소했다. 연구하기와 분석하기를 좋아하지만 사람과 대면하기 힘든 성향이라면 오히려 연구직이 더 잘 맞다. 오랜 고심 끝에 K는 현재 기업에 교육을 제안하는 전문 컨설팅 교육팀에 입사해 교육프로그램을 개발하고 분석하여 소속 강사들이 안정적인 프로그램으로 강의를 하는 데 도움을 주고 있다. 강사 경험도 있어서 누구보다 강사들을 잘 이해하기 때문에 환상의 호흡을 자랑하며 많은 성과를 내고 있다고 한다.

오랫동안 인기를 누리는 스타강사들의 공통된 특징은 '대중성'에 있다. 누구에게나 다가설 수 있다는 편안함과 문제를 원만히 해결해 나갈 전문성, 그리고 사람들과 공감하는 소통능력이 바로 그것이다. 사람들과 기꺼이 소통을 즐기는 소탈하고 따뜻한 마음의 소유자라면 당신은 반드시 좋은 강사로 출발할 수 있을 것이다. 강사는 지식을 전달하는 사람이기도 하지만 조직에서 기관에서 학교에서 소통을 실천해야 하는 일이 기본이기 때문이다.

## 내게 맞는 강사양성기관, 현명하게 선택하기

강사가 되려면 어떤 준비가 우선되어야 할까? 자신의 분야에는 전문성이 있고 여러 차례 해당 프레젠테이션을 한 경험이 있지만 그 경험만으로 강의를 시작하기는 어렵다. 강의는 전문 교수법이 필요하다. 교수법안에는 교육을 설계하고 진행하는 다양한 이론들과 교안작성법등, 효과적인 계층별 교육의 방법과 접근법등의 팁을 얻을 수 있다.

강사를 시작할 때 어떤 마음가짐으로 강사상를 세우고 어떤 준비를 하고 어떻게 전달해야 하는지, 강사도 비즈니스 업무이기에 강사로서의 태도, 매너와 이미지 관리는 물론 강사가 가져야 할 기본 자질도 포함된다. 이런 것들을 잘 정립할 수 있게 도와주는 기관을 현명하게 선택하자.

## 강사양성기관 선택방법과 수료 이후 경력관리

### 선택의 기준을 세워라

나의 경우 서비스 실무 경험과 강의 경험은 있었지만 전문 강사로 활동하기 위해 도움을 받을 수 있는 곳을 우선으로 꼼꼼히 기준을 가지고 기관을 선택했다. 전문 교수법, 교육 트렌드, 교육과정 개발과 활용, 서비스 모니터링 기법이라든지 컨설팅 전반을 아우르는 교육 커리큘럼이 들어가 있는 교육기관을 우선적으로 선택의 기준으로 삼았다. 요즘은 다양한 기관에서 실시하는 강사양성의 국비지원 과정도 많아졌고, 대학의 사회교육원, 평생교육원에도 강사양성 과정이 있다. 교육기관을 선택할 수 있는 폭이 그만큼 다양해진 것이다.

**다양한 커리큘럼을 확인하라**

10여 년 전 당시 300만 원 가까이 되는 아카데미 수강료가 부담스럽기도 했지만 나를 위한 투자라고 생각하고 과감히 수강을 결정했다. 어쨌든 나는 그 과정을 통해 강사로 부족한 스킬과 매너 등을 익혔으며 전문 서비스 강사로의 직업전환에 성공했다. 실제로 강의할 때 실전에 부딪히는 것은 나의 몫이었으나 혼자 강의를 할 때 교안을 작성하고 교육대상의 니즈를 파악하고 교수설계를 혼자 할 수 있었던 점등은 교육과정이 도움이 되었다. 교육과정 중에는 나의 전공분야인 스피치클리닉 과정이 있었는데 아나운서 출신이 직접 교육하고 피드백을 해주는 개별 코칭스킬 방식을 배울 수 있었고, 마케팅 전문 강사에게는 교육을 위한 현장을 모니터링하고 고객의 접점을 분석하는 방법을 배웠다. 아카데미의 H원장은 강의스킬과 전문성은 시간과 노력으로 충분히 채워질 수 있지만 인성과 강사로서의 철학, 즉 비전을 세우는 일에 대해서는 스스로에게 엄격하라는 당부로 충분한 동기부여를 해주었다. 어떤 사람은 강사양성과정이 너무 천편일률적으로 강사양성에만 열을 올린다고 말하지만 내 생각은 조금 다르다. 정말 강의를 할 전문 콘텐츠는 가지고 있는데 강의를 하는 방법과 전문강사의 강의패턴을 모를 때에는 전문가의 도움을 받는 것이 맞다고 생각한다.

**수료 후의 성장이 진짜 프로강사를 만든다**

어렵게 강사 양성과정을 수료하고도 실제로 현역 강사로 살아남는 수가 그리 많지 않다.

초보강사로 진입을 한 후 프로 전문 강사로 성장을 해야 하는데 그 과정이 쉽지는 않다. 수많은 프로강사과정이 있지만, 실제로 프로강사로 성장하는 수는 극히 적다. 그야말로 알아서 실력과 인맥을 갈고 닦으며 성장해야 한다. 나의 강사양성과정 동기들도 12명 중 전문 강사로 활동하는 3명을 제외하고는 모두 다른 분야에서 활동을 하니 말이다.

지금 생각해보면, 늦은 나이에 시작한 강사공부는 새로운 경험이었고 누구에게 인가는 무모해보였을 도전이었다. 대표가 모든 강의를 직강 한다는 홍보를 많이 보는데 그것이 꼭 좋은 것만은 아니다. 강사는 모두 저마다의 전문 분야가 있고 가능한 강의분야가 있다. 과정마다 분야별 전문 강사들이 투입되어 여러 분야의 강의하는 스타일을 볼 수 있는 것이 좋다. 왜냐하면 그 과정 중 에서도 전문 강사의 교육진행 스킬을 하나하나 배울 수 있는 소중한 시간이기 때문이다.

아카데미의 강사도 제각기 스킬과 전문성이 다르다. 아카데미를 선정하는 기준을 보면 저마다 다를 수 있지만 원장의 전문분야, 아카데미 연혁, 강사진과 커리큘럼도 중요하다. 무엇보다 실질적으로 강사양성과정 이후 내가 혼자 강의할 수 있는가가 가장 중요하다. 실제로 강사양성과정 종료 후 달랑, 수료증만으로 강의를 할 수 있을까? 답은 절대 아니다. 이다. 나는 마지막 날 시강에서 프레젠테이션을 1등으로 수료했는데 수료 후 혼자 강의를 할 수 없을 정도로 막막했던 기억이 있다. 시강 15분의 10배로 실전 150분 꽉 채울 수 있는 깊이 있는 강의를 위해서는 강사 스스로 그 분야를 잘 알고 강의할 수 있는지가 가장 중요하다. 몇 시간, 몇 주의 과정을 이수하고 수료증을 받았다고 끝날 일이 아니다. 여기서부터 혼자와의 싸움이 시작된다. 보다 전문적인 공부로 강의 내용을 채워가야 할 최고의 준비시기이다. 그래야 나보다 더 전문적인 지식을 가진 교육생들 앞에서 당당할 수가 있다. 수료 후의 홀로서기가 제대로 되는 강사가 프로강사로 성공할 확률이 높다. 홀로서기의 시작은 철저한 실전 강의 준비이다. 기회가 와도 강의준비가 되어있지 않으면 그림의 떡일 뿐이기 때문이다.

### 인맥과 실력으로 네트워킹 그리고 홀로 서기

기관에서 주는 자격증과 수료증만으로 실제 강의를 할 수 있지도 않으며, 그저 할 수 있을 것 같다는 자만심은 버려야 한다. 그중 내 전문분야를 만들어 실제로 강당에 설 수 있는 의지와 노력이 반드시 필요하다. 많은 강사양성 아카데미 과정에서는 민간자격증과 수료증을 주지만 수강생의 취직과 강의를 절대 보장하지 않는다. 그러니 양성과정을 듣는다면 수동적으로 수업만 듣지 말고, 반드시 담당강사로부터 많은 정보와 경험을 얻을 수 있도록 적극적인 피드백을 요청하길 바란다.

수료 후에는 오롯이 혼자와의 싸움이 시작된다. 내가 혼자 강의를 할 수 있을까? 어디서 강의를 할 수 있을까? 서류는 통과했는데 면접 시강을 어떻게 준비할까? 끝도 모를 자신감 하락을 수십 번 겪는다. 수료 후에도 교육생의 취업 관리를 해주거나 기회를 주려고 노력하는 기관도 있지만 그렇지 않은 기관도 의외로 많다. 나의 경우 과정 이

수 후 개설된 동기 활동방과 게시판의 보조 강사지원 등의 기회를 놓치지 않고 참여했으며 아카데미에서 연계해주는 강의가 주어지면 관련 서적을 몇 권씩 읽고 분류하고 재구성해 밤새 교안을 만들고 연습하며 강의 실전에 임했다. 또 한 가지 힘이 되었던 것은 뜻이 맞는 동기들과 스터디를 하면서 주기적인 인적 네트워크를 쌓았고, 원장님이 하는 강의는 보조강사를 지원해 따라다니며 들었다. 그렇게 몰라서, 경험이 부족해서 힘들었던 초보강사의시기를 간접 강의 현장을 통해 다지며 견뎌냈다. 하고자 하는 집념과 의지가 컸기에 적극적인 열정과 노력의 결과로 크고 작은 여러 번의 강의 기회를 얻어 대학과 기관에서 새내기 강사로 경력을 만들어 나갔다.

### 바로 강의할 수 있는 실전강사가 돼라

요즘은 단기간 양성과정도 많아졌고 속성으로 하는 원데이 집중 클리닉 과정도 눈에 띈다. 교육시간이 길다고 좋은 것이 아니며, 교육기간이 짧다고 나쁜 것도 아니다. 과정을 통해 반드시 혼자서도 강의를 할 수 있도록 아낌없는 피드백을 주는 멘토를 만나라. 꼭 혼자 강의할 수 있는 힘과 좋은 강사로 성장 할 수 있는 방법을 알려주는 강사를 만나길 바란다.

오늘도 정말 많은 강사양성기관들이 생기고 없어지기를 반복한다, 강사지망생이라면 어떤 기관이 좋을지 많은 고민이 따르는 것은 당연하다. 어떤 기관이든 선택을 했으면 재능기부형태의 무료강의의 기회이든 강의 보조 진행강사의 기회이든 현장모니터링, 인터뷰, 미스터리

쇼퍼의 아르바이트 경험이든 적극적인 참여의지를 가져라. 먼저 알아서 챙겨주는 기관을 만난다면 더없는 행운이겠지만, 기관운영과 강사도 사람이 하는 것이기에 소극적인 것보다 적극적인 강의의지를 보이는 예비 강사에게 더 끌린다는 것을 명심하라. 그러니 강사 양성기관에서 수료를 하는 것에 의미를 두지 말고 그 수료증을 바로 강의에 활용하는 것에 초점을 맞추길 바란다.

요즘 기업에서는 사내강사과정을 적극 운영해 직원들에게 다양한 기회를 주려고 한다. 강사 전문기관을 이용하든 사내강사과정에 참여하든 전문 교수법 과정은 자신의 경제적인 사정과 시간을 고려해 많이 비교하고 시간을 투자해 직접 상담 과정을 거쳐 결정하길 바란다. 예전보다는 비용 절감을 할 수 있는 기관, 지자체 등 지역의 시민대학 및 대학의 평생교육과정 등 다양하고 알찬 국비지원의 강사양성 교육 과정도 많이 있으니 부지런히 움직이면 교육과정 이수 후 수료증도 받을 수 있고 눈에 띈다면 강의의 기회도 얻을 수 있다. 전문적인 교수법과 강의스킬을 배울 수 있는 강사양성기관이 다양해졌으니 이를 적극 활용하는 것도 방법 중 하나다. 어디 강사양성기관 출신인지는 중요하지 않다. 강의를 바로 할 수 있는 강사인지가 중요하다. 수료증의 취득이 목적은 아니지 않은가? 강의를 해야 하는 강사이니 강의실전 경험을 쌓는 일에 주력하길 바란다. 부디 강사양성과정이 초보강사가 느끼는 막연하게 힘든 시기를 단축시키고 같은 꿈을 가진 사람들과 교류하며 동기부여 받고 자신감을 얻어 강사로의 진입이 수월해지길 바라는 마음이다. SNS의 화려한 마케팅, 호의적인 댓글에 현혹되지 말고 자신의 상황에 맞는 소신과 원칙으로 기관을 선택해보자.

## 강사의 기본 중에 기본, 태도와 기술과 지식

좋은 강사가 되는 데 꼭 필요한 조건과 역량 3가지(ASK)를 소개한다.

강사에게 필요한 공통된 역량으로는 첫째, 어떤 행동의 원인을 제공하고 행동을 유도하고 강화해 동기부여하는 것, 두 번째로는 변화관리에 대한 이해를 바탕으로 교육생에게 비전을 제시하는 것, 세 번째로는 다른 배경과 관점을 가진 사람들에 대한 다양성을 인정하는 것이 있다.

ASK 중 A 즉 태도는 마음가짐과 자세를 말하는데 강사가 아무리 전문지식이 뛰어나고 강의기술이 뛰어나도 강사가 갖춰야 할 가장 기본이 되는 태도가 적절하지 않으면 공감을 얻지 못한다. 조심스러운 부분이지만 강사라면 강의와 강사의 일상생활에서 언행이 일치되도록 노력해야 한다. 이것은 모든 강사가 갖추어야 할 가장 기본이라고 할 수 있다. 강사의 기본, 이 기본을 지키는 일이 가장 어렵다.

## 같은 것을 더욱더 돋보이게 할 수만 있다면

강사는 최신 트렌드에 민감해야 한다. 새로운 정보와 지식전달을 위해 '보랏빛 소'를 기억하고 기존과는 다르게 색다른 접근을 시도하자.

즉, 기존의 콘텐츠에 포장을 다르게 하는 것, 산적한 문제를 참신하게 풀어낼 색다른 방법을 제안하라. 2003년 인기 블로거이자 마케팅 전문가인《보랏빛 소가 온다》의 저자 세스 고딘은 시간이 너무 없고 선택해야 할 정보는 너무 많아 대부분의 많은 정보가 묻혀버린다고 말하며 똑같은 정보를 남들과 똑같은 방법으로 전달하면 결코 돋보일 수 없다고 말한다. 그는 다르게 전달하는 솜씨를 가질 것을 주문한다.

"여러분이 시골길을 달린다고 생각해 보세요. 소가 한 마리 보입니다. 눈길이 가겠습니까? 시골에 소가 있는 것은 당연하니까요. 식상하니까 그냥 무시합니다. 누가 차를 세우고 '우와, 소다!' 하겠습니까? 아무도 그러지 않습니다. 하지만 보랏빛 소라면요? 한동안 눈을 떼지 못할 것입니다. 물론 소가 모두 보라색이라면 또 식상하겠지만요. 사람들의 입에 오르내리는 것, 그들이 결정하게 하는 것, 마음을 바꾸게 하는 것, 지갑을 열게 하는 것, 그것은 무엇일까요? 눈에 번쩍 띄는 것입니다. '돋보인다'는 것은 정말 멋진 말이죠. 단지 마음에 든다는 것만이 아니라 거기에 대해서 말하고 싶다는 뜻이기 때문입니다."

누구에게나 똑같은 정보를 어떻게 말할 것인가? 다르게 전달하는 것이 돋보인다는 것이다. 강사 입장에서 이것을 적용해 본다면, 기존의 정보 '갈색 소'를 버리고 청중이 상상하는 그 이상의 것을 주기 위해 전달 하고자하는 '보랏빛 소'에 해당하는 새로운 정보와 내용, 방법에 다른 시도를 해보는 것이다. 보랏빛 소, 즉 최신 정보, 따끈한 오늘의 이슈를 알려주라. 연구에 따르면 인간의 두뇌는 익숙한 것보다는 새롭고 색다른 것에 반응한다고 한다. 청중은 익숙하지 않은 것, 평범하지 않은 것, 전혀 기대하지 않았던 것을 들었을 때 집중하고 반응한다. 이러한 시도는 그들의 선입관을 흔들고 세상을 보는 새로운 방법을 빠르게 제시 했을 때 빛을 발하며, 그때 청중의 호감을 최고조로 끌어낼 수 있다.

우리의 학창 시절을 떠올려보라. 매일 똑같은 내용의 교육내용을 전달하는 선생님보다 최신 팝송을 알려주고 최근 유행하는 트렌드와 연예인 정도는 공감해주는 선생님의 인기가 높았음은 누구나 아는 이야기 아닐까? 처음 운전을 시작하여 가는 길, 그 초행길은 더 떨리고 두려웠던 것처럼 익숙하지 않은 것에 더 반응하고 긴장한다. 바로 오늘, 최신 정보를 먼저 전달해보라. 청중은 의자를 바짝 앞으로 끌어당겨 앉을 것이다.


## 다양한 관점으로 많은 경험과 만남을 만들라

강사로서 나이가 들수록 좋은 것은 나눌 수 있는 경험의 폭이 넓어진다는 것이다. 그런데 나이가 들어도 내가 노력하지 않으면 새로운 사람들과의 관계가 저절로 생기지는 않는다. 초보강사 시절에는 일부러 여러 모임에 소속이 되어 정보도 공유하고 강사 네트워크 쌓기에 바빴던 시기도 있었다. 지금은 많은 모임을 일부러 만들거나 참여하지 않다 보니 어느 날은 강사라는 직업이 문득 외롭게 느껴졌다. 본인의 끊임없는 노력과 새로운 사람과 새로운 경험에 대한 호기심이 필요하다는 생각을 했다.

새로운 인연과 만남은 진정성과 시간 투자를 필요로 하기 때문에 개인이 각별히 노력해야 하는 부분이기도 하다. 강사가 새로운 방식의 시도를 즐겨야 하는 이유는 다양한 관점을 통해 자신의 세계를 새롭게 보는 사람만이 청중에게 새로운 세상과 소통하는 방법을 알려줄 수 있기 때문이다. 그렇기 때문에 연령과 성별을 불문하고 내가 그들과 어떤 대화도 가능하며, 어울릴 수 있는 사람이 되기 위해 새로운 것을 즐길 줄 아는 사람으로 최적화해야 한다.

스타벅스의 CEO 하워드 슐츠는 인간 중심의 경영철학으로 유명하다. 직원들을 파트너라고부르는 그는 매일 다른 사람들과 점심식사를 하면서 다양한 사람들을 만나고 다양한 관점을 가지려고 노력했다. 그러한 그의 습관은 자신을 성공할 수 있게 해준 원동력이었다고 말한다. 관계의 확장보다는 관계의 깊이에 고민이 많은 내 입장에서는 매일 다른 사람과 식사하고 관계 맺기를 벤치마킹하기엔 여건도 어렵고 아직 서투르다.

새로운 시도가 여건상 어렵게 느껴진다면, 평소 자주 가보지 않던 곳도 가보고, 즐겨먹지 않는 음식부터 도전해보고, 강사 직업이 아닌 전혀 다른 관심사를 가진 사람들과의 만남도 가져보면 어떨까? 새로운 사람과의 만남, 새로운 경험은 의외로 일상의 활력소가 되기도 하고 새로운 인적 네트워크를 만들어주기도 한다. 꼭 비즈니스를 염두에 두지 않은 관계도 때론 필요하다. 강사는 다양한 관점이 필요한 직업이므로 새로운 일, 새로운 장소, 새로운 사람을 만나는 것을 즐겨야 한다. 이 새로운 모든 경험을 자신의 강의, 강연에 녹여내는 것이 바로 프로강사의 스킬이다.

## 무슨 강의하세요? 강사에겐 포지셔닝이 핵심

강의를 전문적으로 하는 강사라고 하면 제일 먼저 듣는 말이 "무슨 강의 하세요?"이다. 강사라고 하면 뭐 가르치냐고 한다. 기업강사라고 하면 더 관심을 갖는다.

기업강사지만 다양한 곳에서 강의한다. 어떨 때는 똑 떨어지는 소속 없는 일을 한다는 것이 설명이 어려울 때가 있다. 나도 교육을 받으며 기업교육 강사라는 직업을 알았으니 말이다. 콘텐츠가 있는 강사는 스피치 스킬을 익히면 되지만, 콘텐츠가 없어 고민인 사람일수록 나는 무슨 주제로 어디서 누구를 대상으로 어떤 강의를 하고 싶은지에 대한 플랜이 있어야한다. 플랜은 세부적이고 구체적일수록 좋다. 물론 나의 현재 커리어 분석이 첫 번째다.

성인교육시장의 강사는 기업 소속 사내강사, 프리랜서, 1인기업강사, 기타 특강강사, 그 밖에 다양한 주제로 평생교육 아카데미에서 강의하는 강사 등으로 분포되어 있다. 그리고 다양한 이력으로 강사가 되는 사람들이 많아지고 있다.

연극배우가 관련 경력의 강사로 롤플레잉 강의 기법을 개발해 강의에 활력을 불어 넣을 수 있도록 강의를 한다든지, 습관에 대한 실천을 생활화해 습관전도사로 동기부여강의를 한다든지, 독서를 해 인생의 성공적인 변화를 느낀 사람이 독서법을 강의한다든지 강의의 형태와 전문분야는 자신이 잘할 수 있는 일, 그 일을 실천하거나 성과로 증명한 사람이라면 보통 사람 누구나 관련 강의를 할 수 있다.

**어디서 강의할 수 있을까**

경력이 없는 초보강사는 사내강사를 시작으로 한다면 해당 기업의 조직생활도 함께 경험할 수 있기 때문에 금상첨화다. 현실적으로 강사의 연령제한이 있고 사내강사 선발에 영향을 미치는 것은 예나 지금이나 변함은 없다. 30대 중반 이후로는 많은 사내강사 강사구인정보에 나이제한이 있다 보니 40대 이상의 강사지망생들의 입지가 좁은 것은 사실이다. 40대 이상의 강사지망생이라면 자신의 전문 콘텐츠와 개인브랜드가 있고 없고의 차이로 강의를 할 수 있는 곳이 많아지기도 하고 아예 없을 수도 있다. 사내강사의 구인정보는 취업포털 사이트에 주기적으로 올라온다.

대기업이 아니더라도 먼저 강의 경력을 쌓고 체계적인 연간, 월간 교육프로그램을 구성해 진행의 기회를 얻을 수 있는 곳이라면 그 기회를 잡으라고 말해주고 싶다. 오히려 중소기업의 조직이 다양한 교육프로그램을 운영해볼 수 있고 강사의 교육진행 역량과 의지에 따라 적극적인 지원을 받을 수도 있기 때문이다.

그렇게 강의의 실전 경험을 쌓고 자신감이 생기면 프리랜서 강사로 독립을 하게 되는데 그때는 전문 강사로 기업, 대학교, 평생교육원, 각 기관과 지자체에 교육담당자들에게 교육 프로그램을 만들어 교육을 제안하거나 요청을 받아 강의를 한다. 특히 전문 강사를 희망하는 강사지망생들의 질문은 한결같다. 강사라는 직업의 전망과 대우는 어떤지, 자신의 커리어를 살려 어떤 강의를 하면 좋을지, 강사로의 첫발을 어떻게 어디서 내딛으면 좋을지를 묻는다. 기업과 기관, 군부대, 복지관, 여성인력개발센터,학교, 지자체, 평생학습기관 등 강사로 활동할 수 있는 곳은 시선을 넓히면 무척 다양하다.

## 너무나도 다양하고 다채로운 강사의 유형들

강사는 크게 소속 사내강사, 프리랜서 강사, 1인기업강사,전문직업 강사와 책의 출간을 통해 강의를 시작하는 강사, 은퇴 후 자신의 전직 커리어를 살려 강사로 직업 전환을 하는 시니어 강사. 정보전달의 법정의무교육 강사로 시작해 자신의 전문 분야를 개척해나가는 강사 등 무척 다양한 경로를 통해 강사가 되고 강의를 한다.

**자신의 콘텐츠로**

각기 다른 콘텐츠로 자신의 전문분야를 강의하는 전문 강사를 말한다. 예를 들면, 기업 전문컨설팅 강사, 서비스(CS) 강사, 대학생·청소년·진로·취업 전문 강사, 인문학 강사, 심리·성격진단 전문 강사, 라이프 코칭 강사, 성공학 강사, 리더십 강사, 4대법정의무교육 강사, 동기부여 강사 등이 있다. 자신의 전문분야 구축과 퍼스널 브랜딩에 주력하며 직업으로 꾸준히 강의한다. 김영란법 시행 이후 청렴 관련 전문 강의만 하는 강사도 활약하고 있다.

**기업의 임원 및 직원이 전문 커리어로**

강사시장에는 기업 임원 출신 강사도 많다. 전직에서의 업무나 성과 등 개인의 조직리더로서의 경험 등을 모두 강의의 소재로 활용해 강연 활동을 한다. 주로 자신의 책을 출간해 퍼스널 브랜딩을 구축한 후 인생 2막의 전문 강사로 활약한다.

기업 조직에 대한 이해가 빠르기 때문에 차이는 있지만 잘 준비해 강사로 진입할 경우 빠르게 전문 강사, 프로강사로 성장하는 경우가 많다. 자신만의 전문 콘텐츠를 이미 가지고 있고 거기에 강의력을 갖춘다면 도전해볼 만하다. 강사경력 이전에 다른 조직에서의 근무 경력, 현장 커리어가 있는 강사라면 프로필에 충분히 어필해도 좋을 것이다. 교육담당자들은 검증된 진짜 실무형 전문 강사를 원하기 때문에 강의스킬은 조금 부족해도 실무형 조직 경험이 풍부한 쪽에 더 호감을 느낀다.

## 보통 사람도

특별한 이력으로 강사에 도전하는 것이 아니라, 보통의 직장인으로 직장에 몸담고 있으면서 자신의 전문분야를 차근차근 준비하는 강사도 있다. 현재 일하고 있는 직장에서 개인의 휴일이나 자투리 시간을 활용해 다양한 강의경력을 쌓으며 강의에 필요한 전문 강의를 찾아듣고 자기 계발을 하는 경우다. 실제로 주말의 강사양성 과정 수강생 중에는 직업을 가지고 있는 강사지망생도 많다. 대기업의 인사 관련 부서에서 일하는 모 과장은 HRD 파트 교육담당자로 재직하면서 쌓은 노하우로 자신만의 전문분야에서 강사로 데뷔를 준비 중이다. 무엇보다 다른 사람의 교육을 자연스럽게 많이 접할 수 있고 평가하는 입장에 있는 교육담당자는 좋은 강사를 알아보는 측이 있다고 한다. 강의 진행의 좋은 예와 나쁜 예를 알고 있으므로 강사로 직업 전환 시 유리할 수 있다.

많이 접하는 것만큼 좋은 경험이 있을까? 좋은 강사를 모델로 정하고 벤치마킹해 자신만의 강의법을 개발해 진행해보는 것도 하나의 방법이다.


## 다양한 강사양성기관에서

특별한 관련 사회 경력이 없지만 다양한 강사양성기관에서 해당 전문교육을 받고 양성된 강사들이 있다. 진입장벽이 낮아 경쟁도 치열하고 무엇보다 웬만한 전문실력이 아닌 이상 차별화하기가 어렵다는 점이 있다. 특별한 사회 경력이 없는 강사라도 자신이 잘할 수 있는 분야, 자신 있는 분야를 찾아 평생교육과정의 해당 지도자과정을 이수하는 것도 방법 중 하나이다. 강사로서의 경력을 쌓으며 그 분야의 독보적인 강사로 성장할 수도 있다. 얼마나 간절하게 원하는지 노력하는지에 달린 문제다.

## 진정 나만의 강의 아이템을 찾고 싶다고요?

그렇다면 나만의 강의 아이템을 어떻게 찾을까? 강사 되기를 결정하고 나면 과연 나는 어떤 아이템으로 강의를 시작할 수 있을지, 내가 가진 차별화된 개인능력을 먼저 진단해야 한다. 성공한 강사들은 모두 자신만의 전문 강의 아이템이 분명히 존재한다. 먼 곳에서 찾지 말고, 남이 하는 것 따라 하지 말고 자신이 가장 오래 해온 일, 잘해서 성과를 낸 일을 강의의 아이템으로 활용하는 것이 바람직하다.

### 아이템 발굴을 위한 벤치마킹

각 분야의 권위 있는 전문가의 강연을 듣는 것이 대중화된 요즘이다. 저자의 전문적인 저서를 통해 지식과 정보를 얻기도 하지만, 직접 목소리로 소통할 수 있는 강의와 강연은 청중에게 생생한 감동을 안겨주기에 충분하다. 《정신의학의 탄생》, 《그렇다면 정상입니다》, 《소통&공감》 등의 꾸준한 전문저서의 집필과 소통의 리더십 관련 강의를 하고 있는 정신과 전문의 건국대 하지현 교수, 《이끌지 말고 따르게 하라》,《지혜의 심리학》의 저자인 아주대 김경일 교수를 꼽을 수 있다. 트렌드 연구자《아프니까 청춘이다 》의 저자로서 청춘 멘토로 자리매김한 김난도 서울대 교수는 강연을 통해 청춘멘토로서 역할을 할뿐 아니라 대한민국 소비 트렌드에 대한 대중 강연가로도 유명하다. 여러가지문제연구소의 김정운 소장 역시 꾸준한 저서와 대중 강연, 칼럼 기고로 우리에게 친근한 이미지다. 소아과 의사이자 엄마들의 육아멘토로 활약 중인 오은영 교수도 있다. 자신의 전문성을 대중 강연에 활용하고 있는 사례는 이밖에도 다양하다.

### 모방 불가, 나만의 독특한 경험이 강의 아이템

그 예를 들어 보자. 7년의 세계 오지 여행 경험담과 2001~2009년 국제 NGO월드비전에서 긴급구호 팀장으로 일한 현장경험을 바탕으로 강연하는《바람의 딸, 걸어서 지구 세 바퀴 반》의 저자인 한비야가 있다. 전 아나운서 손미나는 여행 관련 책의 저자로 활동하며 다양한 여행의 경험담과 여행의 기술에 관한 인문학 강사로도 활약하고 있다. 세계 최초 '히말라야 8000미터 16좌 등정'의 주인공으로 한국을 대표하는 산악인 엄홍길 대장은 수많은 좌절과 실패, 그 과정에서 열명의 동료를 잃어야 했던 슬픔 등을 잊지 않고 히말라야 산간 오지 마을에 학교를 세우고 봉사하며 많은 사람들에게 희망과 할 수 있다는 자신감을 강연으로 녹여내는데, 누구도 모방할 수 없는 개인의 경험과 역경 극복 사례가 감동을 주는 강연으로 잘 알려져 있다.

한비야, 손미나, 엄홍길 대장은 타인이 절대 모방할 수 없는 그들만의 경험담으로 강의를 더욱 빛내고 있다. 누구도 똑같은 경험을 할 수 없기에 모방할 수는 없는 나만의 경험은 좋은 강의 아이템이 될 수 있다.

꼭 유명한 공인이 아니더라도 보통 사람의 여행 경험담과 외국에서 현지 적응하는 법, 운동과 소식을 통한 극한 다이어트 경험담을 강의 소재로 활용하는 등 사례는 주변에서도 쉽게 볼 수 있다. 이렇듯 멀리가 아닌 내 안에서 내 경험으로 강의 소재를 찾는 것도 좋은 방법이다.

### 내가 좋아하는 일, 잘하는 일, 관심 있는 일에서부터

SNS 소통을 기반으로 인테리어로 집 꾸미기와 일상 사진 찍기, 가족과 캠핑으로 힐링하기 등의 아이템으로 사람들과 소통하며, 관련 책의 저자로 강의 활동을 겸하는 경우도 있다. 경제 분야에 관심을 가지고 재테크에 성공한 사례, 주부로서 치우고 정리하고 요리하는 장점을 살려 해당 전문 아이템으로 블로그와 카페를 운영하며 책을 출간하고 강의하는 강사도 있다. 좋아하고 잘할 수 있으며, 관심 있는 분야의 강의를 한다는 것은 아이템 선정부터가 다른 사람과 차별화될 수 있다는 것이다.

## 콘텐츠를 빛나게 해주는 강사되기 실전전략

강의주제 즉, 핵심 메시지를 정해야 강의를 순조롭게 준비할 수 있다. 이때, 강사들은 강의주제에 맞는 정보와 사례수집, 그것을 활용하는 능력이 무엇보다 중요하다. 강사의 특성상 정해진 주제로만 강의하는 것이 아니라 다양한 주제를 소화해야 하기 때문이다. 다양한 주제를 다룰 수 있는 강사가 되려면 자신만의 정보와 사례를 모아두는 강의 전용 '지식 보물창고'가 있어야 한다.

## 사례 수집이 경쟁력이다

강의를 준비할 때 주로 관련 전공서적이나 논문, 도서, 신문, SNS, TV 등 다양한 대중매체에서 정보를 얻는다. 강사는 무엇을 전달하느냐도 중요하지만 어떻게 잘 전달하느냐도 중요하기 때문에 풍부한 어휘력은 양질의 콘텐츠를 더욱 빛나게 해준다. 다양한 지식 정보창고를 활용하면 구사할 수 있는 어휘력이 풍부해지고, 어휘력이 풍부한 강사의 강의는 어떤 것을 말할 때 청중의 고개를 끄덕이게 하는 힘이 있다.

동기부여에 활용하기 좋은 글, 강의 오프닝, 클로징 멘트에 활용할 말을 모아두는 메모습관을 가지면 좋다. 나는 좋은 글과 말을 접하면 당장 쓰지 못하더라도 언젠가는 강의에 활용해야지, 하는 생각에 습관적으로 나만의 지식창고에 분류해 모아둔다. 또는 스마트폰의 메모앱을 활용해 이슈의 키워드만 입력해두고 시간 날 때 검색을 보완해서 메모를 완성하기도 한다. 이 밖에도 모두 저마다의 정보수집, 사례수집의 노하우를 가지고 있을 것이다.

나는 신문도 잘 활용하고 있다. 아날로그 매체인 종이 신문은 속도의 시대로 불리는 현대를 살아가는 우리에게 부족한 오감을 자극하며 생각할 수 있게 만든다. 또한 종이 신문은 휴식의 시간을 주는 매력이 있다. 간단한 터치 하나로 손쉽게 얻을 수 있는 디지털매체 정보와는 또 다른 매력이다. 이때, 유용한 정보는 스크랩해 날짜를 기록하고 분류작업을 해 주제에 맞는 폴더에 정리해두는 습관을 들여야 한다. 조금 수고스럽더라도 출처와 이미지도 같이 모아둔다. 급하게 강의 자료를 만들어야 하는 어느 날은 모아두기만 하고 정리를 소홀히 해 꼭 필요한 정보를 찾아내는 데 많은 시간이 걸려 애를 먹었던 적이 있었다. 정리만 잘해 두었어도 바로 꺼내어 활용할 수 있는 좋은 자료인데 마음이 급하니 눈에 들어오지 않았던 것이다. 그 이후로는 카테고리를 좀 더 세분화해 키워드, 키 메시지와 사례를 남기고 오래된 정보는 버리는 작업도 병행하고 있다. 강의 자료의 수집과 활용의 경쟁력은 오래된 정보를 버리고 비우는 것부터 시작하자. 강의 준비시간을 훨씬 단축시켜줄 것이다.

## 그들은 정보를 대하는 자세부터가 남다르다

정보 수집 및 관리를 위한 네 가지 팁을 제시하면 다음과 같다.

첫째, 정보관리는 '미니멀'하게 한다.

하루에도 수십 수백만 건의 새로운 정보가 인터넷 포털 사이트를 통해서 실시간 노출되고 있다. 누구에게나 열려 있는 무료 정보이지만 중요한 것은 필요한 정보를 정확히 가려내서 강의 자료로 정리하고 편집, 활용하는 능력이다. 즉, 버리고 채우는 능력이 관건이다. 그동안 수집해놓은 자신만의 자료와 에피소드, 풍성한 사례가 있다면 강의준비는 스트레스가 아닌 일을 즐기는 즐거운 과정이 될 것이다. 반면 오래된 정보는 오히려 강의 준비에 혼란만 가중시킬 뿐이다. 과감히 버리고 새로운 자료로 계속 업데이트하는 일을 소홀히 하지 말자.

둘째, 강사의 센스는 자료의 업데이트에서 엿볼 수 있다. 강의를 막 시작하는 새내기 강사시절은 정보를 정확하게 보는 눈이 부족해서 경력강사들의 사례나 손쉽게 구할 수 있는 인터넷의 흔한 자료의 유혹을 뿌리치지 못해 그대로 사용하는 실수를 범한다. 이렇게 인터넷에 공개된 자료는 나와 같은 모든 강사들이 한 번쯤은 열람했을 자료이다. 이런 자료의 재사용은 다양한 강의의 혜택과 정보에 노출되어 있는 교육생들에게 설렘보다는 식상함만 안겨주게 된다. 나 역시 애써 준비해간 강의 PPT 내용을 다른 강사가 활용한 내용이라는 것을 알게 되면 맥이 빠진다. 정보는 그만큼 널리, 빠르게 퍼져서 정보의 고수들이 곳곳에 교육생으로 앉아 있다고 생각하면 된다.

강사들의 시강 때는 서툴더라도 자신이 만든 자료로 성의껏 강의하는 강사도 있고 선배강사 입장에서 너무도 흔히 보아온 강의 PPT 자료를 그대로 사용하는 무성의한 강사도 있다. 정말 놀라운 것은 10년 전의 강의 PPT를 수정도 하지 않고 그대로 사용하는 강사도 있었다는 것이다. 한참 호감에 관한 교육내용을 구성할 때 미소가 예쁜 연예인으로 고른 치아의 남자배우 L씨의 이미지 사진이 많이 활용되었는데 파워포인트 슬라이드에서 20대의 생뚱맞은 그의 사진이 등장했을 땐 할 말을 잃었다. 누가 봐도 40이 훌쩍 넘은 지금의 이미지와는 너무 동떨어진 이미지였다. 꼭 그 배우의 사진을 사용하고 싶었다면 적어도 최신 사진 정도는 서치해서 사용해야 하는 것 아닐까?

시강자료도 정성을 들여야 한다. 실제 강의 현장에서 그 자료를 그대로 사용한다면 자료만으로도 게으르고 올드한 강사로 취급받을 것이다. 그럴 땐 차라리 PPT 없이 강의하는 게 더 나을지 모르겠다. 전달하려는 메시지를 위한 시각화 자료를 준비할 때도 최신 이슈들을 융합하고 공감되는 사례로 구성하고 사용 이미지 또한 새롭게 교체해야 맞다. 오래된 자료는 반드시 출처의 확인 과정을 거쳐 사용하도록 하고 인터넷의 누구나 볼 수 있는 공짜 자료는 그야말로 '참고'만 하길 바란다. 이것은 강사의 센스이자 성의의 문제다.


셋째, 좋은 정보를 골라내는 '정확한 눈'이 필요하다.

강사에게 좋은 정보란 강의에 필요한 정보를 말한다. 강의에 사용할 자료와 정보를 선별하고 취사선택하려면 정보를 대하는 적극적인 자세가 습관화되어야 한다. 다양한 정보와 자료가 넘쳐나는 지금은 정확한 눈으로 내게 필요한 정보를 쏙쏙 골라내고 편집하는 능력이 필요한 시대이다. 일상 속에서도 에피소드를 사례화하는 습관을 갖고 정보편집 능력에 촉을 세워야 한다. 그러면 평범한 에피소드도 비범해지며 남들에겐 스쳐지나갈 수많은 정보도 내겐 더없이 소중한 보물로 느껴질 것이다.

넷째, 똑같은 정보라도 자신만의 언어로 숙성시켜라.

자료를 모으고 주제별로 분류하고 사례를 모아두는 일은 강사에게는 매일 해야 하는 하루 일과 중 하나로 보면 된다. 그렇게 정성들여 모은 자료는 잘 활용하면 똑같은 주제로 강의를 하더라도 훨씬 공감대를 형성하며 돋보일 것이다. 정보를 자신의 언어로 바꾸는 연습을 하라. 전문가는 이 상황을 어떤 단어로 정리하는지, 어떻게 쉽게 설명하는지, 임팩트 있는 어휘 표현법을 내 입에 착 붙도록 벤치마킹하라. 강사는 수많은 정보를 내 것으로 만드는 과정을 무엇보다 중요하게 생각해야 한다. 내 것으로, 나의 언어로 강의하는 강사가 오래갈 수 있다.

# 4장
# 실전전략 II
# -전달이 잘돼야 강의다

## 강의를 좌지우지하는 스피치 커뮤니케이션

2005년 작고한 피터 드러커는 "인간에게 가장 중요한 능력은 자기 표현이며 경영이나 관리는 커뮤니케이션에 의해 좌우된다"는 말을 하였다. 일상적인 대화는 물론 커뮤니케이션을 잘한다는 것은 강사로서 커다란 경쟁력이다. 그중 커뮤니케이션의 하나인 스피치를 잘한다면 강사로서 날개를 단 것이나 다름없다.

길은 잘 알지만 운전을 할 수 없는 사람이 있듯이, 실무전문지식과 이론에는 강하지만 잘 전달하지 못하는 사람도 있다. 운전선수들이 훈련만으로 운동하지 않고 경기에 필요한 전략과 전술을 공부하듯, 강사도 마찬가지다. 아는 것을 잘 전달하기 위해 스피치 스킬은 꼭 필요하다. 우리가 알고 있는 일반적인 대중 스피치와 강사의 스피치는 차이가 있다. 강사의 스피치는 잘 가르치는 기술이어야 하며, 다양한 대상과 직접 소통하며 만들어가는 퍼포먼스로 종합예술 스피치이다. 말을 잘하는 법에는 정답이 없다. 나답게, 나에게 맞는 방법으로 강의하되, 스피치의 이론을 바탕으로 연습하고 훈련한다면 방향을 잃지 않고 원하는 메시지를 전달할 수 있는 스피치 실력을 쌓을 것이다.

우선 스피치의 구성요소는 언어적인(verbal) 요소와 비언어적인(nonverbal) 요소로 구분할 수 있다.

**스피치의 구성요소**

| 언어적 요소 | 발성, 호흡, 발음, 음색, 빠르기, 크기, 높이, 길이, 쉬기, 강세, 억양 | 콘텐츠 요소 |
| --- | --- | --- |
| 비언어적 요소 | 외모, 외형(몸매, 의상, 액세서리, 화장, 헤어스타일 등) | 몸짓언어 공간언어 |

음성과 콘텐츠는 언어적 요소로 스피치의 뼈대다. 그리고 스피치의 출발은 음성이다. 아래 좋은 음성의 네 가지 훈련사항을 참고하기 바란다.

1. 올바른 발성과 호흡을 연습한다.
2. 정확한 발음으로 전달력을 높인다.
3. 좋은 음색으로 청중을 집중시켜라.

4. 여러 가지 음성적 요인들의 완급 조절을 통해 음색에 변화를 줘라.

특히 스피치의 속도는 강연의 흡인력에 큰 영향을 미치므로 완급 조절에 유의해야 한다. 그렇다면 어떤 경우에 빠른 속도로 말해야 할까?

쉬운 내용일 때

사건을 단순히 나열할 때

인과관계로 구성된 내용일 때

누구나 알고 있는 사실을 말할 때

별로 중요하지 않은 내용일 때

청중이 잘 이해하는 듯한 내용일 때


반대로 어떤 경우에 느린 속도로 말해야 할까?

어려운 내용일 때

숫자, 인명, 지명, 연대 등을 말할 때

결과를 먼저 말하고 원인을 나중에 말할 때

분명한 사실을 말할 때

추리 과정이 필요한 이야기를 할 때

감정을 억제할 때

의혹을 일으킬 만한 내용을 말할 때

강조하고 싶은 내용일 때

이때 긴장을 하면 말이 빨라지고 스피치의 템포도 덩달아 빨라진다. 반대로 말이 너무 느려지면 분위기가 늘어지고 시간적인 틈이 생겨 집중을 방해한다. 따라서 적절한 속도와 완급의 조절이 필요한 것이다.

## 강사에게 스피치는 잘 가르치는 기술이다

사람은 누구나 다 말 잘하는 사람이 되고 싶어 하고, 사람의 마음을 움직이는 스피치를 하고 싶어 한다. 강사라는 직업을 선택한다면 더욱 그러하다. 자신이 가진 소신과 비전, 전문성을 좋은 스피치를 통해 더욱 돋보이게 할 수 있기 때문이다. 강사지망생의 훈련과정 중에는 스피치의 향상을 위한 교육과정이 필수인데, 그들 역시 본인이 가진 전문성을 더욱 빛나게 해주는 것이 바로 스피치 능력이라는 것을 알고 이 과정에 가장 진지하게 임한다.

사람들은 전문 강사에 대한 이미지로 달변가의 이미지, 한 시간이 넘는 시간을 청중과 소통할 수 있는 에너지 넘치는 유창한 언변을 연상한다. 물론 강사의 스피치가 유창해 막힘없이 강의가 진행된다면 강사로서 좋은 조건을 가진 셈이다. 하지만, 강사의 스피치가 유창함만으로 이루어지는 것은 아니다. 진정 프로강사의 꿈을 이루기 위해서는 '청중의 마음을 사로잡을 수 있는 좋은 스피치'가 무엇인지 알아야 하며, 철저한 준비와 꾸준한 연습을 통해 스피치 능력을 길러야 한다.

## 진실해야 한다

사내외 프레젠테이션과 수업 중 발표, 강의, 강연, 학술발표 등 정보 제공을 목적으로 하는 연설이 신뢰성이 결여되거나 불확실한 사실을 전달한다면 청중의 마음을 결코 얻을 수 없을 것이다. 따라서 좋은 스피치의 조건은 우선 진실해야(authentic) 한다는 것이다.

정치연설이나 세일즈 스피치 같은 설득스피치의 경우도 같다. 강의, 강연과 같은 정보를 제공하는 정보스피치와 정치연설이나 세일즈와 같은 설득스피치는 모두 일회성으로 주장하거나 전달하고 끝나는 것이 아니다. 청중의 행동을 유발하는 연속적인 영향력을 주는 커뮤니케이션의 과정이기 때문이다.

확실하지 않은 정보를 주거나 과장된 비전을 제시하거나 핵심을 피해가는 스피치는 청중의 외면을 받을 수밖에 없다. 결국, 정보를 전달하는 강사의 스피치는 청중의 신뢰를 바탕으로 하는 유창함이 필요조건이다.


## 명쾌해야 한다

스피치가 명쾌해지기 위해서는 주장이나 결론, 논리, 표현방식이 명쾌해야 한다. 자신도 정리되지 않은 정보나 자료를 맥락 없이 나열하면 효과적인 스피치가 될 수 없다. 특히 논리와 구성이 일관적이고 체계적이어야 한다.

설득을 목적으로 하는 스피치는 논리가 정연해야 설득력이 있으며, 강의와 같은 정보를 제공하는 스피치는 체계가 있어야 이해가 쉽다.

논리와 체계는 자신이 말하려고 하는 내용을 완전히 이해하고 있을 때만 세울 수 있는 것이다. 따라서 명쾌한 스피치는 자기 스피치의 내용을 완전하게 파악하고 있어야 한다.

체계가 명쾌한 스피치는 강사의 전문성을 더욱 높여주며 표현이 명쾌하면 신뢰를 얻을 수 있다. 능력과 신뢰성, 정열은 공신력을 구성하는 3대 요소로 강사로의 공신력을 확보하려면 스피치의 명쾌함을 추구해야 한다.

### 간결해야 한다

강사가 하고 싶은 이야기가 많다고 해서 이 이야기 저 이야기를 하다 보면 강의의 시간 조절도 실패할 뿐 아니라 맺고 끊음이 없는 이야기는 핵심이 흐려질 수밖에 없다. 스피치가 간결한 느낌을 주기 위해서는 서론과 결론이 짧아야 한다. 간결한 스피치는 강의의 짜임이 전체적으로 잘 조직되어 있다.

예를 들면 강사가 서론에서 자기소개로 너무 많은 시간을 쓴다거나 메시지의 핵심 요약 없이 결론을 질질 끌고 가면 청중은 집중력을 잃고 만다.

강의의 서론 구성은 청중의 주의를 집중시키고 강의에 기대감을 갖게 해 관심을 유발하며 오늘의 강의주제를 알리는 데 목적이 있고, 결론은 강의의 핵심 메시지를 요약해 캡슐화하는 데 목적이 있다. 항상 머릿속에 강의의 핵심 메시지를 생각하며 강의 후의 행동을 끌어낼 수 있어야 한다.

## 잘 들려야 한다

내용은 훌륭한데 귀에 좀처럼 잘 안 들리는 경우가 있다. 그러나 강사는 주어진 시간에 청중의 집중과 몰입을 이끌어야 하는 중요한 사명감이 있다. 그러려면 당연히 잘 들려야 한다. 귀에 잘 들리는 스피치는 강의의 핵심주제의 스토리텔링이 잘되어 있고, 강사의 풍부한 표현력도 한몫한다. 그래서 '아, 벌써 끝날 시간이야? 시간이 어떻게 간지 몰랐네. 유익하다!'라는 청중의 반응을 끌어낼 수 있다. 강의는 여운을 남겨야지, 잘 들리지 않는 스피치로 지루함을 안기면 안 된다.

어느 주말 나는 TV 화면에서 내 눈과 귀를 자꾸 잡아당기는 한 강사에게 시선을 고정했다. 한국사 전문 설민석 강사. 그는 딱딱하고 지루하게 느껴질 수 있는 한국사 강의를 정말 재미있게 진행하고 있었다. 적절하고 안정된 스피치 톤은 리듬감까지 느껴지게 하였다. 강의의 스토리텔링이 잘되면 집중과 몰입이 잘될 수 있다는 예를 보여주었다. 계산된 제스처를 취하고 감정 표현이 풍부해서 그가 전달하고자 하는 역사의 메시지가 잘 전달되어 다음 강의가 기다려질 정도로 재미있었다. 정보제공과 재미를 하나의 퍼포먼스로 이끌어내는 힘, 강의에 빠져들게 하는 힘은 바로 청중의 귀에 잘 들리는 스피치이다.

## 자연스러워야 한다

모든 스피치는 대화처럼 자연스러워야 한다. 나는 다른 사람의 강의도 즐겨 듣는데 특히 명강사들의 강의를 찾아서 듣는다. 명강사의 특징을 살펴보니 정보 스피치라고 해도 정보만 일방적으로 전달하지 않고 청중의 반응을 살펴 강의에 반영시키며 적절한 때에 강의에 참여시킨다. 또 한 가지, 정보만 나열하지 않고 강사 자신의 느낌, 생각을 곁들이며 적절한 사례를 예시로 드는 능력이 탁월하다는 점을 발견했다. 결론은 스피치 속에 서사구조, 즉 이야기체(story-telling) 형식을 넣어주는 것이 좋다는 것이다. 그러면 아무리 평범한 내용이라도 밋밋한 정보의 나열보다는 청중에게 훨씬 더 호소력이 있다.

올해 선거철 후보자들의 토론과정에서 스탠딩 스피치로 토론하는 모습이 중계되어 다양한 반응을 이끌었다. 외국에서는 스탠딩 스피치

---

### ··· 실전 스피치의 네 가지 포인트

1. 신뢰의 스피치: 진실한 내용을 스피치에 담아라
2. 명쾌한 스피치: 내용을 완전하게 파악하라
3. 간결한 스피치: 짜임새 있게 하는 데 정성을 다하라
4. 자연스런 스피치: 나다운 스피치를 하라

---

### ··· 좋은 스피치를 위한 실용적인 스킬

1. 좋은 발성으로 강의하려면 호흡훈련이 중요하다.
   평소 우리는 가슴으로 하는 흉식호흡을 하는데 복식호흡은 배로 숨을 쉬는 것이다. 복식호흡을 통해 나오는 목소리는 신뢰감을 줄 수 있다.
2. 입을 크게 벌리고 정확한 발음을 하자.
   입을 작게 벌려 발음하면 입 안에서 웅얼거리는 답답한 목소리가 나온다.
3. 강의의 핵심을 말할 때는 강하게 말하여 집중력을 높인다.
4. 외국어나 전문용어를 말할 때는 청중이 익숙하고 편한 용어로 스피치한다.
5. 군더더기가 있는 말 습관이 없는지 점검하라. 간결하게 말하는 자세가 필요하다.
6. 잘 들리는 말이 되기 위해서는 말의 높낮이와 음성의 크고 작은 변화를 적절히 활용해야 한다.

---

가 무척 자연스럽게 진행되는데 우리에게는 익숙지 않아서 생소하게 느껴지기도 했지만 신선하고 좋았다. 어떤 후보는 논리적이고 차분한 스피치로, 어떤 후보는 대화 톤인 자연스러운 스피치로, 어떤 후보는 웅변식의 호소력 있는 스피치로 말했다. 설득이 목적인 스피치에서는 분명 호감을 이끌어내려는 스피치의 다양한 기법이 있다. 가장 호감을 이끌어낸 스피치는 역시 자연스러운 스피치였다. 뉴스를 진행하는 아나운서가 뉴스진행 톤으로 일상생활을 한다면 어떻겠는가? 혹은 일상 대화의 톤으로 뉴스를 전달한다면 어떻겠는가? 생각만으로도 재미있는 광경이 연상된다.

강사의 스피치교육에서 아나운서의 트레이닝 기법을 그대로 적용하고 있는 경우가 많다. 이것은 강사에게 필요한 강의 시 복식호흡을 적절하게 활용해 호흡이 긴 강의를 소화할 수 있게 하는 트레이닝이다. 그러나 다시 말하지만 강의할 때 뉴스를 진행하듯이 할 수는 없다. 다만, 바르게 말하고 정확하게 말하는 아나운서의 스피치를 벤치마킹해 나답게 자연스러운 강사스피치를 하는 것이 좋다.


## 내 안에 숨어 있는 발표불안감을 다스려라

소규모로 10~20명 정도의 강의에 익숙한 편이었던 나는 2006년 대전의 모 대학에서 50여 명 규모의 대학생 대상 강의를 강당에서 하며 호된 신고식을 치렀던 기억이 있다. 우선 교육생들과의 많이 떨어

## ··· 쉬운 단어를 사용하는 것이 중요하다

한 배관공이 염산이 막힌 파이프를 잘 뚫어준다는 것을 발견했습니다. 하지만, 그는 염산 사용이 좋은지 나쁜지 확신할 수 없어서 정부기관에 편지를 썼습니다. 그에 대해 한 과학자가 답장을 보냈습니다.

"염산의 효과는 명백히 뛰어납니다. 그러나 부식성 잔류물은 금속 영구성에 상반됩니다."

며칠 뒤 과학자는 배관공에게 염산의 안전함을 알려준 것에 대한 감사의 편지를 받았습니다. 배관공이 자신의 말을 잘못 이해한 것을 안 과학자는 걱정이 되어 상부에 보고했고 다른 과학자가 배관공에게 다시 편지를 썼습니다.

"우리는 염산의 유독성과 유해한 잔류물의 생산에 대해 책임질 수 없습니다. 그리고 대체물질을 사용할 것을 제안합니다."

그 후 배관공은 자신도 염산의 효과가 좋다는 것에 동의한다는 답장을 보냈습니다. 정말로 걱정이 된 과학자들은 그들의 최고 상관에게 보고를 했고, 그는 배관공에게 다음과 같이 답장을 보냈습니다.

"염산을 사용하지 마시오."

— 김은성, 《마음을 사로잡는 파워스피치》 중에서

진 거리와 넓은 공간이 익숙하지 않았으며, 계단 구조의 강단에서 내 모습에 집중되는 시선을 한꺼번에 받으니, 식은땀이 나고 말은 빨라지며 호흡이 거칠어지는 무대공포증이 몰려왔다.

마이크를 잡고 있지만 호흡 조절이 안 되어 말소리가 빨라지고 침을 꼴깍 삼킨다거나, 작은 숨소리까지 마이크로 그대로 전달되니 민망하기 그지없던 경험, 지금 생각하면 나는 처음부터 사람들 앞에서 강의하는 것이 쉬웠던 사람은 아니었다. 새로운 장소나 새로운 대상에게는 어김없이 긴장감과 불안감이 생겨서 보다 철저하게 준비하고 반복하는 수밖에 없었다. 뻔한 대답이지만, 발표불안감과 무대공포증은 자주 하고 반복하면 없어진다는 것을 알 수 있다. 그래서 나는 강의 준비에 무척 꼼꼼한 편이다. 일반적으로 대인관계에서 유창하게 대화를 잘 이끌어가는 사람도 무대에서는 떨 수 있고 외향적인 사람이라도 무대에서의 스피치를 잘할 수 있는 것은 아니다.

중요한 강의일수록, 새로운 강의일수록 더 잘하고 싶고, 실수하면 안 된다는 강박으로 누구나 불안감이 온다. 직업적으로 무대가 익숙한 사람 말고는 정도의 차이가 있을 뿐 속으로는 초조하고 떨린다.

강의 경험이 적은 초보강사들이 공통적으로 겪는 무대공포증과 스피치 울렁증에 대해 많은 강의와 책에서 무슨 좋은 요령이나 숨겨둔 비법이 있는 것처럼 말하지만 개인의 꾸준한 연습과 경험이 답이다. 연습에 대한 확신이 들지 않아도 꾸준히 새로운 강의의 기회에 도전하고 강의의 경험을 쌓아 가면 저절로 해결될 문제다. 강의가 직업으로 일상이 되면 따로 연습이 필요 없을지 모르지만 장소와 대상이 바뀌는 강의는 아무리 전문가라고 하더라도 부담감이 있기 마련이다.

자신이 가진 최고의 능력을 보여 줘야 한다는 심리적 압박감, 실수하면 절대 안 된다는 부담감, 잘하고 싶은 욕심에서 오는 반사작용을 잘 다스리는 것이 무엇보다 중요하다. 이러한 반사작용은 심리적으로 위축감을 주어 목소리가 가늘어지고 떨리며, 손발까지 땀으로 젖게 만든다. 이럴 땐 조용히 눈을 감고 외쳐본다. "이런 무대는 누구나 떨려!"라고.

## 발표불안감은 극복할 수 있다

무대공포증(stage freight) 또는 커뮤니케이션 불안증(communica-tion apprehension) 등으로 불리는 발표불안증은 대중 앞에서 강의를 해야 하는 사람들에게는 달갑지 않은 손님이기도 하다. 피할 수 없는 상황이라면 차라리 즐겨야 하는 것이 맞다.

학자들의 연구에 의하면, 발표를 앞둔 불안심리는 4단계를 거쳐 가면서 변화한다고 한다.

1단계: 스피치를 준비하는 과정에서 불안감을 예감(anticipation)하게 되고

2단계: 스피치의 시작을 전후해서 강한 불안감에 직면(confronta-tion)하게 되지만,

3단계: 발표를 해나가면서 심리적으로 적응(adaptation)하게 되고

4단계: 스피치가 끝날 때 모든 불안심리로부터 해방(release)된다.

스피치의 불안심리 변천단계에서 가장 주목할 부분은 스피치가 진행되면서 생겨나는 심리적 적응과정이다. 일단 스피치가 시작되어 이에 집중하다 보면 심리적 적응이 이루어져서 불안감을 점점 덜 의식하게 된다는 것이다. 스피치를 잘 준비해서 강의 시작부터 청중의 호응을 얻게 되면 불안감은 금방 자신감으로 바뀐다. 불안감은 일시적인 현상이라고 생각하면 극복할 수 있다.

심리학에서 사람은 언제나 자기예언을 실현하는 방향으로 노력한

다는 이론이 있다(Rosenthal, 1967). 2016년 여름 리우 올림픽에서 역전의 드라마를 연출하며 긍정의 아이콘이라 불렸던 펜싱 금메달리스트 박상영 선수가 자기예언을 활용한 예라고 볼 수 있다. 스스로에게 "할 수 있다"라는 자기주문을 외우며 반전의 승리를 이루었을 때 많은 사람들에게 감동을 주기에 충분했다. 자기예언(self-fulfilling prophecies)이란 자신이 앞으로 어떻게 될 것인가에 대한 스스로의 예측이다. 자신의 미래가 밝은 것으로 내다보고 의식적, 무의식적으로 그렇게 되고자 하는 방향으로 노력하는 것을 말한다.

스피치도 마찬가지로 실패를 예감하고 청중의 냉담을 미리 예상한다면 그동안 준비해온 스피치의 성공적인 마무리는 기대할 수 없다. 그러나 '나는 오늘 꼭 성공적인 스피치를 하겠다.'며 그 장면을 상상하며 강의에 임한다면 무대공포증과 발표불안증을 잘 극복하고 강의를 즐길 수 있을 것이다.

### 무대공포증의 3가지 주요 원인과 극복 방법

무대 공포증은 원인이 다양하기 때문에 가장 먼저 할 일은 불안감과 떨림의 원인이 어디서 오는지 알아내는 것이다.

첫째, 심리적 불안감으로 몸 전체가 긴장감으로 불편한 상태가 된다. 이때 "나는 잘할 수 있다. 누구나 한다."라며 격려의 셀프토크와 마인드컨트롤, 이미지 트레이닝을 한다.

둘째, 준비가 부족하면 잘할 수 있다는 자기 확신이 들지 않아 자신감이 없어진다. 이때는 자신감 없는 나를 경계해야 한다. 반복 연습을 대체할 수 있는 것은 없으니 소리 내어 읽어 뇌와 몸이 기억할 수 있게 해야 한다. 세계적인 피아니스트 중 한 명인 바이런 제니스의 연습 관련 명언을 기억하자. "하루를 연습하지 않으면 자신이 알고, 이틀을 연습하지 않으면 선생님이 알고, 사흘을 연습하지 않으면 관객이 안다." 강의도 연습만이 답이다. 연습이 되어 있으면 자신감은 자연스럽게 따라온다.

마지막으로, 낯선 것에 대한 두려움이다. 평소 익숙한 것에는 두려움을 느끼지 않지만 익숙하지 않은 위치에서 청중의 모든 시선을 한 몸에 받으며 말하는 것은 두려움과 공포가 수반된다. 강단과 청중의 시선이 익숙해지도록 많이 경험해 보는 것이 무대의 공포증을 없애는 지름길이다. 앞에 청중을 너무 두려워하지 마라. 나에게 호의적인 마음으로 앉아 있다고 생각하라. 낯설지만 부딪쳐서 극복해나가는 경험이 쌓이는 것이 프로강사로 성장하는 과정이니 무대경험은 많이 할수록 좋다.

참 다행인 것은 연습과 경험이 쌓이면 처음보다는 여유롭게 강의를 진행하는 노하우가 생기며 떨림이 극복이 된다는 것이다. 반복연습으로 강의를 즐기며 실수든 좌절이든, 부끄러움이든 환희든 그 모든 것은 부딪쳐 이겨내야 한다. 그래야 무대가 공포의 자리가 아닌 즐기는 자리가 될 것이다.

### 매라비언의 법칙, 보여지는 힘

매라비언의 법칙(The Law of Mehrabian)은 《침묵의 메시지(Silent

나는 다른 사람에게 희망의 말을 해줄 수 있는 사람이다.

나는 내가 한 선택에 책임을 지는 사람이다.

나는 내가 원하는 일에 열정을 다하는 사람이다.

나는 정신적, 신체적으로 건강한 사람이다.

나는 사람을 겉모습으로 판단하지 않는 사람이다.

나는 작은 일에도 최선을 다하는 사람이다.

나는 내가 원하는 것을 이룰 수 있다는 것을 믿는 사람이다.

나는 꿈을 꾸고 그것을 위해 노력하는 사람이다.

나는 인내심과 끈기가 있는 사람이다.

나는 마음이 따뜻한 사람이다.

나는 다른 사람의 말에 귀를 기울일 줄 아는 사람이다.

나는 해야 할 일을 실천해 나가는 사람이다.

나는 어제보다 조금 더 나은 내가 되기 위해 도전하는 사람이다.

··· **불안증 극복 체조**

1. 심호흡을 여러 차례 반복한다.
2. 혀와 턱을 풀어준다.
3. 바른 자세를 유지한다.
4. 손과 손목의 힘을 빼고 풀어준다.
5. 어깨와 등을 똑바로 하고 앉은 다음 배를 당긴다.
6. 머리와 목에 힘을 빼고, 천천히 좌우로 그리고 아래위로 돌린다.

Messages)》의 저자인 미국의 심리학자 앨버트 메라비안이 연구 결과를 발표하며 알려졌다. 메라비안의 법칙에 따르면 상대방의 호감을 얻는 데 말의 내용(언어)은 7%, 목소리와 관련된 빠르기, 크기, 높낮이, 억양 등의 준언어는 38%, 몸동작, 시선, 걸음걸이, 외모 등의 비언어는

55%를 차지한다. 즉, 사람의 이미지, 첫인상을 결정하는 데 말의 내용은 7%로 미미하고 준언어와 비언어가 93%를 차지한다는 것으로 짧은 시간에 좋은 이미지를 보여 청중의 호감을 얻어야 하는 한다는 것이다.

스피치가 정확성과 관련이 있다면 외모와 제스처는 신뢰성과 관련된다. 강사의 첫인상은 이미지를 결정하는 중요한 단서가 되며, 사람들은 강사의 옷차림과 외적 이미지로 전문성을 평가하려는 경향이 있다. 사람들은 강사의 외적인 이미지로 공신력과 전문성을 평가하기 때문에 좋은 이미지를 주기 위한 강사의 노력은 강사의 필수 조건이다. 특히 외적 이미지는 강사의 첫인상을 결정짓는다는 점에서 결코 소홀히 할 수 없다. 이때 좋은 이미지와 생동감 있는 이미지를 갖기 위해서는 인위적인 것보다는 강의의 대상이나 상황에 맞게 자신이 가진 장점을 극대화시켜야 한다. 이미 여러 연구를 통해 외적으로 매력적인 사람이 더 설득을 잘하며, 호감을 준다는 것은 많이 알려져 있다. 그래서 강사는 신뢰감과 전문성의 외적 이미지를 줄 수 있도록 노력을 아끼지 말아야 한다.

## 빼먹으면 결코 안 될 스피치의 양념, 제스처

강사가 가만히 서서 강의를 진행하는 것보다 적절한 제스처와 움직임으로 강의를 이끌어 간다면 청중과의 호흡은 물론 자신감 있고 역동적인 분위기를 이끌 수 있다. 제스처를 잘 활용하고 싶다면 유튜브의 다양한 강연 프로그램을 접해보길 권한다. 입장할 때부터의 강연장의 분위기와 느낌까지 생생하게 전달된다. 자연스러운 제스처와 몸·짓언어는 스피치에 들어가 있지 않은 여러 가지 의미를 전달할 뿐 아니라 스피치의 흐름에 다양한 변화를 준다는 것을 알 수 있을 것이다.

초보강사일수록 제스처 사용이 자연스럽지 못하고 서툴다. 손을 어디다가 둬야 할지 애꿎은 포인터기와 마이크만 부서져라 잡고 있던 경험을 많이 했을 것이다. 전문가들은 스피치 할 때 팔의 처리가 힘든 이유가 팔에 지나친 신경을 쓰기 때문이라고 한다. 필요할 때 쉽게 움직일 수 있도록 팔을 스스로 움직이게 내버려두는 것이 좋다. 팔과 손은 제스처를 만들어내는 중요한 기구이므로 너무 경직되게 깍지를 끼어 아랫배 앞에 두거나, 팔짱을 끼거나, 뒷짐을 지거나 두 손 모두 주머니에 넣는 것은 보기도 좋지 않지만 필요할 때 쉽게 움직일 수 없으니 주의가 필요하다. 프로강사들의 제스처를 주의 깊게 살펴보면, 강의의 흐름을 방해하지 않고 적절하고 자연스럽게 느껴진다. 강의 시뮬레이션을 통한 훈련과 반복을 통해 탄생한 제스처일 것이다. 제스처는 강사가 전달하고자 하는 메시지의 의미를 명확하게 해주며, 강조하는 역할을 한다.

얼마 전 한국을 방문한 트럼프 대통령은 연설 내내 오른손과 왼손을 번갈아 흔들거나 입을 크게 벌려 역동적인 제스처로 자신의 연설을 생생하게 전달하고자 해서 이슈가 되었다. 또한 엄지손가락을 들어 올리는 제스처로 여러 번 박수를 이끌어 냈다. 풍부한 제스처는 이렇게 청중의 반응을 바로 이끌어 내기도 한다.

## 별것 아닌 게 아닌, 강사의 이 자세 저 자세

앉아서 가까운 거리에서 나누는 대화는 얼굴에 시선이 고정되지만 강의 시 스탠딩 스피치를 하는 강사는 모든 자세와 제스처에 교육생의 시선이 집중된다.

강사양성프로그램에는 보통 시범강의가 있다. 인원 수에 따라 다르지만 보통 10~15분 정도의 시간을 안배하여 진행한다. A사의 사내강사양성과정을 진행할 때의 에피소드가 하나 있다. 강의는 서서 진행하기 때문에 강사의 모든 행동과 표정, 제스처가 그대로 노출된다. 사내에서 빈번한 프레젠테이션 등으로 다져진 실력이라 담담하게 잘했는데, C강사가 입고 있는 재킷이 문제가 됐다. 한눈에 봐도 재킷이 작아 뭔가 불편해보였다. 단추를 자꾸 한 손으로 잡아서 여미면서 강의를 하는 통에 영 집중이 안 되고 오히려 강사의 작은 재킷에만 온통 신경이 쓰였다. 그렇게 잡아당기다가 결국 강의 중 재킷의 단추가 튕겨 나가고 말았다. 차라리 의식하지 않고 자연스럽게 강의를 진행했더라면 그렇게 시선을 끌 정도는 아니었는데, 강사가 불편한 모습을 노출시키니 오히려 앉아 있는 청중이 더 집중해서 그 부분만 보는 바람에 시강에 집중을 할 수가 없었다.

또 다른 B강사는 말할 때 리듬을 타듯이 좌우로 몸을 너무 흔들어서 도무지 집중이 안 되는 경우도 있었다. 누군가가 피드백을 해주지 않으면 지나치기 쉬운 부분이다. 앉아 있을 때는 자연스럽게 대화도 리드하고 유머감각이 있는 사람도 강의 시강이라는 산을 만나면 온몸이 경직되고 나도 모르는 나의 모습이 발견되기도 한다. 어릴 때부터의 교육으로 토론이나 발표에 익숙한 미국의 경우는 언제 어디서나 토론과 스피치를 자연스럽게 대하는 반면, 우리나라의 경우는 일단 내 차례가 되어 발표든 강의든 하게 되면 평상시의 자연스러움은 저 멀리 달아나버리고 만다. 이렇듯 강사의 작은 행동, 자신감 없는 태도, 미세한 움직임, 말실수 등은 강의 중 그대로 노출되므로 강사가 특히 주의해야 하는 부분이다.

강사의 자세와 함께 강사의 크고 작은 제스처도 교육생의 집중 여부에 영향을 준다. 강사의 자연스럽고 편안한 자세는 큰 호감을 주지만 제스처가 너무 크거나 자주 바꿀 경우, 긴장감으로 몸을 좌우로 많이 흔드는 경우는 산만해 보일 수 있다. 강조하고 싶은 부분은 크고 강하게 강의의 내용에 맞게 변화를 주는 것이 가장 좋다. 유선 마이크를

---

### ••• 일반적인 제스처의 기법

1. 팔 전체로 한다.
2. 크고 분명하게 한다.
3. 크기와 빈도는 상황에 따라 달라진다.
4. 말과 타이밍을 맞춘다.
5. 내용의 흐름에 맞추어 변화를 추구한다.
6. 손과 팔을 다양한 각도로 움직인다.

---

사용하는 공간에서는 움직임에 제한이 있을 수 있다는 것도 고려해야 한다. 강의할 때 움직이는 동선은 교육장소와 교육인원 등 규모에 따라 다르게 구성하는 것이 좋다. 교육장소가 협소하면 강사의 잦은 움직임이 교육생들에게 부담스러울 수 있기 때문이다.

필요하면 교육생끼리 의견을 주고받기에 적당한 거리에 자리를 배치하여 강의 참여도를 높일 수 있도록 신경 쓰는 것도 강사의 역할이다. 강사의 제스처도 상황과 장소에 맞게 사용하는 센스를 발휘한다.

### 강의 시 주의해야 할 자세

강의를 시작하기 전 반드시 자신의 모습을 전체적으로 체크한다. 머리에서 발끝까지 자신감을 장착하자. 다음은 강의 시 강사들이 많이 하는 실수를 적어 보았다.

벽에 기대어 팔짱을 끼고 강의하는 자세

한 곳에만 서서 등을 보이며 강의하는 자세

몸의 움직임이 많아 산만해 보이는 자세

손을 앞으로 모으고 있는 소극적 자세

손을 주머니에 넣거나 뒷짐 지는 자세

교육생이나 물건을 가리킬 때 손가락을 사용하는 자세

### 표정이 매력적인가

외모가 특별하게 눈에 띄지 않아도 유난히 호감 가는 강사의 이미지가 있다. 바로 자연스럽고 부드러운 표정의 강사 모습이다. 생각해 보라. 몸보다 신체 중에서 가장 많은 것을 표현할 수 있는 것은 얼굴이다. 얼굴 표정으로 우리는 여러 가지 메시지의 정보를 얻기도 하고 때로는 전달하기도 한다. 따라서 강의를 할 때는 표정을 관리하는 데에 특별히 신경을 써야한다. 스피치를 시작할 때 가장 이상적인 표정은 정색을 하면서도 약간 미소 띤 표정이다. 정색을 한다는 것은 정신을 바짝 차리고 있다는 것을 보여주며, 미소를 띤다는 것은 여유를 가지고 있음을 반영한다.

표정이라는 것은 개인의 부단한 연습의 산물이어서 표정도 스피치처럼 훈련을 하면 보다 풍부해지고 자연스러워질 수 있다. 잠깐만 방심해도 화난 듯, 혹은 무심한 듯 보이는 것이 바로 표정이다. 교육을 진행하다 보면 교육 중 내 모습을 내가 잘 모르고 지나치는 경우가 많다. 지방의 한 기관에서 이루어진 민원인에 대응하는 고객서비스마인드 교육이었는데 교육담당자가 교육 중의 사진을 열심히 찍어 보내주었다. 감사한 마음으로 사진을 보는 순간 몇 개의 사진 속 나의 모습에 나는 깜짝 놀랐다. 교육생들 사이에서 잔뜩 경직된 무표정의 내 모습이 찍힌 사진을 보니 얼굴이 화끈거렸다. 가끔 무엇인가 생각 중이거나 몰입할 때 나오는 나의 그 표정이 담당자가 찍은 사진 안에 고스란히 담겨 있는 것이 아닌가? 교육생도 교육 중에 언뜻언뜻 그 표정을 보았을 것이라는 생각을 하니 정말 식은땀이 났다. 그 이후 나는 긴장을 늦추지 않고 마음속의 거울로 보여지는 나의 표정을 관리하려고 애쓴다. 나의 어떤 순간의 표정과 몸짓언어가 다른 사람에게 불편을 주지는 않는지 생각해볼 일이다.


# 강사의 이미지를 가르는 첫인상의 중요단서들

◇◇◇◇◇◇◇◇◇◇

사람의 이미지를 결정짓는 첫인상은 아무리 강조해도 지나치지 않다. 강사의 표정, 복장, 액세서리, 시선, 동선은 첫인상의 단서가 된다. 교육장에 도착하기 전부터 무표정한 얼굴을 경계하고 밝고 따뜻한 미소로 교육생과 라포(Rapport; 인간적 유대관계)를 형성한다.

먼저 도착한 교육생과 가벼운 인사를 나눠도 좋다. 같은 공간에서 10분 이상 함께 있으면서 강의가 시작될 때까지 무표정으로 있다가 강의 시작 전 표정 관리를 한다면 이미 늦다. 강의 장소에 도착하는 순간 긍정에너지를 전달할 수 있는 강사로 첫인상도 관리해야 한다.


### 강사의 복장과 액세서리

강사 복장의 코드는 신뢰와 전문성을 갖춘 세련됨, 단정함이다. 강사들은 그래서 대부분 정장 차림으로 강의를 많이 진행한다. 강의대상과 강의주제, 시간, 장소에 따른 적절한 복장이면 더욱 센스 있는 강사라고 할 수 있겠다. 유치원 어린아이들은 바쁜 등원시간에 계절, 장소에도 맞지 않는 옷을 입겠다고 고집 부려 실랑이하는 모습을 볼 수 있다. 실랑이를 하는 이유는 엄마가 생각할 때 여러 가지 상황에 그 복장이 적절하지 않기 때문이다. 강사의 복장도 마찬가지다. 어떻게 해야 한다는 규정은 없지만 내 복장이 강의의 분위기와 주제, 상황에 적절한가를 생각해보자. 꼭 브랜드에 비싼 옷을 입으라는 말이 아니다. '적절한가'가 중요하다.

몇 해 전 경기도에 있는 N 의료기관에서 상담센터 구축을 위한 커뮤니케이션 교육을 진행할 때였다. 나는 강의 첫날 녹색 스커트에 흰 재킷을 입고 강의 오프닝을 진행하였다. 해당 의료기관의 콘셉트로 기억되는 컬러의 이미지를 표현하고 싶었다고 하니, 교육생들은 첫 교육시간부터 강사의 재치 있는 노력에 공감대를 가지며 친근하게 대해주었다. 대학생들이나 청소년을 대상으로 하는 강의는 완벽한 정장보다는 세미 정장이 자연스러우며 연령과 성비, 교육내용, 직업군의 특징에 따라서도 강사의 복장은 얼마든지 달라질 수 있다.

하지만 여기서 중요한 것은 복장이 주는 강사의 전문성과 이미지이다. 때와 장소, 시간에 따른 복장 이미지를 갖추고 자신만의 전문성을 연출해보자. 강사지망생들의 시범강의를 진행할 땐 강사로서 어떤 이미지를 구축할 것인가를 생각하고 자신에게 맞는 정장을 갖춰 입고 실제처럼 강의를 진행한다.

남자강사지망생들은 정장만 갖춰 입어도 분위기가 많이 바뀐다. 여자 강사일 경우는 유통서비스업 관련 서비스강사지망생들은 보통 정장에 긴 머리는 망머리를 하고 오는데 이것은 매해 항상 같은 모습이다. 특별히 그렇게 하라고 하지 않아도 관례처럼 말이다. 하지만 나는 꼭 일률적인 헤어스타일과 복장이 아니라 자신만의 개성을 표현해도 좋겠다는 생각을 한다. 단, 헤어스타일은 전문성을 표현하는 데 많은 부분을 차지한다. 그래서 나는 시강 시에는 긴 머리의 스타일을 고수하겠다는 강사들에게는 포니테일 스타일의 묶은 머리나 핀 등을 이용하여 고정시키는 스타일을 권하지만 그게 정형화된 서비스 강사의 이미지는 아니라고 말해준다. 긴 머리의 강사들은 습관적으로 머리를 자주 쓸어 넘기거나 해 시선을 분산시켜서 강의가 산만해지므로 취한 조치이다. 그래서인지 강사들은 긴 머리도 단정하게 관리하고 보브 스타일의 단발이나 커트 스타일이 많다. 어느 한 가지 스타일이 강사의 스타일이다라고 말하긴 어렵다. 자신의 얼굴형에 맞게 자연스러우면서 단정한 느낌을 주는 나만의 스타일이 최고다. 지나친 머리 염색으로 강사 개인 취향을 드러내며 두드러지게 시선을 집중시킬 필요는 없다. 강사는 강의내용에 맞는 전문성을 확보한 이미지로 강의가 돋보일 수 있도록 노력해야 한다.

유난히 옷과 몸에 화려한 액세서리를 많이 하고 시강을 진행한 강사가 기억에 남는다. 이 또한 개인적인 취향이므로 존중하나 강의를 할 때는 최대한 심플하게 액세서리를 최소화하길 당부한다. 강의 내용이 기억에 남아야지, 강의내용과도 맞지 않는 과한 액세서리만 기억에 남기는 강사가 되는 일은 없어야 하지 않겠는가? 물론 패션업계나 예술 관련 종사자의 의도한 바 있는 연출이라면 조금 이야기가 달라지겠다. 미국의 전 국무장관인 올브라이트는 브로치를 통해 외교적 메시지를 전한 것으로 유명했다. 참모들의 사전협상 결과에 따라 브로치를 다르게 착용해서 많은 이슈를 남겼다. 1994년 걸프전에서 패한 이라크언론이 그녀를 독사라고 칭하자 뱀 브로치로 당당히 조롱에

항의를 표시한 일은 유명하다. 비둘기 모양의 브로치는 협상의 부드러움을 표현했고 매는 강력한 의지를 나타냈다. 자리나 격식에 맞는 액세서리의 착용은 그 사람의 품위와 메시지의 가치를 높여준다. 스피치를 할 때도 다양한 소품과 액세서리를 활용해 여러 가지 의미를 표현할 수 있다.

전문적인 강사의 이미지를 만들어 가기 위해 강사의 헤어스타일과 복장이미지는 중요하다. 인터넷이나 유튜브 등에서 활동하고 있는 전문 강사들의 모습을 찾아보고 롤모델로 정해 나의 취향과 개성이 묻어나면서도 전문성이 표현될 수 있는 강사의 이미지를 만들어보자.


## 뭐니뭐니해도 가장 중요한 건 강사의 태도다

◇◇◇◇◇◇◇◇◇◇

스펙보다 중요한 것이 강사의 인성, 소양, 자질이다. 사람의 이미지를 떠올릴 때 우리는 그 사람의 태도에 관심을 가진다. 강사는 교육생의 시간을 쓰는 사람이기에 더욱 알찬 교육 구성은 물론이고 겸손한 태도가 몸에 배어 있어야 한다. 교육생이 나에게 시간을 투자하는 이유는 그들이 부족해서가 아니라 내가 가진 경험과 노하우를 듣고 그것을 업무 혹은 생활에 활용하기 위함이다. 강의를 할 때 지나치게 나를 내세울 필요도 없으며, 교육생의 반응에 일희일비하지 않도록 한다. 내 강의에 확신을 가지고 메시지를 전달하고 언제나 교육생의 질문과 반응을 존중해주는 태도가 필요하다. 좋은 태도를 취하기 위해서는 꾸준한 자기관찰과 연습이 필요하다.

## 강사의 시선과 동선

강의 시 강사의 시선은 어디를 향하는 것이 가장 좋을까? 교육생 골고루 여유 있게 시선을 배분하고 눈을 마주친다는 생각으로 강의에 임해야 한다. 강사들이 흔히 하는 실수는 내용을 완전히 숙지하지 못했을 때 슬라이드를 자주 볼 수밖에 없어서 교육생과의 아이 콘택트는 커녕 슬라이드만 보다 강의가 끝나고 마는 것이다. 강의를 충분히 준비해 슬라이드에서 교육생으로 넘어오는 시선이 자연스러워야 한다.

강의할 때 강사의 고른 시선 처리는 일단 강의의 안정감을 준다. 내가 편하다고 나를 가장 많이 호응해주는 교육생에게만 시선을 주지 않도록 주의한다. 한 사람만 강사의 시선세례를 받는다면 교육생은 더 불편함을 느낀다. 뒷자리와 시선이 잘 머물지 않는 교육장의 사각지대, 앞뒤 양끝 귀퉁이 자리까지 골고루 시선을 처리할 수 있도록 하자. 눈이 마주친 교육생과는 1초라도 눈길이 머물도록 눈 맞춤을 하는 진정성도 필요하다. 가장 좋은 아이 콘택트는 한 가지 메시지를 말할 때는 한 사람을 보고 말하고 그 메시지가 끝나면 다른 사람에게 시선이 옮겨질 수 있도록 하는 것이다. 강연장이 넓은 곳일수록 맨 뒤까지 나의 음성이 잘 들리는지, 울리지는 않는지 세심하게 챙기고 시선은 모든 교육생에게 골고루 머물 수 있도록 하는 강사의 배려가 필요하다.

한편, 강의 장소와 교육생의 인원 수에 따라 강사의 동선이 달라진다. 협소한 강의 장소에서 강사의 움직임이 크고 많다면 교육생들은 강사의 큰 액션이 부담스럽고 불편할 수 있다. 반대로 넓은 교육장에서 강사의 움직임이 거의 없는 교육을 진행한다면 집중도를 떨어뜨릴 뿐 아니라 지루함을 준다. 강의 스크린이 있는 위치에 따라 스크린을 가리지 않는 자세로 가끔 이동해주며 진행해준다.

## 강의를 성공적으로 이끌기 위한 핵심요소들

◇◇◇◇◇◇◇◇◇◇◇

| 내용/구조<br>(contents/structure) | - 강의의 내용과 구조<br>- 전달 순서 |
| --- | --- |
| 교안/교재<br>(slides/workbook) | - 강의내용이 담긴 강사용 슬라이드와 교육용 교재<br>- 슬라이드 분량, 시각적 도구, 글꼴, 레이아웃 배치 |
| 전달/설명<br>(delivery/explanation) | - 강사의 스피치<br>- 비언어적인 자세, 시선, 목소리, 복장 |

강의를 성공적으로 이끌기 위해서는 위 3가지의 조화가 핵심요소이다. 콘텐츠가 확실한 전문적인 강사가 있고 강의용 슬라이드를 멋지게 잘 만드는 능력이 탁월한 강사가 있다. 또한 유창한 스피치와 화술로 단번에 청중을 사로잡는 강사가 있다고 가정할 때, 위의 3가지를 동시에 갖춘 강사라면 좋은 강의를 할 수 있다.

하지만 위의 3가지를 모두 강점으로 갖추기란 쉬운 일이 아니다. 강의의 핵심이 되는 3가지 요소를 살펴보고 수시로 자신이 가장 부족하고 자신 없는 부분은 보완해나가는 노력이 요구된다. 필요하다면 전문가의 도움을 받아 자신이 발견하지 못하는 강의의 강점과 단점에 대한 피드백을 받아보는 것도 좋다.

**지나치기 쉬운 문제점 체크리스트**

| 분류 | 내용 | 확인 |
|------|------|------|
| 강의구성 | - 강의내용이 지루하고 참신하지 않다.<br>- 적절한 사례나 예시 없이 이론만 강의한다.<br>- 강의 중에 불필요한 이야기를 많이 한다. | |
| 슬라이드 | - 강의의 내용과 슬라이드의 내용이 일치하지 않는다.<br>- 한 슬라이드에 글자가 너무 많아 가독성이 떨어진다.<br>- 눈에 잘 들어오지 않는 작은 글자로 꽉 채웠다. | |
| 강의모습 | - 목소리가 너무 작고 힘이 없어 자신감이 없어 보인다.<br>- 교육생의 참여 없이 일방적으로 진행한다.<br>- 강의의 속도가 빨라 따라가기가 어렵다. | |
| 강의진행 | - 많은 것을 설명하려고 욕심을 부린다.<br>- 설명이 명확하지 않아 들어도 잘 모르겠다.<br>- 휴식시간과 종료시간을 지키지 않는다. | |

## 꼼꼼하게 청중을 분석해 알차게 강의하라

강의 기회가 왔다면, 이젠 강의의 실전이다! 강의의 실전은 해당 교육담당자와의 긴밀한 커뮤니케이션을 통해 성공 여부가 결정된다. 가능한 한 교육에 필요한 교육생 정보와 관련 정보는 교육담당자와 사전에 많은 대화와 조율을 통해서 알찬 교육이 될 수 있도록 해야 한다. 교육장에서의 크고 작은 문제의 일어나는 이유는 관련 정보가 부족해서 강의 중에 실수를 하거나 예상치 못한 사건 사고가 발생하기 때문이다. 강사는 교육 중 발생할 수 있는 모든 변수에 완벽대비해야 한다는 프로정신으로 강의 전반을 꼼꼼하게 챙겨야 한다. 다시 불러주는 앙코르 강사가 될지 한 번의 강의로 인연이 끝나는 강사가 될지, 결국 강의의 모든 책임은 강사에게 있다.

강의를 계획적으로 잘 수행하기 위해서는 각 단계별 절차가 꼭 필요하다. 이를 교수계획(강의 절차)이라고 부른다. 다음의 3P 분석을 확인하고 준비한다. 분석 단계에서 고려해야 할 요소는 다음과 같다.

### People

학습 대상자의 정보, 기업에 대한 정보, 해당 기업이 가지고 있는 기업의 문화와 비전, 인재상, 교육인원, 성별 비율, 연령대, 학력, 지식수준 등을 확인한다.

### Purpose

니즈분석, 고객사가 요구하는 교육내용을 니즈에 포함하여 다룬다.

### Place

교육장소와 이동시간, 교육장 환경을 확인한다. 기자재, 시설점검은 필수사항이다.

강사가 강의를 성공적으로 수행하기 위해서는 많은 준비와 열정, 노력이 필요하다. 청중을 열심히 분석하고 강의에 임해도 청중의 반응이 없을 때도 있고 예상을 벗어날 때도 있다. 표면적인 정보가 담긴 자료로 청중 분석을 다 끝냈다고 속단하는 것은 매우 위험한 일이다. 반드시 현장에서 청중의 반응을 참고해 교육 진행의 단서를 얻어 강의를 진행해야 한다. 아무리 많이 준비해도 청중이 원하는 답이 아니면 청중은 귀 기울이지 않는다. 강의는 내 관심사가 아닌 청중의 관심사로 구성한다. 거기에 필요한 것이 청중 분석인 것이다. 그래서 항상 겸손하고 감사하는 마음으로 최선을 다해야 한다. 이렇듯 청중을 연구하고 분석하는 일은 강사의 업무 중 중요한 부분에 속한다.

교육 전 최대한 교육담당자를 통해 청중의 수준과 니즈를 분석해야 한다. 교육을 할 때 청중의 업무에 대해 아는 만큼 다가설 수 있으며 현장업무의 필요한 정보 역시 집요하도록 끈질긴 요구로 알아내려는 정보 욕심이 있어야 한다. 강사가 강의를 하는 모든 직업군에 공감대를 형성할 수는 없으며, 능통할 수는 없다. 다양한 사회적 경험이나 조직 경험이 적은 강사는 이런 부분이 많이 힘들다고 이야기한다. 나의 첫 번째 직업은 일본어강사로 아카데미 강의와 기업 출강을 하였다. 외국어 강의여서 주어진 텍스트를 가지고 강의하였지만 지금 생각해 보니, 기업의 특성과 직업군에 대한 이해와 분석력이 있었으면 같은 비즈니스 회화라도 좀 더 필요한 부분을 제공할 수 있지 않았을까 하는 아쉬움이 남는다.

## 청중분석 핵심 3요소

| | | |
|---|---|---|
| 1 | 교육 참여 목적은 무엇인가? | 목적 |
| 2 | 교육과정을 통해 무엇을 얻고 싶어 하는가? | 이익 |
| 3 | 교육과정을 통해 해결해야 할 문제에 대한 솔루션 | 솔루션 |

## 청중분석 체크리스트

| 분류 | 내용 | 체크 |
|---|---|---|
| 1 | 청중의 연령층과 남녀구성 비율은? | |
| 2 | 청중의 규모는? | |
| 3 | 청중의 직급, 업무구성은? | |
| 4 | 청중의 지적 수준과 교육 수준은? | |
| 5 | 청중의 강의 주제에 대한 관심도는? | |
| 6 | 청중이 얻고 싶어 하는 정보, 지식, 이익은? | |
| 7 | 청중의 커뮤니케이션 스타일은? | |
| 8 | 청중의 의사결정 스타일은? | |
| 9 | 청중의 성과, 성공 사례는? | |
| 10 | 청중이 관심 있는 핵심 키워드는? | |
| 11 | 청중에게 조심해야 하는 금기어는? | |
| 12 | 청중의 관심사는? | |
| 13 | 청중이 조직에 가지는 자부심은? | |
| 14 | 최고 의사결정권을 쥐고 있는 리더는? | |

# 강의 설계와 교안 작성을 위한 실용적 기술들

◇◇◇◇◇◇◇◇◇◇◇

교안은 강의할 때 강의진행순서와 내용을 기록한 것을 말한다. 꼼꼼하고 세심한 강의 교안일수록 강의의 일관성을 유지할 수 있어 강의를 성공적으로 이끌 수 있다. 강의내용을 담은 강사용 슬라이드는 어떤 레이아웃으로 배치를 할 것인가, 한 장의 슬라이드에 어떤 내용을 담을 것인가, 어떤 비주얼 자료를 사용할 것인가에 따라 강의의 성패가 갈릴 수 있다. 초보강사일 경우에는 교안의 틀대로 연습하고 강의할 것을 권장한다. 파워포인트의 슬라이드형 교안은 1페이지를 3슬라이드로 인쇄해 출력해 사용하면 요즘 말로 가성비 좋은 교안이 될 수 있다. 1페이지에 4슬라이드가 되면 메모할 공간이 줄어들기 때문에 3슬라이드가 적당하다.

### 강의 제목

교육주제가 정해지면 강의제목을 정하게 된다. 제목은 창의적이고 교육생의 흥미를 끌 수 있는 것으로 한다. 내가 최근 진행하고 있는 '문강사의 최강히트(최고의 강의교수법 히든 트레이닝)'는 기억하기도 쉽고 반응도 좋아 교수법 강의 제목으로 활약하고 있다. 교육주제가 정해졌다면 밋밋한 주제에 아이디어 옷을 입혀 나만의 프로그램이 될 수 있도록 청중에게 재미요소와 기억에 남는 강의제목을 만들어보도록 하자.

### 강의 구성

전체 강의내용은 도입과 전개 종결로 구분하며, 도입은 강의의 5~10%, 전개는 80~90%, 종결은 강의시간의 5~10%로 안배해 구성한다. 도입부분에서는 주의집중(Attention)과 동기부여(Motivation), 학습개요(Overview)의 항목으로 구성하며, 전개부분은 전달하려는 교육 주제의 핵심지식과 정보를 논리적으로 담도록 한다. 종결부분은 교육내용을 요약(Review)하고, 재동기부여(Remotivation)를 하고, 맺음말(Closure)로 강의를 종료한다.

정리하면, 도입은 짧고 임팩트 있게, 전개, 본론은 적절한 사례인용으로 전문성 있게, 종결은 교육내용 정리와 질문을 받고 재동기부여를 해 울림과 여운이 남는 강의로 만들어야 한다.

## 잘 쓰면 약, 잘못 쓰면 독이 되는 파워포인트

강의의 유인물, 교재 프린트 등 다양한 방법을 통해 교육을 진행한다. 학자들의 연구에 따르면 강의내용을 청각적으로만 전달했을 때는 3일 후 10% 정도를 기억하고, 시각적으로만 전달하면 3일 후 20%를 기억하며, 시청각을 모두 활용해 전달하면 3일 후 60% 정도를 기억한다고 한다(이의용, 2010).

사람들은 귀로 들은 것보다 눈으로 직접 본 것 즉, 시각화된 자료를 더 잘 이해하고 오래 기억한다. 우리는 외부에서 들어오는 새로운 정보를 인식할 때 시각, 청각, 촉각, 후각, 미각 등의 오감을 통해 받아들이는데, 그중 외부에서 들어오는 정보의 83%는 눈 즉 시각을 통해 들어오는 것이다. 따라서 강사는 설명만으로 교육을 진행했을 때보다 시각화된 비주얼 아이템을 적절히 활용했을 때 교육생의 기억에도 오래 남는 강사로 기억될 수 있을 것이다.

교수매체로 강의에서는 빔프로젝트를 이용한 강의 슬라이드를 가장 많이 사용한다. 파워포인트는 기업의 프레젠테이션용으로 사용하던 것인데 요즘은 초등학교에서도 수업과 과제에서 사용할 정도로 일반화되어 있다. 파워포인트는 강의에서 가장 많이 쓰이고 일반화되어 있는 슬라이드 제작용 소프트웨어인 만큼 강사의 강의를 보조하고 교육생의 이해를 돕는 데 도움이 될 수 있다.

### 파워포인트 강의안의 장점

파워포인트는 다양한 이미지와 동영상으로 교육생의 흥미를 높이고 집중시킨다. 도해나 그래프 등을 통해 수치와 프로세스를 설명할 때 교육생의 이해를 돕는다. 알기 쉽게 키워드만 가지고 설명이 가능하다. 하지만 강의 시 슬라이드에만 의지해서 강의하면 슬라이드가 교육의 주인공이 되어 버리며 강사가 강의내용을 숙지하지 않은 인상을 주어 신뢰성을 잃을 수 있다. 강의 슬라이드는 심플하게 시각화해 구성하고 슬라이드에 담긴 내용에 강사가 살을 붙여 설명하는 방법으로 접근하는 것이 가장 좋다.

강사의 스피치에서도 강조했듯이 핵심 키워드 하나를 가지고 스피치 해보는 연습은 슬라이드에만 의지하지 않고 강의를 해나갈 수 있는 힘을 키워준다. 강의슬라이드는 잘 활용하면 강의의 좋은 교육매체이다. 깔끔한 강의 슬라이드로 교육생의 집중과 몰입, 흥미의 요소로 적절하게 활용해 강의의 몰입도를 최고로 높이자.

## 좋은 슬라이드를 만드는 3가지 원칙

| Short & Simple | 슬라이드의 모든 요소를 짧고 간결하게 유지한다. |
| --- | --- |
| Large & Legible | 슬라이드의 모든 구성요소는 크게 해 가독성을 높인다. |
| 1 in 1 | 한 슬라이드에 한 개의 메시지를 담아 보기 쉽게 한다. |

### 기억에 남을 만한 자기소개

교안을 작성해 강의의 설계를 마쳤으면 이제 강의의 시작이다. 강의를 하는 강사는 자신만의 독특한 오프닝 멘트와 자기 소개방법에 공을 들인다. 일반적으로 강사들의 오프닝은 관련 강의의 최신 이슈나 동기부여할 수 있는 에피소드, 쉬운 퀴즈나 강의주제에 맞는 짧은 질문 등으로 시작하는 경우가 많다. 적극적인 반응을 해주는 교육생에게 자신의 저서나 문화상품권, 커피나 간단한 디저트류의 교환권 등을 선물로 주며 교육생들의 흥미를 유도한다. 그 짧은 몇 초 안에 강사의 첫인상이 좌우되니, 나를 잘 소개한다는 것처럼 어려운 것이 있을까?

나의 경우는 교육담당자도 왕왕 성을 바꿔 부르거나 메일을 보내오는 경우가 있다. 흔한 성은 아니지만 흔한 이름이다 보니 그런 것 같다. 10여 년 전쯤 내 이름과 같은 아나운서, 가수, 여배우들이 활약을 하고 있을 때었다. 그래서 자꾸 성을 혼동해서 기억하셔서 "강의하는 문현정입니다"라고 소개하며 에피소드를 살짝 곁들이면 성까지 온전히 기억해주시는 담당자와 교육생도 있고 딸 이름과 같다는 교육생부터 다양한 반응을 이끌어낼 수 있다. 가족 전문가 이호선 강사는 강의 시작 전 "우리나라 지하철 노선이 여러 개 있는데, 저는 서울대와 연세대를 지나는 이호선입니다"라고 소개해서 도입 부분이 참신하고 기억하기가 쉬웠다. 강의주제와 이름만 간략하게 소개하고 지나가는 그 짧은 시간도 공들여 차별화된 소개를 시도해본다면 교육생들 기억에 오래 남을 것이다.

사람과의 첫 만남에서는 자기소개가 늘 있어야 하지만 교육생과의 만남에서 첫인상이 좌우되는 것이니만큼 강사에게는 중요한 과정임을 기억하자. 교육담당자가 간략하게 이력과 함께 소개해 주는 경우도 있지만 그렇지 않을 때에는 강사가 직접 이 교육에 적합한 전문가임을 어필할 필요가 있다.

자기소개 할 때 슬라이드 한 장으로 자신의 이력을 빼곡히 채워 '나 이런 사람이야' 자기자랑만 하면 시작부터 비호감으로 보일 수 있다. 관련 있는 이력으로 간결하게 구성해 전문성을 어필하고 교육생과 공감할 수 있는 스몰토크나 아이스브레이킹 정도로 교육 분위기를 부드럽게 이끌어나간다면 교육생과 좋은 상호작용으로 교육을 시작할 수 있을 것이다.

## 강의 시작 전과 종료 후, 꼭 챙겨야 할 꿀팁들

◇◇◇◇◇◇◇◇◇◇

강의 시작 전 강사의 준비사항을 잘 체크해야 한다. 보통은 교육담당자가 메일로 강의요청서를 보내오지만 생략되는 경우 강사가 꼼꼼히 확인해야 하는 것이 있다. 교육 1~2일 전에는 교육담당자와 유무선의 연락방법을 통해 강의일정을 꼭 다시 확인해야 만일의 실수를 최소화할 수 있다. 예를 들면, "OO님(교육담당자) 안녕하세요? 이번 OO교육 진행하는 문현정 강사입니다. 내일 진행하는 강의주제 OO으로 교육일정 OO와 OO장소에서 OO시에 뵙겠습니다."라고 확인 문자를 보낸다. 그러면 담당자의 회신이 오는데 이를 통해 강의주제와 일정을 재확인할 수 있고, 강사들이 하는 일정착오 등의 만일의 실수를 대비할 수 있다.

교육담당자와 강의주제를 다시 한번 확인하고 강의 날짜와 시간, 장소, 교육생 분석(교육생의 특성, 성별, 인원) 자료를 확인한다. 강사가 직접 해당 홈페이지를 확인해 전체적인 기업과 기관의 특성을 인지하는 노력이 필요하다. 교통편 확인도 중요하다. 자차로 움직일지, 대중교통으로 움직일지, 지방일 경우 KTX나 비행기의 시간 확인은 필수이다. 이동시간을 잘 확인해 강의 30분 전에는 현장에 도착해 강의 기자재를 점검한 후 강의를 시작한다. 보통 노트북이 준비되어 있는 경우가 있는데 그곳의 노트북을 사용하였을 경우 사용한 파워포인트 및 교육자료는 반드시 삭제하고 자신이 머문 자리는 정리하고 강의실을 나온다.

강의료가 입금될 개인통장사본과 신분증, 교육교재사본, 핸드아웃자료 교육 PT, 교육담당자가 요청하는 자료는 미리 메일로 발송한다. 초보강사의 경우 추후 강의 경력증명서가 필요한 경우가 있다. 한참 지나 요청하면 담당자에게는 일일 수도 있고, 너무 기간이 지나면 담당자가 바뀌는 경우가 있어 번거로우니 강의 후 다시 한번 메일주소를 문자로 보내 강의경력증명서를 받아둔다. 경력 강사의 경우는 강의증명서가 일일이 필요하지 않지만 초보강사는 강의이력을 증명해야 하는 경우도 있고, 여러 곳에 강의제안서를 보낼 때 간혹 강사의 프로필과 함께 강의 이력을 증명하는 자료를 요청하는 일이 있기 때문이다.

교육장소로 이동 시 변수가 생길 수 있으므로 담당자의 전화번호는 꼭 확인해 저장한다. 개인 노트북과 포인터, 강의교재, 유인물 배포자료(핸드아웃) USB를 챙기고, 외장형 하드디스크에 백업해서 받아놓고, 만일의 경우를 대비해 본인 이메일로 전송해두는 일도 잊지 말자.

강의 장소에 도착해서는 담당자에게 먼저 자신이 도착했음을 알리고 강의 자료의 세팅 및 마이크나 동영상 자료, 음향 등을 확인한다. 또한 교육생들과 따뜻한 인사말을 주고받으며, 교육생들로부터 교육에 대한 기대감과 친근감을 만든다.


보통 강의가 결정되고 나면, 강의 관련 문서 메일이 오고 간다. 이때, 딱 정해진 문서형식은 없다. 다음은 기관에서 요청받은 강의요청서 샘플이며, 메일로 정리해서 오는 경우도 있고, 샘플처럼 담당자가 세부사항을 작성해 보내는 경우도 있으니 참고 바란다.

## 강의 전후 체크리스트

| 구분 | 확인 사항 | 체크 |
|---|---|---|
| 강의 전 | 교육담당자 사전 미팅 | |
| | 교육생 니즈 분석자료 | |
| | 강의교안 및 자료 완성 여부 | |
| | 강의할 장소, 강의실 위치, 강의 장비 | |
| | 강의자료 USB, 노트북 점검(휴대용 스피커, 포인터, 배터리, 스톱워치) | |
| | 이동 시 교통편, 소요시간 | |
| 강의 일 | 곰플레이어, 블루투스스피커 등 인터넷 환경(음향, 영상) | |
| | 강의자료 세팅과 최종적 강의 준비상황 점검 | |
| | 실내 교육환경 체크(실내온도, 냉온풍) | |
| | 교육담당자와 교육생 라포 형성, 교육생 명단 확인 | |
| | 강의 종료 후 자료 삭제, 개인 물품 정리, 주차권 확인 | |
| 강의 종료 후 | 1~2일 후 교육담당자와 통화, 메일 소통 | |
| | 강의 피드백 요청 | |
| | 강의기록, 개인 블로그, 페이스북 등 | |
| | 담당자의 명함과 통화내용 등 기록 | |
| | 정기적인 안부 챙기기, 교육과정의 소개 | |

**강의요청서 샘플**

| OOOO년 5월 30일(15시~18시/3시간) OOO 강사 | | |
|---|---|---|
| | **교육내용** | **담당자 요청사항** |
| 취업 & 면접을 위한 마인드셋 | - OT 만나서 반갑습니다. (여는 이야기)<br>- 교육과정 소개 및 교육생과 라포 형성<br>- 꿈의 크기 & 성공의 크기<br>- 직무적성 & 나에게 가치 있는 일<br>- 준비하는 사람 & 실행하는 사람<br>- 취업성공/실행력의 중요성(마인드맵) | - 처음 교육을 시작하는<br>날인 만큼 교육생들끼리<br>마음을 열 수 있도록<br>상호작용할 수 있는<br>기회를 만들어 주시고,<br>즐길 수 있는 수업<br>부탁드립니다. ^^ |
| 이미지메이킹 (숨겨진 1%의 힘) | - 비주얼 커뮤니케이션(언어 & 비언어)의<br>중요성<br>- 호감이 가는 이미지 연출법<br>- 커뮤니케이션 코칭(인사/소개/제스처/표정)<br>- 매라비안 법칙 & 매력요소(6가지) | - 팀 리더 선출<br>적극적인 분으로~ ^^ |
| 의사소통 보이스 연출법 | - 경청, 공감, 감성화법<br>- 질문을 이해하고 상황에 맞는 커뮤니케이션<br>화법<br>- 자신감 있는 스피치 & 프레젠테이션<br>- 개별 음성 진단 및 코칭 | |
| OOOO년 8월 16일(14시~18시/4시간) | | |
| 취업교육 | - 자기소개서 & 이력서 클리닉 | 4시간 교육 부탁드립니다 |
| OOOO년 8월 17일(14시~18시/4시간) | | |
| 취업교육 | - 면접 개인 피드백 & 강사코칭 | 4시간 교육 부탁드립니다 |

강의 제안서 말고, 특정 주제에 대한 세부 강의계획서를 요청하는 경우가 있으니 참고 바란다. 아래 샘플 2가지는 정해진 주제에 강사가 세부 교육계획을 작성해 담당자에게 발송한 것이다.

## 강의계획서 샘플(1): 인간관계와 소통

| | |
|---|---|
| 교육시간, 장소 | 2016.9.28.(수).15:00~18:00 (3H) & 00여성인력개발센터 |
| 교육대상 | 직업훈련과정 20~30대 여성 |
| 교육인원 | OO명 |
| 교육방법 | 강의, 동영상, 실습(R/P), 질의응답 및 피드백 등 상호작용 학습 |
| 교육강사 | OOO |

## 인간관계의 이해 & 대인커뮤니케이션 프로그램

| Module | 교육 내용 | 시간 | 비고 |
|---|---|---|---|
| 인간관계의 기본<br>(해피니스<br>업그레이드) | - O.T 만나서 반갑습니다. (여는 이야기)<br>- 교육과정 소개 및 교육생과 라포 형성 (I/B)<br>- 행복한 인간관계의 시작 & 원 포인트<br>- 관계 맺기의 시작 (관심, 공감, 배려) | 1H | PPT<br>&<br>동영상 |
| 인간관계<br>&<br>나의 로드맵 | - 서로 다른 사람들과의 원만한 관계 형성법<br>- 인간관계와 자기표현의 필요성 & 방법 제안<br>- 자존감 UP & 셀프리더십<br>- 나의 장점 알아보기 & 장점 활용 | 1H | 서클배치<br>(R/P) |
| 커뮤니케이션<br>&<br>인간관계<br>성장방법 | - 인간관계 & 통하는 커뮤니케이션 Tip<br>- 언어적 소통(문자 & 음성언어의 중요성)<br>- 인간관계의 핵심 & 기본부터 관리<br>- 타인의 이해: 타인과의 커뮤니케이션에서<br>  유의해야 할 점<br>- 교육과정에 임하는 나의 다짐<br>- 마무리: 무지개 스토리 ( 다른 것과의 조화로운<br>  성장) | 1H | PPT |
| | - 교육생 재동기부여 & 해피니스 업그레이드 | 3H | |

## 강의계획서 샘플(2) 비즈니스 매너

| 과정 목표 및 기대효과 | |
|---|---|
| - 사회생활에서 꼭 필요한 비즈니스 매너를 알 수 있다<br>- 조직원의 일원으로 가져야 하는 기본 직장예절 역량을 강화한다.<br>- 조직에서 빈번하게 발생하는 소통과 갈등상황에 대처하는 마음의 힘을 기른다.<br>- 긍정적인 마인드 함양과 비즈니스 기본매너 코칭을 통해 자신감을 향상시킬 수 있다.<br>- 다양한 상황에서 요구되는 실제 직장 매너와 에티켓을 익혀 직장에서 바로 적용할 수 있다. | |
| 교육시간, 장소 | 2016.12.13.(화) 14:00~17:00 (3H) & OO대학교 평생교육원 |
| 교육대상 | 직업훈련 과정 20~30대 취업, 재취업 준비 |
| 교육인원 | OO명 |
| 교육방법 | 강의, 동영상, 실습(R/P), 질의응답 및 피드백 등 상호작용 학습 |
| 교육강사 | OOO |

## 직장예절 & 비즈니스 매너 프로그램

| Module | 교육 내용 | 시간 | 비고 |
|---|---|---|---|
| 직장예절의<br>기본<br>&<br>비즈니스<br>매너 | - 직장예절 (상황마다 달라요!)<br>- 매너와 에티켓 이야기(사례중심&이야기 나누기)<br>- 내가 겪은 최고의 매너 & 센스 토크 타임<br>- 나와 상대를 행복하게 하는 힘<br>- O.X퀴즈로 알아보는 직장예절<br>- 배려하는 사람 & 배려 받는 사람 | 1H | PPT |
| 상황별 매너<br>Tip | - 나를 돋보이게 하는 힘<br>- TPO에 맞는 상황별 업무매너 Tip (인사/소개/악수/<br>  명함/전화예절)<br>- 호감 가는 이미지의 연출법<br>- 이미지, 매력 관리 (매력 6요소)<br>- 근태매너/응대매너/비즈니스 업무 이메일 매너 | 1H | PPT/R.P |
| 직장예절<br>과정<br>실습(R/P) | - 직장예절 매너 실습 (R/P)<br>- 경청, 공감, 서비스화법 실습 (R/P)<br>- 강사 피드백<br>- 재동기부여 → 교육 마무리 (관계의 힘 Vs. 매너의 힘) | 1H | PPT/R.P<br>피드백 |

# 리허설로 사로잡기, 준비 또 준비, 연습 또 연습

당신은 가졌는가? 불안감 극복의 최대무기 말이다. 강의를 앞두고 마지막 총력을 다해야 하는 것이 최종 리허설이다. 리허설은 최종 강의 준비의 마침표라고 생각하면 된다.《1만 시간의 법칙》은 피아노 연주, 농구 슛, 테니스 등 어느 한 가지 기술에 정통하려면 1만 시간의 연습과 훈련이 필요하다고 말한다. 강의도 마찬가지다.

많은 사람들이 가지는 선입견은 발표나 프레젠테이션을 잘하는 사람들을 보면 그들이 태어날 때부터 연습 없이 편안하게 전달을 잘하는 능력을 타고났을 거라고 믿는 것이다. 멋진 프레젠테이션으로 감동을 주던 고인이 된 스티브 잡스도 수없이 반복하며 자신의 프레젠테이션을 가다듬고 시간을 투자해 연습하고 또 연습했다고 한다. 중요한 프레젠테이션을 앞두고 있거나, 강의를 정말 자연스럽게 잘하고 싶다면 연습과 훈련의 시간을 투자하라. 즉각적인 피드백을 받을 수 있다면 가장 좋겠지만, 시간이 없다면 동영상을 보며 명연사들의 강의를 들을 수 있는 시간을 확보하고 혼자 큰 목소리로 책도 읽어 보는 시간투자 말이다. 방법은 하나다. 준비, 연습 그리고 또 연습, 강의 전 리허설은 무조건 필수라는 사실!

## 리허설

강의자료를 준비하고 수정하는 과정에서는 얼마든지 다시 고치고 보완할 수 있으나 실제 강의를 시작하고서 하는 실수는 되돌릴 수가 없기 때문에 준비과정에서 철저히 공을 들여야 한다. 아무리 자신이 잘 알고 있는 내용일지라도 어떻게 교육내용을 구성하고 어떤 구조로 교육설계를 할지 어떻게 교육을 시작하고 마무리할 것인지 모두가 계획되어 있어야 한다. 잘 알고 있는 내용이라고 방심하면 실수로 이어질 수 있기 때문이다. 강의 계획과 연습이 선행되어야 하는 이유는 연습할 때 내용을 보완하고 수정할 수 있으며 강사로서 강의 시간을 정확하게 통제할 수 있기 때문이다.

생각을 정리해 핵심 메시지를 전달하는 연습은 중요하다. 정리가 되지 않은 메시지는 정돈되지 않은 강사의 민낯과도 같다. 너무 많은 것을 주고 싶은 욕심이 앞서 약속한 시간을 초과해 버리면 교육생들은 집중력이 떨어지며 산만해진다. 이때 강사는 마음이 급해지고 말이 빨라져서 메시지 전달력이 떨어진다. 이럴 경우 교육생은 내용이 아무리 좋아도, 강사의 의도가 아무리 순수해도 교육내용에 관계없이 교육평가 시 낮은 평점을 주게 된다. 강의의 시작과 종료시간은 반드시 지켜야 한다. 왜냐하면 강사의 전문성은 시간관리에서도 나타나기 때문이다. 강의 시간을 예측하고 메시지를 간결하고 전략적으로 전달해야 한다. 강사가 강의시간을 알차게 구성하는 첫 단계는 강의의 시간을 분단위로 쪼개서 계획하는 연습이다. 그렇기 때문에 강사에게는 교안구성이 필수이다. 강의시간을 준수하는 것은 강사로서의 매너이자 능력이다.

## 리허설, 어떻게 할까?

파워포인트의 프레젠테이션 예행연습기능을 활용해서 소요시간을 체크하며 슬라이드를 띄워놓고 리마인드 하거나 출력해 교안을 손에 들고 큰 거울 앞에서 전체적인 리딩 연습을 해보는 것도 좋은 방법이다. 발표나 강의 연습을 할 때는 당당히 서서 해보아라. 실제 상황에 맞설 자신감을 얻을 수 있을 것이다. 얼굴 표정과 시선 처리, 불필요한 동작은 없는지 서 있는 자세를 점검해볼 수 있고 자연스러운 제스처를 사용하고 있는지도 눈에 보인다. 어떻게 하면 내 강의의 앞뒤 연결이 매끄러운지, 군더더기 없는 깔끔한 전개가 되는지, 내 스피치의 음성, 속도, 발음, 억양을 다시 한번 확인할 수 있고, 무의식적으로 사용하는 '음, 아, 저기, 진짜, 솔직히' 등의 언어 습관도 확인할 수 있다.

나의 경우, 최종 리허설 연습은 마인드맵의 형식을 빌려서 키워드를 도출하고 키워드를 가지고 즉석 스피치를 하며 정리하고 마무리한다. 이렇게 하면 실제 강의 시 슬라이드의 핵심 키워드만 나와도 메시지가 떠오르기 때문이다. 여러 가지 강의 실전 팁이 많아도 개인에게 맞는 실전에 도움이 되는 효과적인 방법으로 행동으로 옮기는 과정이 제일 중요하다.

말을 전달하는 요소에는 다음 네 가지가 있다.

1. 속도(rate): 말의 빠르고 느림을 말한다.
2. 크기(volume): 말소리의 크고 작음을 말한다.

3. 강도(pitch): 어조의 높낮이를 말한다.

4. 멈춤(pause): 주요 단어를 강조하기 위한 짧은 멈춤을 말한다.


리허설을 할 때는 말을 전달하는 요소 네 가지를 생각하며 연습해 보자. 말하는 속도가 너무 빠르거나 느리지 않은지, 목소리가 너무 작아서 자신감이 없어 보이지 않도록 주의하며, 말에 리듬감을 주어 청중이 지루하지 않도록 배려하며 강조하고 싶은 부분은 멈춤 요소를 활용해 보는 것도 좋다. 최종 리허설에서는 내 콘텐츠에 담긴 메시지를 제대로 잘 전달할 수 있는지 세심하게 연습해보도록 하자.

### 목소리 훈련법

상대방에게 자신의 목소리가 어떻게 들리는가를 확인하며 목소리를 단련한다. 그중에서 자신의 목소리를 녹음해 확인하는 것은 좋은 훈련 방법 중 하나이다. 신문이나 책 내용을 소리 내어 읽거나 TV 뉴스 진행자의 목소리를 듣고 따라 해보는 것도 좋다. 초보강사 시절 보이스 레코더에 강의 내용을 녹음해 내 목소리의 톤과 볼륨, 높낮이 등을 점검하며 목소리 훈련을 소홀히 하지 않았다. 강사의 목소리는 강사의 열정을 보여주는 데 가장 좋은 수단이다. 목소리는 강사에게 첫인상만큼이나 중요한 무기라는 이야기다. 요즘은 늘 가지고 다니는 스마트폰의 녹음앱에 자신의 목소리를 바로 녹음해서 들어 볼 수 있다. 파워포인트의 녹음기능도 있다.

연습을 거듭할수록 매끄럽게 진행되는 주제와 그렇지 못한 주제가 더욱 선명하게 잘 보인다. 부족한 부분은 이때 최종적으로 보완해 강의의 완성도를 높이면 된다.

### 최종 리허설 마인드셋 요령

두려움을 느끼는 이유와 그것을 극복하는 방법은 여러 가지가 있다. 대중 앞에서 이야기한다는 것은 오래전부터 사람이 느끼는 가장 두려운 일 중 하나라는 조사결과가 있다. 특별히 업무 발표나 프레젠테이션을 자주 하는 직업적 특성을 가진 사람을 제외하고는 대다수의 사람들은 스피치를 두려워하면서도 잘하고 싶어 한다. 대중 앞에서 강의를 하는 것은 이처럼 떨림과 두려움, 긴장감이 공존한다. 한 가지 위로가 되는 것은 그 분야의 최고 전문가들도 프레젠테이션을 할 때 긴장감을 느낀다는 사실이다. 잘해내려는 욕심과 어디서 튀어나올지 모르는 변수, 실수에 대한 두려움이 부딪히면서 떨림과 공포증이 밀려오기 때문이다. 인간적으로 프로강사, 스피치를 업으로 삼는 강의 전문가도 느끼는 긴장감이라고 하니 조금은 위로가 되지 않는가? 그들도 처음부터 잘했던 것이 아니고, 하다 보면 차츰 개선될 수 있다고 말하고 있기 때문이다. 사람들 앞에 서는 첫 강의, 처음은 두렵다. 두려움을 떨치고 '나는 해낼 수 있다. 이 분야는 내가 전문가다.'라는 자신감을 갖고 한 걸음 내딛어 보자. 강의를 할 때 나타나는 발표불안증, 무대공포증을 극복하기 위한 최고의 방법은 우리 모두가 알고 있는 철저한 준비와 반복 연습만이 답이다.

### 리허설이 중요한 이유

리허설이 중요한 이유는 최종적으로 교육 진행을 머릿속에서 리마인드 한다는 데 있다. 1시간 30분 강의를 진행한다고 했을 때와 2시간, 4시간 강의를 이어나갈 때 주제에 따른 강의시간 안배를 어떻게 하느냐를 결정할 수 있으며, 강사의 전달력을 최대한 끌어올릴 수 있기 때문이다. 강사의 욕심대로 많은 내용을 다 넣어 핵심이 흐려지는 강의를 할지, 정말 전하고 싶은 키 메시지를 논리적으로 구성해 메시지를 강화할지 리허설을 해보면 강의 전체의 맥락이 잘 보인다. 교안대로 리허설을 해도 막상 강의 실전에는 여러 가지 변수가 생기기 마련이다. 실수를 최소화하고 탄탄한 강의가 되기 위한 꼭 필요한 과정이라 생각하고 리허설을 즐겨보자.

## 몸에 익을 때까지 철저히 준비하고 천천히 즐겨라

대학교 전공 학과 행사로 일본어원어 연극활동을 한 경험이 있다. 방학 기간 중에도 학교 빈 강의실에서 스태프들과 연출하시는 선배님의 지휘에 따라 공연할 강의실의 무대에 서서 노래도 부르고 발성연습도 하며 보낸 적이 있다. 외국어 공연이다 보니 발음과 어조, 속도 모든 과정을 원어민 교수님께 직접 코칭을 받았다. 대사 하나하나 녹음해주신 테이프를 늘어지도록 반복하며 듣고 연습한 후 무대에 올랐다. 머리로만 익히는 것이 아니라 상황을 몸으로 재현해보기도 하고 연결 지어 몸이 기억하게 하는 연습을 반복했다.

지나 보니 강의는 연극과도 많이 닮았다는 생각이다. 한 시간 무대에 올리기까지 수많은 연습을 하고 그 과정을 몸으로 기억하며 최종 리허설을 하고도 떨리고 긴장했던 느낌은 지금도 선명하다. 연극을 마치고 난 뒤에 느꼈던 해냈다는 성취감, 그 짜릿한 경험은 지금까지도 또렷이 남아 내 인생의 든든한 정서적 지원 감정이 되어주고 있다. 강의를 마치면 나는 늘 그때의 기분을 느끼며 또 다른 만남을 위한 새로운 에너지를 만든다.

### 프로강사는 훈련으로 만들어진다

프로강사에게는 정보의 전달력이 중요한데, 단순한 지식 전달력이 아닌 마음을 움직이는 메시지 전달 능력이 요구된다. 기억에 남는 프로강사가 되려면 좋은 콘텐츠로 교육생과 소통해야 하는데, 콘텐츠는 전문적인데 전달력이 뒷받침이 되지 못하면 빛을 보지 못한다. 프로강사에게 꼭 필요한 스킬은 강의의 핵심인 메시지 전달력이다. 아무리 좋은 내용이라도 그것을 잘 설명하기 위한 전달력이 있어야 하며, 잘 전달하려면 자신의 생각을 잘 정리하는 게 습관이 되어 있어야 한다. 생각을 정리해 말하는 습관은 많은 연습과 훈련을 필요로 한다. 좋은 강사는 타고난다는 말도 있고 훈련되어 만들어지는 말도 있다. 나는 후자 쪽을 더 믿는 편이다. 좋은 강사가 갖추어야 할 수많은 자질 중에서 첫 번째로 꼽는 것은 열정적인 스피치이다.

강사가 자신의 콘텐츠와 교육생에게 열정을 품어야 시너지 효과가 생겨서 더 잘 전달된다. 자신이 원하는 것도 그걸 더 열정적으로 원할 때 이룰 수 있는 것처럼 교육생들은 귀신같이 강사의 열정을 알아챈다. 강사가 얼마나 많은 준비를 하고 여러분과 만나는 것인지, 강사의 진정성 있는 메시지가 잘 전달되었을 때의 강의는 성공적으로 기억될 것이다. 강사의 열정과 자세, 적절한 제스처, 움직이는 동선, 교육생과의 아이 콘텍트, 목소리의 톤과 크기, 스피치의 스킬, 가르치는 스킬 등 강사가 강단에 서기까지 갖춰야 할 것은 너무나 많다. 그것들은 한 가지라도 가볍게 지나치면 안 되는 것들이다. 이 모든 것을 한꺼번에 익혀 사용하기는 어렵다. 시간이 걸리더라도 자신에게 부족한 것은 배우려는 자세와 훈련의 시간이 필요하다.

## 강사지망생들이 가장 궁금해하는 것들, Q&A 요약

다음은 강사지망생들의 교육과정 중 받는 질문과 이메일의 문의에서 가장 빈번하게 문의하는 질문을 요약해서 모아보았다.

### 1. 기업교육 강사는 연령제한이 있나요?

사내강사를 희망할 경우, 일부 기업은 연령제한을 하는 곳도 있다. 기업의 특성과 상황에 따라 유연성 있게 채용기준을 제시한다. 사내강사를 하고 경력을 쌓아 프리랜서강사로 독립하는 것이 이상적이지만, 연령제한에 신경이 쓰인다면, 전문 콘텐츠를 가지고 프리랜서 강사 준비를 해보는 것도 방법이다.

1인 기업강사나 프리랜서의 경우는 연령제한이 없으며 오히려 40대 이상 연령대의 강사가 유리할 수 있다. 경험과 연륜이 있어서 다양한 연령대와의 공감 키워드를 갖고 있기 때문이다. 그래서 본인의 의지와 실력에 따라 평생 현역이 가능한 직업이다.

### 2. 강사의 스펙이 중요한가요?

프로강사의 세계에서 스펙이 중요하지 않다고 말할 수는 없다. 하지만 스펙이 모든 것을 좌우하지는 않는다. 스펙이 뛰어나도 강의가 제 실력만큼 안 되는 강사도 있고, 스펙은 조금 부족해도 강의를 끝내주게 잘하는 강사가 있기 때문이다. 하지만, 강사로서 스펙도 좋고 소양과 자질도 갖춘다면 그야말로 금상첨화다.

강사들의 학력이 점점 더 높아지는 이유는 자신의 강의분야에서 전문성을 확보하기 위함이고 강사들의 학력과 프로필이 화려한 이유는 타 분야의 사람들과 만나고 다양한 관점을 수용하기 위해 끊임없이 자기계발을 하기 때문이다. 본인이 하는 강의의 전문성에 학위가 필요하다면 학위에 도전하는 것이다.

전문대를 졸업하고 강사를 희망하는데 폭넓은 강의를 수용하지 못해서 학위에 콤플렉스를 가지고 있다면, 할 수 있는 분야의 강의를 하면서 필요한 학위나 스펙을 만들어 가면 된다.

### 3. 강사로 성공하는 데 유리한 전공이 있나요?

강사의 전공이 특별히 정해지거나 강사에게 콕 집어서 유리한 전공은 없다. 다만 직업의 특성상 HRD 교육 관련, 심리학, 경영학, 경제학, 성악, 언론학 등을 전공한 강사들은 많다. 그야말로 강사들의 전공은 정말 다양하다. 미대, 음대, 의대, 프로강사들은 자신의 전공에 구애받지 않고, 필요하면 다른 학위에도 도전한다.

성악을 전공한 강사, 연극영화를 전공한 강사, 철학을 전공한 강사, 심리학을 전공한 강사 등 강사들의 프로필을 살펴보면 생각보다 다양한 전공분야에 놀랄 것이다.

### 4. 강사의 외모에 대한 기준이 있나요?

강사는 사람들 앞에 서는 일이 직업이다 보니 이미지 관리에 많은 신경을 쓴다. 강사과정에서도 이미지 메이킹 과정은 꼭 들어간다. 강사의 이미지가 어떠해야 한다는 선입견을 떠나 한마디로 강사는 호감을 주는 이미지를 가져야 한다. 잘생기고 못생기고의 의미가 아니라 느낌이 좋은 이미지, 따뜻한 이미지, 카리스마 있는 이미지, 한마디로 보는 순간 강사로의 매력과 호감을 가진 사람이 유리하다.

### 5. 강사자격증이 꼭 필요한가요?

초보강사로 강의를 시작할 때, 혹은 사내강사로 입사를 할 때 자신의 전문분야의 자격을 증명하는 라이선스를 요구하는 곳도 있고 강사교육을 받았다는 수료증을 요청하는 곳도 있다. 다양한 기관과 협회에서 발급되고 있는 민간자격증이 대부분이지만 강사로서의 교수법과 프로그램 개발법, 모니터링법 등 강의에 필요한 교육을 이수한 후 취득하는 수료증이나 자격증을 첨부하면 된다.

경력이 어느 정도 쌓이면 경력이 곧 대표 프로필이 되므로 경력강사에게 강사자격증을 요구하는 일은 드물다.

## 6. 강사양성과정 수료 후 강사로 바로 활동 가능한가요? 강사로 강의를 어떻게 시작하나요?

다양한 강사양성과정을 거친 강사들의 실력은 모두 개인차가 있다. 강사양성과정은 100시간이 넘는 과정도 있고 3일 과정(24시간) 하루 과정(6시간) 내외의 짧은 강사양성과정도 있다. 물론 기관이나 기업과 MOU가 체결되어 강의를 연결해주는 아카데미도 있다. 이는 모두에게 돌아가는 혜택은 아니므로 아카데미나 양성과정 수료의 문제가 아닌 실제 강의현장에 투입될 수 있는 경쟁력을 내가 갖췄는가가 중요하다. 이론보다 실전에서 내 실력을 보여줘야 하기 때문이다. 바로 강의를 하려면 충분히 개인시범강의를 해보았는가가 중요하다. 전문 강사의 피드백을 받아 실력을 쌓은 강사들은 현장에 바로 투입되어 강의를 해도 손색이 없는 경우도 있고, 전문성이 있어도 실제 강의현장에서는 전달력 부족으로 실력 발휘가 안 되는 경우가 있다. 강의라는 것이 무료이든 유료강의든 1만원의 강사료를 받는다고 해도 돈의 가치를 해야 한다. 내 강의가 가치 있게 전달되도록 자신의 콘텐츠를 만들어야 한다. 강사양성과정을 듣고 누구나 바로 강의가 가능하다는 과장 홍보나 광고는 믿지 말고 누군가가 바로 강의의 기회를 줄 것이라는 기대도 버리는 것이 좋다. 강의력을 먼저 향상시키는 것에 집중해야 한다. 강사로 실력을 다지고 나서 어느 정도 강의에 자신이 생기면 무료강의든 공개강의든 내 이름을 걸고 돈 받고 하는 강의를 할 수 있다.

### 7. 사내강사, 프리랜서강사, 1인기업강사, 파트너강사, 협력강사 어떻게 다른가요? 장단점도 말해주세요.

기업과 교육기관, 공공기관에 출강하는 강사는 크게 사내강사와 프리랜서강사, 특강강사로 분류한다. 사내강사는 사내의 선임, 임직원 가운데 선발되어 해당 분야의 전문적인 강의를 하는 경우와 아웃소싱의 형태로 그 분야의 경력을 가진 전문 강사가 고용되어 투입되는 경우가 있다. 사내강사는 업무의 이해도와 친밀도가 높아 조직 구성원에게 메시지의 전달이 보다 효율적일 수 있는 장점이 있고 외부강사 초빙 등의 비용을 절감할 수도 있다. 사내강사가 다양한 내부 강의를 진행하다보면 강의의 깊이가 한계가 있을 수 있고 직원들의 행동변화와 동기부여에 부응해야 한다는 강박관념이 생길 수도 있다. 주 업무가 강의이다 보니 강의는 자주 할 수도 있다. 반면, 프리랜서 강사보다 다양한 직급별, 직무별 강의가 어렵다는 점이 있다. 그래서 소속강사로 경력을 쌓고 강의 전반적인 운영이 혼자 가능할 때 프리랜서로 독립하는 경우가 많다. 프리랜서강사는 그야말로 1인 기업가의 마인드여야 하기 때문이다.

프리랜서강사는 강사플랫폼인 컨설팅회사 등에 소속이 되어 있는 강사와 소속 없이 개인적으로 활동하는 강사가 있다. 교육업체에 소속이 되어 강의를 할 경우는 폭넓은 주제로 프로젝트성 강의와 특강 형식의 강의를 소화하므로, 다양한 기업과 기관에서 커리어를 쌓을 수 있는 장점이 있고 소속이 없는 경우는 1인 기업 형태의 CEO 개념으로 강사 개인의 능력에 따라 스케줄을 조절하며 자신이 하고 싶은 강의를 컨트롤할 수 있다는 장점이 있다. 후자는 영업력과 강의경력이 쌓인, 인지도 있는 경력강사일 경우가 많다.

파트너강사와 협력강사는 같은 의미로 사용되며, 프리랜서강사의 다른 이름이기도 하다. 강사들은 한 곳의 강의를 오래 하는 것이 아니라 컨설팅 개념으로 프로젝트성 교육을 진행하기 때문에 자신의 전문 강의분야가 필요한 곳에 언제든 협력강사로, 파트너강사로 참여하고 있다. 많은 강사들은 사내강사와 프리랜서 강사를 거쳐 축적된 지식과 경험으로 1인기업강사로 독립한다. 서로 전문적인 분야가 있으므로 함께 파트너로 협력하여 컨설팅을 수행하기도 한다. 1인기업강사란 1인지식경영자의 삶을 뜻한다.

## 8. 강사가 되려면 무엇을 어떻게 준비하면 되나요?

우선 자신의 전문분야에 대한 지식을 전달해야 하기 때문에 관련 지식과 업무경력의 실질적인 분석이 필요하다. 그다음, 관련 지식을 잘 전달할 수 있는 스피치, 강의력 또한 갖춰야할 스킬이다.

가장 일반적이고 쉬운 방법은 강사양성기관에서 실질적인 강의력

향상 코칭을 받는 방법이다. 중요한 것은 내게 도움을 줄 수 있는 커리큘럼으로 구성이 되었는지이고 실제 강의를 해볼 수 있는 강의 횟수이다. 내게 도움이 되는 양성과정을 선택한다면 효과적인 면에서 강사양성과정을 3일 만에 끝내는 과정과 12주 과정, 6개월 과정의 차이는 날 수 있다. 거기에는 내가 강의를 해볼 수 있는 실습시간도 포함되어 있기 때문이다.

강사로서 강의를 기획하고, 교육을 개발하는 능력도 중요하다. 강의는 단순히 말만 잘해서 되는 것이 아니라 강의를 잘할 수 있는 기획능력, 코칭 능력, 컨설팅 능력 등 다양한 능력이 요구된다. 교육생, 즉 청중과의 편안한 관계 맺기와 교감 훈련도 필요하다.

자신이 가장 자신 있는 부분은 무엇이고 부족한 부분은 무엇인지, 부족한 것은 어떻게 보완할지를 계획해야 한다.

또 한 가지, 좋은 멘토를 만나라. 시행착오의 시간을 단축할 수 있도록 아낌없는 피드백을 줄 사람을 찾아 나서라. 사람을 만날 수 없다면 다양한 방법을 모색해야 한다. 찾아보면 온오프믹스의 강연도 활용할 수 있고, 여러 주제로 인맥을 다지며 세미나가 매주 열리고 있고, 미니강연을 해볼 수 있는 기회도 있다. 서로의 강의를 격려하는 인터넷의 소모임은 많다. 아무것도 모를 때는 모임의 분위기만 익혀도, 경력강사들의 말 한마디만으로도 힌트를 얻고 실제 강의에 많은 도움이 된다. 또한 이것이 인연이 되어 강의를 함께 할 수 있는 파트너가 되기도 한다. 나를 잘 이끌어줄 좋은 인맥을 형성하라.

## 9. 강사의 평균 수입은 어떻게 되나요?

강사의 평균 수입은 개인마다 모두 다르며 사내강사로 입사할 경우 신입강사와 경력강사의 연봉에서 차이가 있다. 처음부터 억대 연봉을 받을 수 있다는 생각을 했다면 실망할 수도 있다. 신입강사의 경우1800~2400만 원, 혹은 2800~3000만 원, 경력강사일 경우는 3500~4000만 원 정도이며, 경력이 높아지면 조정할 수 있다. 프리랜서 강사의 경우는 실력과 인지도에 따라 시간당 10~100만 원까지의 강의료를 받는다. 그렇다면 7000만 원~1억 원의 연봉도 가능한 것이 프리랜서강사의 세계이다. 강사는 강의 경력이 쌓이고 전문성을 인정받을수록 자신의 몸값을 높일 수 있다. 이 부분은 5장에서 더 자세히 언급하겠다.

## 10. 강사면접은 어떻게 이루어지나요?

사내강사의 경우 서류지원을 통과하면 면접으로 이어진다. 면접과정 중 시강과 인터뷰가 있는데, 관련 부서의 임직원 인터뷰 형식도 있고 10~30분 내외의 시범강의를 준비해야 하는 경우도 있다. 보통 초보강사의 경우는 강의력을 보기 위해 시범강의를 보는 기업이 대부분이다. 면접 전에는 해당기업의 홈페이지를 방문해 기업의 특징과 분위기를 미리 살펴보고 면접에 대비하면 도움이 된다.

프리랜서강사는 교육업체 지원 시 프로필과 간단한 인터뷰, 시강, 혹은 강의 동영상을 요청하여 면접을 대신하기도 한다. 프리랜서는 경력강사가 주를 이루기 때문에 면접에 큰 의미를 부여하지 않는다.

## 11. 국가공인 강사자격증이 꼭 필요한가요?

강사는 자격증으로 강의를 하지 않는다. 국가에서 인증하는 기업교육 강사 관련 국가자격증은 아직 없다. 다만, 기업강사, CS강사 관련 자격증으로는 국가공인 CS리더스 관리사와 한국생산성본부 주관의 SMAT(서비스경영자격)자격증이 있다. 강사가 반드시 취득해야 하는 자격증은 아니다.

실제로 기업교육 강사는 위의 두 가지 자격증보다 기업의 인재상과 인재육성 방향을 알고 현장업무에 적용 가능한 콘텐츠로 승부하는 실무형 강사가 더 많다. 강의를 할 전문적인 지식이 없다면 강의를 바로 하기 힘들고 현장경험이 없다면 교육생과 공감대 형성이 어려울 수 있기 때문이다. NCS를 기반으로 하는 인재 채용과 더불어 SMAT 전문강사가 기업과 대학에 자격증과정을 운영하고 있다. 체계적인 준비를 하고 싶다면 국가공인 자격증에 도전해보는 것도 좋다.

NCS(국가직무능력 표준)를 교육기반으로 하는 다양한 자격증 과정이 있다. 단, CS 관련 두 가지 자격증은 국가 공인 자격증이다. CS 관련 국가 공인자격증으로는 CS Leader 관리사/ 지도사(사단법인 한국정보평가협회), SMAT(서비스 경영, 한국생산성본부 KPC 주관) 두 가지가 있다.

## 당신의 노력과 자격을 입증해줄 자격증을 점검하자

◇◇◇◇◇◇◇◇◇

강사지망생들은 취업과 고소득이 보장되는 서비스 강사나 기업 전문 강사의 자격증이 있느냐는 질문을 많이 한다. 현재, 자격증은 국가에서 인정해주고 있는 국가기술 자격, 국가전문자격, 그리고 법인이나 개인, 단체가 만들어 운영하는 민간자격증으로 구분되고 있다. 또한 민간자격증은 정부에 의해 공인된 민간자격이 별도로 존재한다.

　결론부터 얘기하자면, 다양한 민간자격증은 있지만, 국가공인 CS 관련 자격증은 현재 2가지이며, 강사의 취업 여부에 있어 민간자격증 소지라고 불리하다거나, 콕 집어서 국가공인자격만을 요구하지는 않는다. 하지만 등록도 하지 않고 운영되는 수많은 민간자격증의 피해가 많으니, 내가 가진 자격증을 살펴볼 필요는 있다. 자격을 보증하지 않는 자격증인지 개개인의 주의가 필요하다. 민간자격증을 취득할 때는 반드시 민간자격정보서비스(www.pqi.or.kr)에서 '등록'과 '공인' 여부를 확인하도록 하자.


### 민간자격증 정보와 활용

　현재 우리나라 민간자격증은 2017년 8월을 기준으로 2만 7,067개에 달하며, 민간자격증 가운데 정부에 의해 공인된 민간자격증은 99개에 불과하다. 사실, 소비자 입장에서 국가자격, 국가공인민간자격, 일반민간자격 등에 대한 상세한 이해를 하기란 쉽지 않다. 하지만 강사지망생이라면 자격증 정보를 비교해서 알아두는 것도 도움이 된다. 국가공인인 한국정보평가회의 CS Leader(관리사, 지도사)와 한국생산성본부 주관의 SMAT(서비스경영) 이외의 다양한 협회나 관련 기관에서 수여하는 CS강사 관련 민간수료증과 자격증은 CS컨설턴트, CS강사,

CS매니저, CS트레이너, CS관리사 등의 명칭으로 존재하고 있다.

나 역시 강사 수료증과 애니어그램, 액티비티 활용방법 등의 관련 민간자격증을 취득한 바 있다. 강사들의 프로필을 보면 관련사항 교육 이수란에 다양한 과정 수료나 자격증의 취득 여부를 소개하고 있다. 자격증을 많이 보유했다고 해서 강의를 잘하는 것은 아니다. 다만, 강사는 다양한 분야의 지식을 가지고 교육준비를 해야 하는 직업이기에 교육자격을 증명해 보일 필요가 있고, 배우는 것에 열심일 수밖에 없다. 그 결과물이 수료증과 자격증이다.

기업의 사내강사나 교육업체 소속의 프리랜서 강사로 강의를 할 때는 관련 자격증과 수료증첨부를 요청하는 것이 일반적이다. 강의 면접시강 이전에 내가 강사로서 강의를 할 수 있다는 증명이 필요하기 때문이다. 실제로 강사들은 자신에게 필요한 과정을 듣고 관련 협회나 기관에서 민간자격증을 취득해 관련 강의를 하는 경우가 많다. 요즘은 강사가 자신의 홍보를 위해 프로필과 교육 프로그램을 SNS에 많이 오픈하고 있다. 그러니 꼼꼼히 비교하고 내가 강의하고 싶은 분야에서 이미 활동하고 있는 강사가 어떤 기관을 통해 어떤 교육과정을 이수했는지 다양한 팁을 얻을 수도 있다.

제3부

---

# 프로강사로
# 거듭나기 위한
# 발걸음

# 5장
# 프로강사라면
# 반드시 갖춰야 할 5력(力)

## 개발력, 나만의 콘텐츠를 찾아내고 키워내는 힘

×××××××××

### 나만의 콘텐츠를 찾아라

강의의 본질은 콘텐츠이다. 결국 강사는 자신의 콘텐츠로 성장하는 것이 답이다. 강사를 준비한다면 가장 먼저 점검해야 할 것이 나만의 지식과 경험, 그리고 해당분야의 실무능력이 강의 콘텐츠가 되는가를 확인하는 일이다. 물론 콘텐츠도 꾸준히 소비되는 콘텐츠가 있고 유행을 타는 콘텐츠도 있다. 최근 활발히 진행되는 콘텐츠로는 김영란법의 시행으로 청탁금지법 관련 청렴강의를 전문으로 하는 강의와 자존감이라는 키워드로 하는 셀프리더십, 디지털 시대가 더 발달할수록 소통의 어려움을 느끼는 개인과 조직을 위한 소통 관련 커뮤니케이션 교육, 인문학 관련 강의 등이 있다. 또한, 평생교육시대의 자기계발과 서비스, 동기부여, 리더십이라는 콘텐츠는 식상하게 느껴지면서도 꾸준히 강의시장에서 소비되는 콘텐츠이다. 비즈니스 관련 강의와 이미지, 갈등, 협상관리, 스트레스 관리 등 업무 관련 이외의 실행력, 비전, 소통, 힐링, 감사, 자존감, 독서, 행복 관련 강의도 현대인들에게는 꼭 필요한 아이템이다.

### 콘텐츠는 가까이에서

이러한 다양한 주제를 어떻게 풀어나가는가는 오로지 강사의 개인 역량에 달렸다. 전혀 긍정적이지 않은 강사가 긍정에 대한 강의를 했을 때, 스트레스를 달고 다니는 강사가 스트레스관리 강의를 하고, 감사와 행복 강의를 하는 사람이 전혀 자기관리가 안 될 때의 파장은 생각보다 클 수 있다. 따라서 장기적인 안목으로 자기만의 필살기가 될 만한 콘텐츠에 주력할 것을 권한다. 강사는 상황에 따라 다양한 강의를 소화해야 하지만 강의 주제에 따라 내 이름이 딱 연상되는 자신의 전문 콘텐츠가 꼭 필요하다. 해당분야의 전문가라면 누구라도 강의를 시작할 수 있으며 이것은 혼자만 알고 숨겨두기엔 아까운 전문지식, 경험, 살아오면서 쌓아온 지혜를 나누는 일이 가치 있는 일이라고 생각하는 것에서 출발한다. 나만 알고 있는 지식과 지혜가 다른 사람에게는 관심분야일 수 있고, 개인의 실패와 성공의 경험이 다른 사람에게 꼭 필요하고 절실한 동기부여가 될 수 있다. 내게는 평범한 경험일지라도 다른 사람에게는 관심사가 될 수 있는 것 바로 그것이 강의의 콘텐츠가 되는 것이다.

더욱 가치 있는 세상을 만들기 위해서라도 보다 많은 사람들에게 유익한 강연과 강의문화는 반드시 필요하다. 앞으로는 개개인이 전문가가 되는 전문가의 시대, 지식 공유의 시대가 더욱 가속화될 것이다. 얼마 전 SNS를 통해 게임을 사랑한 81세 일본의 할머니의 이야기를 접했다. IT 전문가가 아닌 전직 은행원이었던 와카미야 마사코 할머니가 컴퓨터를 구입하고 공부해나가며 시니어들을 위한 아이폰용 게임을 만들고 컴퓨터 전문 강사가 된 사연이 소개되었다. 자신이 컴퓨터를 배우며 어려웠던 점을 기억해내고 그것을 보완해 시니어를 대상으로 쉬운 강의로 다가선 것이다. 세상과 소통하기 위해 컴퓨터를 배우고 페이스북을 통해 전 세계의 다양한 사람들과 교류를 시작했다고 한다. 그것이 계기가 되어 노인들의 스티브 잡스라 불리며 자신의 경험과 노하우를 담아 노인들을 위한 컴퓨터 서적을 출판하고 노인들이 쉽게 접근해 즐길 수 있는 '엑셀아트'를 만들어 2014년에 TED(테드) 무대에도 초청을 받고 강사로 활약한다는 기사였다. 알게 모르게 우리는 모두 개인의 독특한 경험과 실무 전문능력을 가지고 있다. 몇 년을 같은 직장에서 일한 동료가 나와 같은 경험을 했다고 해서 같은 능력을 보유하고 있지는 않기 때문이다. 바로 그 남과 다른 경험, 해당 실무 전문 능력이 바로 유일한 나만의 콘텐츠가 되는 것이다. 게임을 사랑하여, 자신처럼 게임을 사랑하지만 컴퓨터가 어려운 시니어층을

대상으로 쉬운 컴퓨터 정복법을 알리는 와카미야 마사코 할머니강사
처럼 말이다.

## 내 콘텐츠로 강의 개발하기

전문직업인으로의 강사는 자신만의 강의 콘텐츠가 확실하게 있으
며 강의 스킬은 물론 청중과 호흡하는 공감능력이 뛰어나다. 강사지
망생 혹은 초보강사들은 내가 과연 저 강사처럼 온전히 혼자 1~2시간
을 이끌어갈 수 있을까 하는 두려움이 앞서 지레 겁먹을 수도 있다. 하
지만 도전해보지도 않고 걱정할 필요는 없다. 강사경력만 10년이 되
었다 해도 별다른 콘텐츠 없이 해가 바뀌어도 업그레이드 한번 없이
이름만 강사로 살아가는 강사보다 이제 시작하는 당신이 남의 것이
아닌 자신만의 확실한 콘텐츠로 승부한다면 충분히 승산이 있다. 지
금 바로 내가 강의 가능한 콘텐츠를 키워드로 먼저 도출해보라. 그리
고 살을 붙여가는 것이다. 처음부터 두려움 없이 시작하는 강사는 아
무도 없기 때문이다. 청중들 앞에서 가슴이 터질 것 같은 긴장감도 느
껴보고 준비한 강의교안을 줄줄 외웠는데도 두려움에 마음이 진정이
되지 않더라도 일단 결심이 섰다면 실행에 옮겨보자.

2년 전 경기도 지자체의 전직 커리어를 기반으로 진행된 강사를 희
망하는 강사 집단 코칭을 하면서 알게 된 전직 외국 항공사 승무원 A
씨가 있었다. 결혼 준비와 함께 이직준비를 하고 있던 중 교육과정을
듣게 되었다고 했다. 10명 되는 클래스에서 A씨는 이전 직장에서의 생
생한 에피소드가 넘쳐났고 경험과 도전을 전달하는 능력이 뛰어났으

며 열정 또한 뜨거웠다. 자기만의 강의 콘텐츠로 서비스, 진로, 취업, 면접교육이라는 키워드를 도출했다. A강사는 강의를 처음 시작하면서 오는 대중강연에 대한 부담감으로 무대에서의 시강 10분도 채우기 힘들어 했다. 자연스럽게 대화할 때의 자신감 있는 모습과는 전혀 다른 모습이었다. 과연 강의 5분이나 채울 수 있을까? 안타까울 정도로 목소리의 떨림과 무대 울렁증이 심했다. 강의를 전달하는 방식은 처음이면 누구나 투박할 수밖에 없다. 철저한 준비로 연습하고 훈련하다 보면 청중과의 호흡이 가슴 벅차게 다가오는 날이 온다. A씨의 경우는 강의할 콘텐츠가 확실하니 강의스킬은 노력하는 만큼 빠르게 향상되어갔다. 지금은 누구보다 강의를 즐기며, 자기계발을 소홀히 하지 않는 취업, 면접 전문 강사로 활동하고 있다. 그 기수의 멤버들 중 가장 많은 러브콜을 받는 바쁜 강사가 되었다. 전문 강사의 노련한 스킬은 훈련을 통해 따라잡을 수 있다.

하지만 차별화된 콘텐츠는 단시간에 되는 것이 아니고 결국 '누적의 시간'이 필요하다. 취업과 면접강사도 여러 분야별 전문 분야가 있다. A씨는 항공사 취업을 원하는 학생들에게 자신의 다양한 경험을 들려주며 필요한 정보를 콕 집어 전달하는 강의를 하고 있다. 보통 사람인 당신에게 이미 공들여 가꾼, 누적의 시간을 견딘 나만의 콘텐츠가 있다면 강사의 필살기 콘텐츠는 갖춘 셈이다.

## 콘텐츠 개발 프로세스

다른 사람의 콘텐츠와 유행하는 콘텐츠를 그대로 개성 없이 따라서 강의를 하다보면 결국은 다른 사람의 브랜드만 알리는 스피커에 지나지 않는다. 강사는 본인의 전문 주 종목이 있어야 하는데 경험이 없다보니 공감도 안 되고 그 분야의 이론만 나열할 뿐 실제 청중에게 도움이 되는 메시지를 주지 못하고 수박 겉핥기식으로 주제와 따로 겉돈다. 내 옷이 아닌 남의 옷은 어딘지 모르게 불편한 법이다. 빨리 성장하고 싶은 마음으로 자신만의 콘텐츠를 만들기도 전에 번아웃되는 조급한 마음을 갖지 않기를 바란다. 조급한 마음에 강의 때마다 급조한 다른 사람의 콘텐츠는 결국은 내 언어가 아닌 이상 내 것이 되지 못한다. 본인의 콘텐츠를 정한 다음엔 교육과정으로 개발하는 능력을 키워야 수많은 강사집단 속에서도 차별화된 강의로 충분히 이길 수 있고 살아남을 수 있다. 그래서 강사는 자신의 콘텐츠에 대해 좀 더 장기적이고 전략적인 접근이 필요하다. 내가 제안하는 콘텐츠개발의 프로세스는 다음과 같다.

콘텐츠 분석, 기획 → 콘텐츠 키워드 도출 → 콘텐츠 브랜딩 → 콘텐츠 마케팅

1단계는 내가 보유한 나만의 콘텐츠를 점검한다. 콘텐츠를 스토리로 만들기 위해서다. 나는 무엇을 전달할 것인가, 내 콘텐츠로 청중에게 어떤 이익을 줄 것인가 고민하고 기획력을 갖는다. 2단계는 1단계에 맞는 이론을 정리하고 키워드를 도출한다. 3단계는 콘텐츠의 브랜드 전략, 해당 콘텐츠와 나를 연결해주는 것, 콘텐츠와 바로 내가 연상되어야 한다. 나와 내 콘텐츠가 동시에 검색되도록 즉, 나의 브랜드가 될 수 있도록 콘텐츠를 알리는 마케팅을 한다.

## 내가 가장 잘 아는 것, 할 수 있는 것부터 출발하자

《즉문즉설》의 법륜스님은 '잘하는 일과 좋아하는 일, 어떤 선택을 할까요?'의 강연에서 이렇게 말한다. 첫 번째 단계에서는 잘하는 것을 먼저 시작해야 한다. 그래야 밥은 먹고 사니까. 두 번째 단계에서는 잘하는 것을 하면서 좋아하는 것을 겸하라고 조언한다.

좋아하는 일을 같이 하다가 그 일만으로 먹고 살 수 있을 정도가 되면 그때 옮겨가면 된다. 처음부터 좋아하는 일로 먹고 살려고 하니 고민이 생기고 어려운 것이라고. 그러니까 어느 것을 선택하느냐의 문제가 아니라 밥벌이부터 시작하라고 말이다. 잘하는 일을 먼저하고 좋아하는 일을 겸해서 같이 하다가 좋아하는 일로 옮겨 가면 삶이 '노동'에서 '놀이'로 전환될 수 있다.

가장 잘할 수 있는 분야를 빨리 찾아서 거기에 시간과 노력을 집중 투입해 남과 다른 것을 만들어내는 것이 전문가로 가는 길이다. 먼저 지금까지 내가 쌓아온 전문적인 지식과 경험, 내가 가장 잘할 수 있는 것에서 시작해야 한다. 나의 경우 30대에 기업교육 강사로 강의를 시작하게 되었는데, 처음은 서비스, 비즈니스 매너 관련 강의를 하다가 점차 유통 세일즈 서비스 코칭, 병원 상담과 서비스 관련 메디컬 커뮤니케이션, 취업, 면접, 프레젠테이션 스피치 코칭, 강사양성과정의 교수법 개발과 코칭, 컨설팅으로 차근차근 분야를 넓혀갔다.

하지만 변하지 않는 내 핵심 콘텐츠는 커뮤니케이션이다. 좋아하고 관심 있는 분야이다 보니 선택하기에 어렵지는 않았다. 초보강사 시절은 강의 대상과 주제가 내 경험과 능력 이상의 것을 하게 될 때는 부담스러움에 체하기 일쑤였던 경험, 경력단절 여성 동기부여, 중장년층의 취업 컨설팅 등 부모 대상의 강의는 참 부담스러웠던 미혼시절, 이론만 가지고 그들과 공감하며 진행하기는 매끄러울 수가 없었다. 지금 생각해 보면 무엇을 전달해도 미숙했을 그땐 참 용감했다는 생각이 든다. 모든 것을 경험하고 강의를 할 수는 없지만, 경험하지 못한 일을 전문가인 것처럼 가르치려 들었다는 것에서 오는 부끄러움이다.

성인교육에서는 있어서는 안 될 일인데, 초보강사 시절은 하고 싶은 강의와 해야 할 강의, 잘할 수 있는 강의를 잘 구별하지 못했다. 하지만 지금은 결혼을 하고 학교와 기관에 아이를 입학시키면서 다양한 사람들과의 관계의 폭이 넓어지고 학부모 대상 강의는 즐겁고 행복하다. 무엇보다 서로 '부모'라는 공감대가 형성되어 교육생들과의 교감이 자연스럽다. 내 전문인 서비스 유통분야와 소통과 커뮤니케이션이라는 강의영역에서 자연스럽게 나이가 들면서 소화할 수 있는 콘텐츠가 넓어지고 있기 때문이다.

좋아서 시작한 일이고 일이 즐겁기까지 하니 나는 행복한 사람이라고 생각한다. 시작은 멀리가 아닌 내 주변에서 즉 내가 지금까지 해오고 있던 것들, 성과를 낼 수 있는 아이템에서부터 하면 성공할 확률이 높다. 가장 좋은 콘텐츠는 내가 가장 오래 했던 일, 지치지 않고 잘할 수 있는 것, 가장 좋아하는 일에서 찾길 바란다. 경험과 경력관리부터 차별화된 나만의 콘텐츠를 갖는 것이 롱런하는 강사가 되는 비결이다. 당신의 콘텐츠는 무엇인가? 청중에게 어떤 이야기를 들려줄 수 있는가? 지금 바로 나의 콘텐츠를 점검해 보자.

**나의 커리어 분석표 만들기**

자신의 관심 콘텐츠 윈도우를 만들어 보자. 좋아하는 일, 좋아하지 않는 일, 잘할 수 있는 일, 잘하지 못하는 일로 나눠 작성해본다.

| 구분 | 좋아하는 일 | 좋아하지 않는 일 |
|---|---|---|
| 잘할 수 있는 일 | 좋아하고 잘할 수 있는 일 | 잘할 수 있지만 좋아하지 않는 일 |
| 잘하지 못하는 일 | 좋아하는데 잘하지 못하는 일 | 좋아하지도 않고 잘하지도 못하는 일 |

| | | |
|---|---|---|
| 가장 오래 일한 분야 | | 기간: |
| 가장 잘 아는 지식, 분야 | | 기간: |

## 영업력, 강사도 최고의 비즈니스맨이 돼야 한다

강사는 강의만 잘하면 수입이 보장되나? 강사도 영업을 해야 하나? 여기에 대한 답은 강의 잘하는 프로강사들도 영업에 전력투구하고 있는 현실이라는 것이다. 강사는 강의력으로 승부한다. 이것은 불변의 진리이다. 연봉으로 월급을 받는 소속되어 있는 사내강사가 아닌 프리랜서, 1인기업강사라면 자신의 강의를 적극적으로 홍보하고 마케팅해야 프로강사로 살아남을 수 있다. 아무리 뛰어난 강의 실력을 가졌다 하더라도 불러주는 곳이 없다면 강의할 기회조차 잡을 수 없는 것이 현실이기 때문이다. 그래서 많은 강사들은 영업력의 중요성을 누구보다 잘 알고 있다. 교육컨설팅 회사에 소속된 강사라면 강사료를 나누는 대신 영업 부분에서 부담은 조금 덜 수 있지만 여전히 강의 평가에서 앙코르 강의가 결정되니 결국 강사도 직업적으로 비즈니스 측면이 분명 존재한다.

### 누구에게 나를 알려야 할까?

많은 강사들이 가지고 있는 딜레마이기도 하다. 강의만 잘하면 자연스럽게 강의의 기회가 많아질까? 답은 "그렇지 않다"이다. 가만히 수동적으로 강의 요청을 기다릴 수만은 없는 노릇이며, 특별한 나만의 필살기 콘텐츠의 강의가 없으면 비슷한 콘텐츠가 겹치는 많은 강사들과의 경쟁에서 밀려나기 쉽다. 수많은 강사들 사이에서 내가 유명한 스타, 프로강사가 아니고서야 나를 먼저 알아봐줄 리가 없고 나를 불러주는 곳이 없다면 강사로서 강의의 기회조차 얻을 수 없기 때문이다. 그래서 많은 강사들이 강사에게 가장 중요한 것으로 강의력과 함께 영업력을 꼽는다. 교육시장에 나라는 사람, 나의 강의를 상품으로 내놓고 비즈니스를 해야 한다. 강사에게는 강의를 의뢰하는 기업의 교육담당자는 물론이고 지자체, 기관, 학교, 백화점의 평생 교육담당자들도 영업 대상이다.

### 영업의 시작은 SNS, 내 콘텐츠와 나를 묶어 노출시켜라

새롭게 강사시장에 진입하는 20~30대 강사들은 SNS를 통해 자신을 표현하고 홍보하는 데에 익숙한 세대들이다. 다양한 채널과 SNS를 통해 인지도와 실력을 가늠할 수 있는 기록물을 서칭해서 새로운 트렌드와 콘텐츠를 가진 강사에게는 기업과 기관이 직접 섭외요청을 하기도 한다. 신인 강사들은 자신의 강의콘텐츠와 강의일정을 SNS에 세세하게 알리며 전략적인 노출을 한다. 이렇게 SNS를 잘 활용하는 강사들은 셀프마케팅을 통해 강사시장의 경력 격차를 단기간에 극복한다. 기존의 강사들은 더 이상 인맥과 강의력만으로 버틸 수 없는 현실이 되어버린 것이다. SNS 마케팅으로 성공한 강사들에게 SNS강사 마케팅 전문 노하우를 배우려는 경력강사들도 많아지고 있다. 그들은 발로 뛰는 것은 물론이고 홈페이지, 페이스북, 블로그, 유튜브, 인스타그램, 카카오스토리, 밴드를 최대한 활용해 내가 어떤 강의를 하는 사람인지 적극 홍보하는 것이 필수라고 말한다.

모든 채널을 동시에 진행할 여력이 되지 않는다면 전문가에게 의뢰해 관리대행을 하기도 하지만 진정성 있게 다가가려면 하나라도 내가 스스로 가꾸는 공간이 더 도움이 될 수 있다.이젠 SNS를 잘 관리하고 그것을 강사 마케팅에 잘 활용하는 강사가 살아남는 시대임을 부정하기 힘들다. SNS를 잘 활용해 프로강사로의 브랜딩을 해나가는 강사가 많아지고 있음이 이를 증명하기 때문이다. 그렇다면 돈 벌 수 있는 강사로 남기 위해 강사 비즈니스 영업을 어떻게 접근할까?

우선 자신의 콘텐츠로 개발한 교육과정이 있다고 가정하자. 나는 충분히 경력도 있고 강의를 잘할 수 있는데 강의를 할 곳이 없다. 특별히 나를 불러주는 곳도 없다. 당연히 강사로서 말하기도 부끄러운 수입이다. 이러한 상태가 지속되고 강사 자신도 돌파구를 찾지 못하고 헤매면 강사 백수가 되는 것이다. 강사인데 한 달에 강의하는 일수가 손에 꼽을 정도라면 수입이 없고, 당연히 직업에 대한 미래도 계획할 수 없고 자신감도 자존감도 없어진다. 물론 강의 일수는 적어도 개인적인 역량과 전문성으로 컨설팅과 코칭 등의 업무를 병행하는 강사는 제외한다. 프리랜서도 자신의 업무역량에 따라 수입이 정말 다르기 때문이다. 프리랜서지만 어디서 어떤 강의를 하든 1인기업가의 마인드로 임해야 하는 이유이다. 인맥으로 강의하는 것도 한두 번이다. 강의할 곳을 부탁하는 강사가 아닌 강의 요청을 받는 강사가 되어야 한다. 강사라면 내가 강의해야 할 대상 분석과 어디서 강의할지, 두 가지를 모두 염두에 두고 홍보 전략을 잘 세워야 한다.

### 강의할 곳에 내 강의를 제안하라

강사 영업에서 무엇보다 중요한 무기는 자신감이다. 내 일, 지식(콘텐츠)에 대한 자신감, 내 강의는 분명히 가치가 있다는 자신감 말이다. 요즘 기업교육담당자들은 새로운 콘텐츠를 가진 강사를 발굴해 내는 것에 많은 노력을 기울인다. 인맥과 평판을 통한 강사 섭외도 많지만 온라인이나 SNS를 통해서 강사의 프로필과 관련 정보를 확인하고 직접 강의를 제안하는 경우도 많아졌다. 사정이 이렇다 보니, 실제 블로그나 페이스북을 잘 활용하는 강사들은 강의의 횟수가 많아지고 노출된 만큼 브랜딩이 되다 보니 경제적으로도 고소득을 얻고 있다. 내가 교육할 곳, 기업, 평생교육원, 지역의 문화센터, 기관과 기업 고객사 발굴을 위해 직접 담당자와 이메일과 전화통화를 통해 내 강의를 제안하라. 찾아가서 만나고 명함을 건네는 대면방식의 영업방법은 물론,

한번 인연을 맺은 고객사와 새로운 교육제안을 꾸준히 함으로써 여러 해 인연을 이어가는 방법도 있다.

### 강의의 기회를 놓치지 말고 확장시켜라

나의 첫 영업 대상은 강의를 마친 후 인근 지역의 대학이었다. 지금 생각해보면 세련되지 못한 접근 방법일 수도 있지만 열정 하나는 누구 못지않았다. 10여 년 전 한 지방의 대학 강의를 마치고 서울로 가는 기차시간을 조정하고 인근 지역의 지자체와 대학에 돌릴 프로필과 교육커리큘럼이 담긴 교육 제안서를 준비해갔다. 택시를 타고 이동하며 실무 담당자를 만나 인사로 눈도장을 찍고 프로그램 파일을 건네며 명함을 받아왔다. 이틀 뒤 다시 전화를 걸어 인사한 후에 담당자가 교육에 관심을 보이거나 호의적일 때는 필요한 프로그램 제안서도 보내며 비즈니스 이전에 '관계'에 많은 공을 들였다. 누가 시킨 것도 아닌데 열심히 발로 뛰었던 노력은 크고 작은 결실로 나타나 실제로 다음 시즌 한 학기 취업면접 컨설팅 교육으로 연결되기도 했다. 내 발로 뛰고 강의의 기회를 만들어 가던 그때의 성취감은 프리랜서 강사로 여러 문제들에 직면했을 때 견딜 수 있게 하는 강단을 주었으며, 무엇이든 하면 된다, 할 수 있다는 자신감을 주었다. 도전에 대한 짜릿한 기억으로 남아 있다.

요즘은 발로 뛰는 것과 더불어 SNS를 적극 활용해 비즈니스 하는 강사의 성공사례를 많이 볼 수 있다. 블로그, 페이스북, 유튜브, 인스타그램, 카카오스토리, 밴드의 특성을 잘 알아보고 어떤 채널을 선택해 나와 내 콘텐츠를 알릴 것인가를 생각해보자. SNS를 효과적으로 활용할 방법을 생각해보고 꾸준히 나를 알리는 셀프마케팅의 중요성을 인식하자.

### 강사 브랜딩으로 돈 버는 강사로 살아남기

첫째, 콘텐츠 개발력으로 내 강의를 상품으로 만든다. 비슷한 주제와 비슷한 경력의 평범한 강사가 너무나 많다. 어떻게 차별화할 것인가? 방법은 강의 콘텐츠를 선점하는 것이다. 교육개발과정을 게을리하면 안 된다. 같은 콘텐츠도 다른 사람과 다르게 접근해 하나라도 다르게 나만의 강의로 재탄생시키라는 말이다. 한 예로 예전엔 서비스 교육 강의를 승무원 출신이나 특정 서비스 업계 출신이 많이 주도했었다. 특성상 이미지와 표정, 헤어스타일도 모두 망 머리 등을 권장하는 등 그 업계에 맞는 교육을 그대로 다른 업무에도 적용하니 문제가 된다. 그 부작용으로 서비스 교육은 거기서 거기다, 서비스 강의는 초보강사가 하는 것이다라는 선입견을 낳는다. 같은 서비스 교육이라 할지라도 하는 업무와 대상에 따라 필요한 교육이 다르다. 서비스 교육이라고 친절과 매너, 표정 교육에만 포커스를 맞추다보니 서비스 교육은 초보강사의 영역이고 식상하다는 반응이 많다. 하지만 그렇지 않다. 서비스라는 주제와 대상, 업무를 놓고 심층 분석하고 최신 이슈를 가미해 꼭 필요한 교육이 되도록 하는 것이 강사의 역량이다.

강사가 서비스업무 경험과 관련 지식이라는 재료를 가지고 있다고 가정할 때 똑같은 재료를 공평하게 나눠 줘도 그 재료를 가지고 어떻게 요리할지는 강사의 역량에 따라 다르며 그에 따라 전혀 다른 퀄리티의 강의가 탄생한다. 모두 똑같은 경험이지는 않기 때문이다. 그것을 충분히 나답게, 나만의 방식으로 전달하는 데 포인트를 두자.

둘째, 전문가가 되려면 퍼스널 브랜딩이 답이다. 돈을 지불할 가치 있는 강의를 하고자 한다면 내가 전문가의 길로 들어서야 한다. 퍼스널 브랜딩이 되어 있는 강사와 그렇지 않은 강사의 강의료는 몇 배에서 수십 배나 차이가 난다. 이왕이면 내 강의료, 즉 나의 몸값은 남이 정해서 주는 것이 아니라 내가 만들어야 한다. 퍼스널 브랜딩은 나를 어떻게 알릴 것 인가에서 출발하는데, 이는 강사 자신의 분야를 어필할 수 있는 저서를 갖는 일, 즉 자신의 책을 출간하는 일이다. 책 관련 전문가들은 관련 분야의 세 권 이상의 저서를 가져야 그분야로 퍼스널 브랜딩이 되어 전문가로 인식이 된다고 한다. 프로강사, 스타강사들의 공통점은 바로 모두가 자신의 저서를 가지고 있다는 것이다. 이를 고려한다면 강사의 책 쓰기는 강력한 퍼스널 브랜딩의 도구로 봐도 무방할 것이다. 마지막으로, 내가 어떤 강의를 하는 사람인지 스스로 알려라. 전문가가 되면 교육의 제안은 물론 컨설팅업무와 코칭 업무를 함께 할 수 있다. 강의 이외의 전문분야의 컨설팅과 코칭업무는 고소득을 올릴 수 있는 소득원이기 때문이다.

# 강의력, 두말할 필요 없는 강사와 강의의 기본

강사는 자신의 강의주제에 전문성과 깊이 있는 지식을 가져야 한다. 무엇보다 자신이 알고 있는 지식과 정보를 교육생에게 잘 전달해야 한다. 강의할 때 무엇을 말하고 어떻게 말할 것인가를 항상 생각해야 한다. 알고 있는 100%를 200% 전달하는 강사가 있고, 알고 있는 100%에서 50%도 전달하지 못하는 강사가 있다. 그냥 알고 있는 것과 알고 있는 것을 잘 전달하는 능력은 다르다. 아주 어려운 것을 쉽게 가르치는 강사, 쉬운 얘기를 쉽게 가르치는 강사, 쉬운 얘기도 어렵게 가르치는 강사, 강사 수만큼 가르치는 방법도 다양하다.

알고 있는 정보를 편집하고 수많은 정보를 키 메시지로 압축해 전달하는 힘이 강의력이다. 강의를 잘하려면 어떤 능력이 필요하며, 강의력은 어떻게 이뤄지는가를 알아보자. 우선 강사로 강의진행을 잘하려면 청중을 파악하는 게 우선이다. 동일한 강사가 같은 주제로 강의를 진행한다 해도 교육생, 청중의 받아들이는 학습능력에는 차이가 있다. 어떤 교육생은 강사보다 더 많은 정보를 가지고 있어 교육의 이해도가 높은 반면, 어떤 교육생은 적은 정보와 낮은 이해도를 가지고 있을 수도 있다. 이렇게 차이가 나는 교육생 모두를 만족시킬 수 있는 능력과, 교육에 흥미요소를 두어 지루하지 않게 교육생을 집중시킬 수 있는 강사의 타기팅 능력이 중요하다.

강의를 할 때 인원이 많을 때와 적을 때의 강의기법은 분명 다르다. 짧은 강의시간 안에 최대한 전달하려는 주제를 압축해서 제시간에 마칠 수 있는 것도 강사의 능력이다. 매번 교육환경과 현장 상황은 다르게 펼쳐지므로 교육생과의 소통능력, 강사의 상황 대처능력과 사고의 유연성은 무엇보다 중요하다. 강사는 다양한 학습능력을 가진 성인들에게 동기부여하고 그들에게 지금 교육받는 내용이 일선 업무에서 얼마나 유익한지의 즉 '유익성'과, 교육이 업무와 어떤 관련이 있는지 즉 '관련성'을 주어야 교육생의 흥미와 태도 변화를 이끌어낼 수 있다.

강사의 강의력은 어떻게 이루어질까? 강의력이 뛰어난 강사는 어떠한 주제도 막힘이 없고 자신의 논리가 있다. 논리란 그 분야만큼은 내가 최고라는 전문성과 자신감이 있어야 세울 수 있는 것이다. 강사의 강의력은 강사의 모든 내공이 압축된 힘에서 나올 수 있는 힘이며 종합예술로 교육생을 리드할 때 발휘되는 힘이다.

### 강의를 잘하는 강사의 특징

첫째, 정확한 청중 분석이 우선이고 전부다.

대상과 주제가 정해지면, 전달할 핵심을 잘 요약하고 관련 정보를 편집해 키 메시지를 전달한다. 청중분석이 세밀하게 되어야 강의를 성공적으로 마칠 확률이 높다.

둘째, 정보의 양을 조절하여 전달한다.

한번에 많은 메시지를 전달하려고 하지 않는다. 인터넷에 누구나 접근할 수 있는 무료정보가 넘치고 있는 정보과잉의 시대에 살고 있다. 정보가 없어서 활용을 못하는 게 아니라 너무 많아서 어떤 정보를 취하고 어떤 정보를 버려야 할지를 모른다. 이제는 넘치는 정보를 어떻게 활용할 것인가를 고민하고 정보 편집력을 길러야 한다 .강사는 수많은 정보 중에서 교육생에게 전하고 싶은 정보의 양을 조절하고 단순화시켜 전달할 줄 알아야 한다. 이 능력이 강의력으로 이어진다. 장황하게 이야기를 늘어놓는 것보다 압축된 키 메시지를 명확하게 전달하는 것이 효과적이다.

셋째, 청중과의 뛰어난 교감을 만든다.

강사 따로, 청중 따로 서로가 다른 곳을 보고 있으면 안 된다. 요즘은 긴 과정의 교육보다는 바쁜 업무의 시간적 효율성을 고려해 한 주제를 2~3시간의 특강교육으로 진행할 때가 많다. 긴 호흡을 하며 교육생과 기업의 분위기 파악이 가능한 교육이 특강 형식이 되면 강사는 자신의 총 에너지를 집중해 짧은 시간에 교육생을 파악하고 임팩트 있게 주제를 전달하고 동기부여해야 한다. 행동변화를 이끌 수 있도록 동기부여가 되어야 하는데 강사에게 이것은 가장 중요한 사명이다. 10시간의 강의든 2~3시간의 특강 강의든 강사는 교육생에 대한 관심과 열정을 발휘해 청중의 교감을 끌어내는 것에 중점을 두어야 한다. 교감이 되어야 같은 곳을 볼 수 있기 때문이다.

교육에 필요한 정보를 가능하면 많이 알아두고 타기팅을 해 청중에게 꼭 필요한 교육과정으로 만들어야 한다. 강사가 교육 니즈를 철저히 분석해서 강의한다는 느낌을 주어야 한다. 강의 클로징도 반드시 강의주제와 연결되는 결론을 제시해 다시 한번 재동기부여해야 한다.

이 모든 과정은 긴 교육시간의 강의든, 짧은 형식의 특강교육이든 교육생이 자신들만의 맞춤 솔루션임을 느끼도록 해주어야 한다.

넷째, 퍼실리테이션으로 강의를 풍요롭게 한다.

강의를 잘하는 강사는 자연스러운 스피치와 강연을 끌어가는 힘이 있다. 자연스런 스피치와 강의를 부드럽게 해주는 강사의 유머감각은 청중을 편안하게 교육에 임할 수 있게 해준다. 강사의 스피치가 억지스럽거나 부담스러우면 교육생은 피로감을 느낄 수 있다. 지루함과 단조로움을 조절하고 편안한 스피치로 교육을 이끌어 나가야 한다. 강사에게 스피치 능력은 중요한 스킬 중 하나임에는 틀림없다.

아무리 강의 콘텐츠가 좋아도 스피치가 지나치게 느리거나 단조로우면 청중은 오래 집중하기 힘들기 때문이다. 평상시에도 말하면서 자신이 사용하는 어휘나 톤에 관심을 가지고 다듬어 가야 한다. 또한 강의가 지루하게 느껴지지 않도록 강의의 활력을 불어넣어줄 강의와 관련된 이슈를 재치 있는 감각으로 접근하거나 SPOT(스팟)을 넣어 진행하는 것도 좋은 방법이다. 어디까지나 SPOT은 강의의 양념이지 주가 될 수는 없으므로 강의를 진행하기 전에 강의내용과 SPOT을 연관 지어 관련성 있게 마무리 하는 것을 잊으면 안 된다. 많은 강사들이 교육을 좀더 흥미 있고 재미있게 진행하고자 강사 액티비티, 참여형 교육이 될 수 있도록 관련 전문과정을 수강하기도 한다.

SPOT은 강의를 진행하는 가운데 짧은 시간에 교육생의 참여와 흥미를 이끌어 내는 강의 기법이며, 이외에도 아이스 브레이크(icebreak) 기법, 액션러닝, 레크리에이션 등의 이름으로 진행되지만 조금씩 차이가 있다. 잘 활용하면 강의에 활력을 넣어주는 효자들이다. 수동적인 교육생의 자발적인 참여가 이뤄질 수 있도록 강사는 퍼실리테이션 기법을 활용해야 한다. 개인적으로 나는 무조건 재미있게 강의를 해달라는 요청에는 늘 부담스럽다. 사람을 재미있게 해주는 재주가 없어서인지도 모르겠다. 성인 교육에서는 단지 이론교육만으로 교육을 이끌다 보면 딱딱하고 재미가 없다. 흥미와 호기심을 자극할 교육적 장치가 필요한데 꼭 재미있어야 한다는 강박관념에서 한 발짝 물러서면 된다. 유머감각이 부족해도 소통능력과 공감능력이 뛰어난 강사는 관계를 잘 끌어가는 힘을 가지고 있기 때문에 공감 포인트를 잘 잡아내어 충분히 강의를 풍요롭게 이끌기 때문이다.

결국, 강의를 잘한다는 것은 강사의 가장 기본인 '강의력'에서 나오며, 강의력이란 단순히 가르치는 능력만이 아닌 교육생과의 교감, 소통능력, 강사의 유연성과 전문성, 열정 이 모든 것이 결합되어 나오는 힘이라고 할 수 있겠다.


## 지속력, 알맹이가 충실한 강사로 쭉 롱런하기

◇◇◇◇◇◇◇◇◇◇

알맹이가 충실한 강사로 롱런하려면, 예전에 배웠던 과거형 강사가 아닌 지금, 배우는 현재 진행형 강사가 되어야 한다. 배우는 과정 속에서 생활 속이든, 강의 현장이든 삶의 모든 현장에서 에피소드를 발견하고 그것을 활용하고자 하는 열정이 있어야 한다. 전문지식의 습득을 위해 학위나 관련 자격증을 취득하거나 공부를 게을리하지 않는 배우고 채우는 과정을 즐기는 강사는 성장할 수밖에 없다.

### 자신의 콘텐츠와 함께 성장하기

나의 강의분야인 커뮤니케이션은 강사들이 다양한 접근으로 산업교육에서 다루는 주제이다. 모든 교육 주제에 함의의 커뮤니케이션이 적용되고 있으며, 교육에서 의사소통, 즉 커뮤니케이션의 강의 범위는 무척 다양하고 전문 강사도 많다. 그 많은 강사들 속에서 나만의 교육과정과 강의교수법을 개발하고 내 전문 분야를 구축하기 위해 수없이 많은 시행착오를 겪었으며, 교육생들의 가감 없는 강의 피드백이 나를 성장시켰다.

### Keep going, 그래도 계속 가라

중국 속담 중에 "천천히 가는 것을 겁내 하지 말고 가다가 중단하는 것을 두려워하라."는 말이 있다. 강사들은 3~5년차가 넘어가면서는 강의 구상에 속도도 붙고 다양한 주제의 강의를 하게 되면서 자신감도 붙는다. 나 역시 전문교육컨설팅 회사 소속으로 다양한 교육을 진행하며 강의력을 키웠고, 기업의 사내강사로 일하며 전문 강사로의 내실을 다지는 시기도 가졌다. 강사의 네트워킹에도 열심히 참여하면서 트렌드에 뒤처지지 않는 강사가 되고자 노력했다. 주변의 많은 지인 강사들도 강사 3~5년차가 가장 열정적이었다고 말한다. 그 이후의 열정관리는 강사 스스로 각자 하는 것이기에 적극적인 셀프 관리가 필요하다. 모든 것에 조급하게 접근하지 말고, 다양한 형태의 강사로 소속되어 강의할 능력을 키우길 바란다. 전문 컨설팅회사 소속도 되어보고, 사내강사도 도전해보고, 프리랜서 강사, 1인기업강사도 도전해 그 분야의 전문가로 성장하길 바란다. 다른 사람의 빠른 성공을 부러워만 하지 말자. 성공한 프로강사들은 모두 천천히 가는 것을 두려워하지 않는 자기 경영을 했을 것이며 중단하지 않고 성공을 확신하며 부단히 노력한 사람들일 것이다.

결론적으로 말하면, 강사의 직업을 지속하게 하는 원천적인 동력은 강사 자신의 마음에 달렸다. 즉, 자기 경영을 잘하는 강사가 성공한다는 이야기이다. 소속강사든, 프리랜서 강사든 지속적으로 성장하려면 결국은 내 이름으로 1인 강사기업을 운영한다는 마인드로 접근해야 한다.

### 지속적인 성장을 위한 세 가지 Tip

첫째, 에피소드를 사례로 만들라. 강사마인드로 생활하면서 아이디어와 소소한 경험들도 지나치지 않고 기록해 사례화하라. 특별한 에피소드로 사례화된 강의는 그만큼 풍요로워진다. 이론 강의만으로는 교육생의 흥미를 끌기 어렵지만 딱딱한 이론에 공감 가고 실감 나는 현장의 사례를 곁들이면 강의는 맛깔나게 진행될 수 있으며 청중의 호감도를 높일 수 있다. 그래서 프로강사들은 자신의 사례는 물론 다양한 현장사례 수집과 적용에 많은 시간과 열정을 기울인다. 강사 자신이 업무경험, 사회경험, 리더의 경험 등이 있는 사람이라면 에피소드를 사례화하는 것은 그리 어렵지 않을 것이다. 반면 직접적인 경험이 부족한 강사라면 다각화된 시각으로 사례 수집에 공을 들여야 한다. 다른 사람의 사례는 내 것만큼 실감 나게 적당한 곳에 배치해 전달하기 어려우며, 일반화되고 많이 알려진 사례는 자칫 새로움이 덜해 식상할 수도 있기 때문이다. 많이 알고 있는 내용을 강사만 새로 안 듯 전한다면 교육생들은 말만 하지 않을 뿐 이미 새롭고 이득이 될 것이 없는 교육으로 치부하고 호감을 느끼지 못할 것이 뻔하다. 그러므로 나만의 에피소드를 사례화해 교육생이 끝까지 귀를 쫑긋 세우는 강의를 해보자.

둘째, 배움에 투자하라.

강사라는 직업은 끊임없는 자기계발을 필요로 한다. 많은 프로강사들의 공통점은 무엇인가 새로운 것을 계속해서 도전하고 배운다는 것이다. 배운 지식은 당연히 다시 재가공해서 강의의 소재로 활용한다. 자칫 익숙한 방법을 고집하며 변화를 주지 않는 강사는 교육받을 기회가 많은 교육생들에게 비교의 대상이 되기 쉽다. 강의의 스킬만을 화려하게 익히라는 것이 아니라 들어서 유익한, 내용적으로 탄탄하고 들을 가치가 있는 강의를 하기 위해 독서와 배움에 아낌없는 투자를 하자는 것이다. 새로운 것을 배우는 즐거움을 아는 강사들은 기꺼이 자기가 배움에 중독되었다고 표현한다. 배움에 중독되는 거라면 기꺼이 중독되어도 좋을 것이다.

마지막으로, 전문 강사로 포지셔닝하라.

수많은 강사들 속에서 나는 어떤 분야의 전문 강사로 자리매김할 것인가? 내 분야의 전문성을 제대로 포지셔닝하려면 어떻게 해야 하는가? 인문학 하면 떠오르는 강사, 자기계발, 동기부여, 성공학, 커뮤니케이션 하면 떠오르는 강사가 있을 것이다. 아무리 미투 제품이 많아도 원조상품을 기억하듯이 그 분야에 포지셔닝이 확실히 되면 가장 먼저 떠오를 테니까 말이다. 이제는 강사도 퍼스널 브랜딩을 통한 전문 강사로 포지셔닝부터 해야 살아남을 수 있다.


## 영향력, 변화와 관계의 선순환을 이끄는 힘

### 매력적으로 끌리는 강사 되기

우리는 모두 가치 있게 자신의 삶을 살고 싶어 하며 자신의 이름으로 멋지게 성장하는 꿈을 꾼다. 강사라는 직업은 사람과의 소통, 관계를 이끄는 직업이기에 더욱 매력적으로 느껴진다. 다른 사람의 마음을 움직이게 하려면 우선 자신이 전달하려는 메시지에 진정성이 담겨 있어야 하며, 스스로가 변화에 대한 긍정적인 생각을 가지고 있는 사람이어야 한다. 강사로 마이크를 들고 청중 앞에 서는 순간, 강사의 말 한마디가 누군가에게 긍정성을 심어주기도 하고, 다양한 영향력을 끼칠 수 있기 때문이다. 강사는 지식과 정보만 전하는 사람이 아니라 청중의 사고와 행동의 변화를 이끄는 사람이다.

청중에게 긍정적인 변화를 이끄는 영향력 있는 강사로 살아남기 위해서는 다음의 세 가지 원칙이 필요하다.

첫째, 진정성이다. 진정성을 통해 '신뢰의 강사'가 될 수 있다.

청중과의 만남에 있어 가장 큰 무기는 강사가 전달하고자 하는 메시지에 담긴 진정성이다. 강사의 말솜씨가 뛰어나서 강의진행이 매끄러운데도 이상하게 끌리지 않는 강사가 있다. 반면, 우연히 TV 채널을 돌리다가 눈길을 사로잡는 아침 강연 프로그램의 보통 사람이 하는 이야기에 끌릴 때가 있다. 프로그램의 평범한 출연자들은 강의 스킬은 뛰어나지 않은데도 묘한 '끌림'이 있다. 이 강연프로그램이 사랑받고 감동을 주는 이유는 강연 스킬은 뛰어나지 않지만 평범한 사람들의 '진정성' 있는 스토리에 힘이 있기 때문일 것이다. 강의도 마찬가지여서 교육에 임하는 강사의 '진정성'이 느껴질 때 청중에게 신뢰를 받을 수 있으며, 영향력을 발휘할 수 있다.

둘째, 적극성이다. 적극성을 통해 '열정적인 강사'가 될 수 있다.

교육을 할 때 교육생의 분위기는 그야말로 천차만별이다. 스스로 원해서 참여하는 교육도 있고 원치 않지만 모두 참여해야 하는 의무성 교육이 있기 때문이다. 강사가 분위기를 띄우지 않아도 유쾌하고 적극적인 교육 분위기가 유지되는 때도 있지만, 아무리 적극적으로 교육을 이끌어도 교육생의 분위기가 수동적이고 리액션이 적을 때는 힘이 빠지는 것이 사실이다. 하지만 이때 강사는 분위기를 이끌어야지 분위기를 타서는 안 된다. 어떤 상황에서도 교육생의 적극적인 관심과 참여를 이끌어야 하며 전달하고자 하는 메시지를 명확히 해 변화와 열정을 이끌 수 있어야 한다. 교육생들은 강사의 적극성과 열정의 유무를 누구보다 빨리 알아챈다.

마지막으로, 유연성이다. 유연성을 통해 '소통하고 공감하는 강사'가 될 수 있다.

강의를 할 때는 현장에서 다양한 상황이 발생하기 쉽다. 모기업의 강원도에 있는 한 연수원에서 신입직원의 커뮤니케이션 교육을 진행한 적이 있다. 오후에 내가 맡은 강의의 2시간이 지났고 저녁 식사시간이 두 시간가량 남은 상황에서 용인에서 오는 다음 강사가 도착하지 않았다. 자차를 가지고 오는 길에 사고가 난 것이다. 강의도 사람이 하는 일이라 이런 일이 흔치는 않지만 있을 수는 있는 일이었다. 담당자는 혹시 그 강사가 진행하기로 한 주제의 강의가 가능한지를 물어 보았고 내가 아니면 그 담당자가 그 시간을 커버해야 하는 상황이었다. 교육생에게 양해를 구하고, 관련 교육을 진행했다. 교육현장에서는 사전에 충분히 강의프로그램 주제를 공유하고 미팅을 해도 돌발상황이 생길 수 있다. 특히 강의 시간은 시작하는 시간과 끝나는 시간을 철두철미하게 지켜야 하는데, 교통과 날씨라는 변수가 생기면 어쩔 도리가 없기 때문에 지방강의는 항상 1시간~30분 전에는 도착해 대기하는 습관을 가져야 한다. 교육장소 또한 변수가 많다. 파워포인트 자료를 준비해가도 재생할 수 없는 경우도 생기며, 스피커가 안 되는 경우, 너무 좁거나 너무 큰 교육장이 배정되는 경우, 또한 너무 덥거나 추운 교육장도 있다. 이때는 강사의 유연한 상황대처 능력이 필요하다.

# 6장
# 나이 들수록 잘나가는
# 성장의 노하우

## 1인기업강사, 내 이름 석 자를 브랜드를 만들라

출퇴근을 하는 직장인일 때는 일의 기획과 진행 등을 온전히 나의 생각과 의견만으로 구성해서 진행하기가 어려운 것이 현실이다. 나의 아이디어로 일을 진행했다고 할지라도 협업과 조직 팀원 간의 화합을 중시하는 현실에서 내 아이디어와 생각이 돋보이기는 힘들다.

전문 강사는 자신의 분야에서 강연과 출판, 코칭, 칼럼기고와 방송 노출, 전문적인 컨설팅업무를 동시에 수행하는 경우가 많다. 강사 역시 소속강사로 사내강사를 할 때는 주 업무가 강의이다 보니 강의를 자주 할 수 있고, 협력받을 수 있는 조직원이 있어 장점은 있으나 프리랜서 강사보다 다양한 직급별, 직무별 강의가 어렵다는 점이 있다. 소속강사로 경력을 쌓고 혼자 강의 전반적인 운영이 가능할 때 프리랜서 독립을 하는 경우가 많다. 프리랜서강사는 그야말로 1인기업강사의 마인드여야 하기 때문이다.

내 전문분야에 아이디어가 더해지고 강의로 날개를 달아주면 말이 달라진다. 즉, 내 자신이 1인기업으로서 지금은 전문가의 시대이다. 강사로, 진짜 전문가로 직장인이 아닌 직업인으로 살아가기 위한 첫 단추로 나, 브랜드가 필요하기 때문이다.

### 강사의 돌파구, 퍼스널 브랜드

우리는 불확실성이 가득한 시대에 미래의 변화에 빠르게 대처할 수 있는 개인의 유연성이 강조되는 순간을 살고 있다. 강사 또한 트렌드의 영향을 많이 받는 직업이다. 강사를 시작하는 순간, 같은 분야의 수많은 강사와 경쟁이 시작된다. 고민의 답은 그 분야의 최고가 되는 길밖에 없다 강사의 돌파구는 자신만의 퍼스널 브랜드를 구축하는 일이다. 미국의 영향력 있는 비즈니스 전문가인 톰 피터스는 일찍부터 기업 브랜드의 개념을 개인에게 적용해 '퍼스널 브랜드'가 개인의 성공 요소로 작용할 시대가 올 것이라고 예측하며 퍼스널 브랜드의 중요성을 이야기한 바 있다. 그의 말대로 퍼스널 브랜드는 성공의 중요한 자산이 되었다. 강사에게 퍼스널 브랜드가 있느냐 없느냐에 따라 그 차이는 매우 크다. 일단 강사시장이 포화되어 있는 상태에서 내 이름이 브랜드가 되지 않으면 차별화 자체가 될 수 없기 때문이다. 그러므로 나는 사람들에게 어떤 현명한 브랜드 전략으로 전문가로 우뚝 설 수 있을지를 고민해야 한다.

지금 우리는 말 그대로 비즈니스 능력이 있고 실행 가능한 부지런한 사람만 살아남을 수 있는 치열한 정글게임 속에서 살아가고 있다. 강사 자신이 자신만의 강의분야를 홍보하고 셀프 마케팅해 스스로 자신의 가치, 즉 몸값을 높이지 않으면 경쟁에서 뒤처지고 마는 경쟁구도에 놓인 것이 강사세계의 현실이다. 실제로 기업교육 강사는 고소득이 가능한 직업으로 알려졌지만 한 달에 100만 원 미만의 수입을 올리는 강사도 있고 시간당 10~30만 원, 30~100만 원, 100~500만 원, 실제로 그 이상의 강연료를 버는 강사까지 그 수만큼이나 수입은 천차만별이다.

무엇이 그 차이를 만드는 것일까? 요즘 새로 진입한 신입강사들은 부지런히 SNS를 활용해 자신을 적극 홍보한다는 점에서 힌트를 얻어야 한다. 그 외에 전문적인 분야에서 활약하면서 개인 저서를 통해 브랜딩이 된 경우도 있다. 대중적으로 많이 알려져 있는 여러가지문제연구소장 김정운 교수를 비롯해 관점디자이너로 불리는 박용후 대표, 청춘 멘토와 트렌드분석의 김난도 교수, 이름만으로도 콘텐츠와 브랜드가 떠오르는 그들은 이미 전문가이지만 책 출판과 강연을 통해 대중적인 전문성을 구축하면서 더욱더 탄탄하게 퍼스널 브랜드를 구축한 사람들이다. 평범한 강사들 또한 일찍이 퍼스널 브랜드의 중요성을 알고 적극적인 SNS의 소통과 개인 홍보 등 개인 저서의 출간, 강연

등으로 차근차근 내실을 다지는 강사들이 늘고 있다.

퍼스널 브랜드가 구축되면 자신이 쓴 저서와 함께 그 분야의 전문가로 인식돼 자연스럽게 강연 기회를 얻을 수 있다. 이미 비즈니스 세계에서 퍼스널 브랜딩이 된 전문가, 분야별 기업강사들은 포화 상태이다. 이것이 인지도가 낮은 강사가 본인 이름 석 자로 퍼스널 브랜딩되어야 하는 이유이다. 퍼스널 브랜딩은 돈이나 부동산과 같은 유형자산뿐만 아니라 강사 개인이 보유한 지식이나 기술, 열정, 감성, 관계, 경험처럼 보이지 않는 자원을 가공해 새로운 지식의 부가가치를 창출해 자기 자신을 높여가는 과정이다.

퍼스널 브랜드 유무에 따라 강사의 등급이 존재하고 강연료가 차등지급된다. 강사시장에서도 퍼스널 브랜딩은 이미 가속화되었다. 소속강사든 프리랜서 강사든 모두 강사 자신의 퍼스널 컬러를 찾아 퍼스널 브랜딩을 해야 한다. 말 그대로 전문가의 시대가 이미 와 있기 때문이다. 요즘 퇴사 붐으로 퇴사 관련 이슈가 뜨겁다. 직장인의 꿈은 퇴사요, 취업인의 희망은 입사라니 정말 아이러니한 현실이다. 직장인들의 고민은 '이대로 안정적인 시스템에 월급을 받는 직장인으로 만족해도 되는 걸까?'이다. 안타깝게도 30대에도 직장에서 안심할 수 없는 것이 현실이다. 30대든 40, 50대 중장년층이든 조직에서 남아 일할 수 있는 시간이 얼마 남지 않았다. 내가 하고 싶은 일을 하며 내 정년과 은퇴의 시기를 내가 정할 수 있는 제2의 직업을 준비하지 않으면 안 된다. 불확실한 미래에 믿을 건 나 자신뿐이기 때문이다.

**퍼스널 브랜드를 만드는 방법**

접근이 쉬운 블로그를 활용하자. 요즘은 누구나 마음만 먹으면 개인의 콘텐츠를 만들어 유통시키고 있는 1인 미디어 시대이다. 특별한 준비과정이나 절차 없이 쉽게 지금 당장 시작 할 수 있는 홍보의 가장 좋은 도구는 블로그이다. 주위를 보면, 보이지 않는 개인의 감정, 열정, 경험들을 꾸준히 블로그에 글로 기록하고 남겨 개인 브랜드를 만들며 블로그를 활용하는 강사들이 많다.

퍼스널 브랜드를 구축하기에 가장 손쉽고 필요한 현실적인 도구가 블로그이지만 현실적으로는 꾸준하게 운영하는 게 쉽지 않다. 쉽게 접근할 수 있지만, 쉽게 그만둘 수 있는 것이 블로그 운영의 현실인 것이다. 하지만 접근성이라는 면에서 볼 때 블로그만큼 매력적인 도구가 있을까? 요즘은 강사들이 적극적으로 SNS를 활용해 자신의 강의를 마케팅한다. 자신의 강의를 적극적으로 홍보하고 소통하는 SNS 활용이 강점인 젊은 강사들의 활약이 두드러진다. 기존의 SNS를 잘 활용하지 않는 강사들에게 어떻게 하면 SNS를 잘 활용해 마케팅 효과를 극대화시킬 수 있는지를 강의하기 위해 강의 스킬을 따로 배우기도 한다. 강사들은 자신의 강점을 최대한 활용하고 전문적인 지식은 스터디와 강연을 통해 나누고 전파한다.

**왜 블로그인가?**

첫째, 불특정 다수도 보게 하는 강력한 강사홍보수단 곧 자기소개서이기 때문이다.

블로그는 꾸준히 운영하면 자신의 삶, 전문적인 콘텐츠 등 '눈'으로 보여 줄 수 있는 모든 것을 축적하는 최고의 도구이다. 때문에 개인자료가 쌓여갈수록 그 분야의 전문가로 인정되어 강연의 기회로 이어질 수 있다. 강사명함에 블로그 주소를 써놓은 것은 잘 가꿔진 나의 경험을 기록해놓은 강력한 PR 도구이며 명함인 것이다.

둘째, 전문 강사로 거듭날 수 있다.

대부분의 강사들은 블로그에 자신의 전문지식과 경험, 관련 정보를 누적 기록해 그 분야의 전문가로 자리 잡아가고 있다. 강의와 연관된 전문적인 콘텐츠를 차곡차곡 쌓아가다 보면 그 콘텐츠가 힘을 발휘해 나에게 놀라운 비즈니스의 기회를 가져다줄 수도 있다. 실제로 많은 강사들이 자신의 프로필과 전문 강의 분야를 오픈해 공지를 띄운 후 최상위 노출을 하며 블로그 운영을 하고 있다. 개인 저서나 블로그는 강사로 초빙받을 수 있는 강력한 퍼스널 브랜드 도구이다. 교육담당자나 강연 섭외 주최 측에서 강사 개인의 이름으로 검색을 할 경우 블로그로 자신의 전문성을 입증하는 강사에게 더 끌리는 것은 당연한 이치이다.

셋째, 블로그는 강사의 강력한 소통 창구이며 콘텐츠를 생산하는 최적의 장소이다.

블로그 운영의 기본인 글쓰기는 퍼스널 브랜드 성공의 필수 요소이다. 글쓰기 자체는 흩어진 생각을 정리할 수 있게 도와주는 고도의 지적인 활동이기 때문에 강사에게도 공부가 된다. 강사 자신의 특별함을 보여줄 수 있는 최고의 도구이기도 하다. 블로그 하나로 강사의 관심분야, 전문 콘텐츠, 사고방식, 가치관, 심지어는 강사 개인의 인품까지도 엿볼 수 있다. 블로그에 꾸준히 글을 올리면 향후 강사로 활동할 때 전문성과 근거를 갖춘 좋은 자료로 활용할 수 있을 것이다.

강사의 퍼스널 브랜딩이 필요한 이유는 무엇보다 나의 콘텐츠를 특별하게 만들기 위함이다. 전문가의 이미지를 한번에 만들어 내기는 어렵다. 꾸준한 소통과 인간적인 교감으로 시간과 공을 들여 가꿔야 하는 특별한 공간이다. 나 역시 바쁘다는 핑계로 꾸준한 관리가 어려웠는데 얼마 전부터 다시 블로그 이웃들과 소통을 하고 있다. 접근성이 좋아 언제고 찾아갈 수 있는 나만의 공간이기도 하다. 강사의 열정이나 시간, 노력, 땀이 보여지는 공간이니만큼 블로그를 활용해 강사 개인의 경쟁력을 최대한 높이는 데 활용해야 한다. 강사로서 느끼는 소소한 에피소드도 기록을 반복하다 보면 강사 개인의 빅데이터가 되어 비즈니스에 연결되는 행운을 맞이할 수도 있지 않을까?


## 강력한 퍼스널 브랜딩, 나는 전문가다 선언하라

강사가 자신의 전문성을 알리고 지금보다 나의 가치와 몸값을 올리려면 어떻게 해야 할까? 그 분야에서 퍼스널 브랜딩이 된 전문가가 되는 것이다. 그 분야의 전문지식이 있고 10년 이상 관련 일을 했다면 모두 전문가로 인정되는 걸까? 10년 이상 관련 일을 한 전문가가 3년, 5년 된 강사보다 퍼스널 브랜딩이 안 된 이유를 고민해봐야 한다. 어떻게 3년 경력의 강사가 10년 경력의 강사보다 전문가로 인정받으며 더 빠르게 성장할 수 있었을까? 그 방법은 책 쓰기를 통한 자신의 저서를 가지는 것이다. 바로 책이라는 성과물이 3년 경력과 10년 경력의 차이를 결정짓는 요소이다.

당장 강의료에서도 차이가 난다. 나 자신의 저서를 가져야겠다고 강력히 동기부여 받은 발단은 기관에서 강의를 하는 데 받는 강의료에서였다. 강사라면 당연히 내가 가진 지식자본을 다른 사람이 만들어놓은 기준으로 평가받고 싶지 않을 것이다. 내 가치를 보여 줘야 한다. 증명해야 하는 것이다. 어떻게 증명할까? 내가 그 분야의 전문가이고 관련 저자이기 때문에 내 강의는 충분히 가치가 있고, 그 기준은 책을 가진 저자냐 아니냐에 있었다. 강사의 세계에서는 10년 이상의 경력자라고 강의료를 더 주지는 않는다. 따라서 내 몸값, 강의료에서 내가 쌓아온 경력과 시간을 보상받으려면 다른 사람 책만 읽지 말고 내 경험과 지식을 담아 책을 써야 한다. 그러면 자연스럽게 자신의 분야에서 전문가로 브랜딩될 것이다.

책을 쓰기 위해서는 관련 분야 도서를 50~100권 이상 읽으며 관련 분야의 정보를 모으고 자신의 생각을 정리해야 한다. 그래야만 자신만의 결과물로서 책이 나온다. 무엇보다 책 쓰는 과정에서 자연스럽게 공부가 된다. 강력한 계기가 없으면 차일피일 미루게 되는 일이기도 하다. 나도 매년 어김없이 올해는 꼭 내 저서를 가져야겠다고 다짐

하기를 반복했다. 당장 더 급한 일과 해결해야 할 일이 늘 생겨나서 그 일이 더 급했기 때문에 우선순위에서 밀려나고 만 것이다.

그러나 우리는 실행에 집중해야 한다. 무엇인가를 시작하거나 도전할 때 처음 세우는 계획이나 실행에 있어 나이가 들수록 생각은 많아지고 더욱 조심스러운 것이 사실이다. 특히 시니어강사들은 실패에 대한 두려움으로 실행이 쉽게 되지 않는다고 말한다. 실행했을 때의 실패를 먼저 생각하고 만회하기에는 많은 시간이 필요하다는 기회비용을 이야기한다. 머릿속으로 몇 년 계획만 세우기보다는 실행을 하면서 계획도 조금씩 수정 가능하다는 쪽을 권하고 싶다. 우선 실패하고 싶지 않다는 완벽에 대한 집착을 버리면 가능한 일이다. 생각과 계획은 누구나 할 수 있다. 그러나 포기하지 않고 실행하는 사람이 결국에는 해내는 법이다.

책은 한 사람의 삶에 영향력을 발휘하고 그 사람의 인생을 바꾸기도 한다. 책 안의 활자 한 자 한 자가 살아 움직이며 사람들을 움직이게 하고 무엇인가를 결심하게 한다. 얼마나 멋진 일인가? 누구나 강사가 되어 강의할 수 있다. 하지만 당신이 강사라면 자신의 전문 분야를 포지셔닝 해야 하지 않을까? 바로 강사이기 때문에 자신의 콘텐츠를 책으로 써야 한다. 부동산의 재테크나 주식도 좋지만 내 의지대로 투자를 해서 큰 성과를 낼 수 있는 자신에 대한 투자로 강사 자신의 몸값을 높이길 바란다. 전혀 새로운 인생의 돌파구를 마련할 기회가 올 것이다.

## 기회가 없어도 개인의 퍼포먼스를 만들라

같은 분야의 비슷한 콘텐츠의 많은 강사가 활동하고 있기 때문에 나만의 강력한 퍼스널 브랜딩이 필요하다. 즉, 내가 어떤 주제의 전문가이고 어떤 자격을 가지고 있으며 그래서 청중에게 어떤 강의로 이익을 줄 수 있는 사람인지 알려야 한다.

예전에 사내강사로 재직할 때 주어지는 조직의 상황에서 직급별 다양한 주제의 강의의 기회는 많았기에 특별히 내 이름 석 자 퍼스널 브랜딩의 방법을 간과하고 있었다. 무엇보다 중요성을 알면서도 내 안에서 절박함, 간절함이 적어서 피부로 잘 느껴지지 않았다. 마치 프랑스의 개구리 요리 이야기에 나오는 개구리처럼 뜨거운 불에 서서히 익어가는 요리가 되고 있는 형상이었다. 강사에게 가장 필요한 일임에도 항상 우선순위에 밀려 있었던 것이 사실이다. '선택과 집중'을 잘 몰랐다고 해야 맞겠다.

사내강사로 활동할 때도 주어지는 강의로만 만족할 것이 아니라 자신만의 퍼포먼스를 꼭 만들라고 당부하고 싶다. 나는 모 서비스 고객지원팀 소속의 서비스 사내강사로 전국의 서비스센터를 순회하며 모니터링하고 연간 교육과정을 개발하고 진행했다. 서비스 프로세스 관련 모든 것을 지원하는 팀의 특성상 고객접점 최전선에서 기술지원 서비스를 하는 엔지니어와 고객의 불편 사항을 귀담아 듣고 해결해주는 상담원의 교육이 수시로 이어졌다. 서비스의 특성상 사람에 따라 만족과 불만족으로 나뉘는 기준도 일정하지 않았고 무엇보다 매뉴얼의 일원화가 필요했다. 기존의 서비스 매뉴얼이 있었지만, 나는 당시

팀의 Y차장님께 매뉴얼을 새로 만들어 보겠다는 기획안을 제출했다. 차장님은 흔쾌히 허락해 주셨고 적극적인 지원과 격려를 아끼지 않으셨다.

조직에서 중요한 것은 팀원의 협업능력인데 팀원 모두 새로운 매뉴얼의 개정판을 만드는 일에 적극 협조해주었다. 팀 내의 기술지원파트 전문가들은 기술지원 서비스 매뉴얼의 프로세스를 도표화해 눈에 쏙 들어오는 자료를 만들어 수시로 발송해주었고 서비스센터의 엔지니어와 상담원 대표 모델도 내부에서 섭외해 직접 상황별 사진을 찍어 이미지화 작업을 해나갔다. 한 권의 서비스 매뉴얼책은 그렇게 그해 사내한정으로 만들어져서 전국의 서비스센터에 배포됐고 서비스의 표준화 목표에 한몫을 톡톡히 해냈다. 나는 그해 연말 팀원을 대표해 서비스 최우수사원상을 받았다. 한 권의 매뉴얼 책을 만들어가며 느낀 점은 매뉴얼책을 만들기 위해 다양한 고객만족과 서비스마인드에 대한 전문서적을 두루 접하게 되었고 사례를 정리해 기록하고 자료를 만들면서 협업능력을 배웠다. 그리고 서비스 관련업체의 컨설팅 능력은 물론, 나의 서비스 지식 영역도 단단해져 갔다는 사실이다.

또 한 가지, 사내 강사를 하면서 스스로 퍼포먼스를 만들었던 경험은 서비스 관련 교육을 제안하거나 진행할 때는 꼭 어필할 수 있는 나만의 커리어가 되어 주었다. 당시엔 대학원 공부도 병행했던 시기였기에 시험 기간까지 겹치면 정말 밤을 새다시피 했었다. 쉬는 날에도 일을 가져와 집에서 붙들고 있는 것 같아 후회될 때도 있었지만 누가 시킨 일이 아닌 내 스스로가 도전하고 진행하는 일이었기에 성취감은 배로 컸다. 매뉴얼을 만들면서 나중에는 꼭 내 콘텐츠를 만들어 책을 써 보고 싶다는 생각을 하는 강한 계기가 되었다.

## 퍼스널 브랜딩의 강력한 도구, 나만의 책 쓰기

억대연봉의 유명한 스타강사들을 보면 1년에 한 권 이상의 저서를 꾸준히 집필하며 자신의 건재함을 알린다. 가깝게는 나와 비슷한 시기에 강사로 데뷔하고 개인저서를 출간하며 자신의 전문 콘텐츠에 강력한 퍼스널 브랜딩을 한 H강사는 활발한 강연활동을 하고 있다. 이전의 강의료의 몇 배가 넘는 억대연봉의 프로강사가 된 사실만으로도 그녀의 집념과 열정이 부러웠다. 그것만으로 나도 개인 저서를 갖고 싶다는 자극은 충분했다. 또 한 가지, 강의를 하다 만나는 교육업체나 교육담당자들이 관련 주제의 개인 저서의 유무를 꼭 물어보는데 명쾌한 대답을 할 수 없어 아쉬웠었다. 프로강사는 자신의 저서를 가지고 있느냐 없느냐에 따라 전문성을 평가받고 있으며 강의료 또한 차이가 난다는 것을 부정할 수 없었다. 내가 그랬던 것처럼 많은 사람들은 알면서도 부러워하면서도 나는 할 수 없는 일이라고, 그 사람이니까 할 수 있는 일이라고 생각한다. 그러나 나도 가능했으니 개인 저서의 꿈을 버리지 않는다면 가능하리라고 본다.

많이 알려진 여우와 신포도 이야기가 떠오른다. 배고픈 여우가 먹음직스러운 포도송이를 발견하고 따먹으려는데 너무 높아서 따먹을 수 없자, 여우는 그 자리를 떠나면서 "저 포도는 아직 익지 않아서", "저 포도는 분명 신포도일 거야"라고 중얼거린다. 이처럼 인간은 자기의 힘이 모자라 일이 제대로 안 되면 핑곗거리를 찾는다는 이야기이다. 나도 예전엔 그랬다. 해야 할 일과 자신이 정한 목표가 있다면 변명을 찾아 쉽게 그만두지 말고 지속적인 노력을 해야 한다는 교훈을 주는 이야기이다. 여우는 눈앞의 탐스럽게 익은 포도가 분명 먹고 싶었을 것이다. 그것도 아주 많이.

### 산에 오르면 드디어 보이는 것들

나 역시 강사로 지내면서 개인 저서의 중요성을 알고 있으면서도 애써 외면해왔던 것이 사실이다. '개인 저서 가지기'는 몇 년 전부터 버킷리스트로 가슴에 품고 있었지만 당장 하지 못하는 이유에 밀려 차일피일 미뤄지는 상황이었으니 말이다. 익숙함을 버리고 새로운 것을 도전하려고 하니 시간 확보와 아직은 어린 딸에게 가야 하는 손길 등, 걸림돌이 한두 가지가 아니었다. 하지만 우선 시작을 하니 수없이 많이 있던 책 쓰기를 당장 할 수 없던 장애물들이 거짓말처럼 하나씩 해결이 되었다. 걱정했던 것보다 가족의 배려와 격려도 컸으며 무엇보다 잠시 쉬고 있던 나의 열정이 되살아난 일은 커다란 성과이다. 불광불급(不狂不及), 어떤 목표를 이루기 위해서는 제대로 한 가지에 미쳐야 한다. 하루에 일정한 시간과 집필 분량을 정하고 꼭 써야 하는 이유와 데드라인을 정해놓고 강의하듯이 정리하며 작업을 했다. 새로운 도전은 나에게 커다란 변화와 벅찬 설렘을 가져다주었다.

당신이 살아오면서 혹은 조직에서 쌓은 경험과 지식이 강의의 소재가 될 수 있고, 자신의 필살기를 살려 저자가 된다면 그 분야 전문 강사로 더 빠르게 진입할 수 있다. 모든 강사에게 책 쓰기가 퍼스널 브랜딩의 정답이라고 할 수는 없겠지만 나는 강사의 퍼스널 브랜딩의 가장 강력한 도구는 개인 저서를 갖는 일이라고 생각한다. 이미 책을 쓴 전문강사에게도 책은 강력한 무기이며 책을 쓰려고 하는 예비 저자 강사에게도 강력한 무기가 될 것이라는 확신에는 변함이 없다. 강사가 석박사 학위를 가짐으로 전문성을 인정받기도 하지만 한 권의 책으로 수많은 학위소지자들 사이에서 경쟁력을 인정받는 사례를 나는 많이 보아왔기 때문이다. 그들은 학위를 내세우지 않고 책을 통한 콘텐츠로 승부한다. 책은 이미 스펙을 뛰어넘는 강사들의 강력한 생존 전략이다. 책을 쓴다고 모두 출판한다는 보장은 없지만 일반인 누구라도 콘텐츠만 확실하다면 책을 출판하는 출판시장이 많이 열려 있다. 이렇듯 책은 마음만 먹으면 누구나 쓸 수 있다. 하지만 아무나 쓰지는 못한다. 그래서 끝까지 책을 써내는 사람만이 가치를 인정받는다.

　책이든 공개강의든 무료강의든, 멘토의 개인 코칭이든 시간과 비용을 투자해서 나에게 도움을 줄 수 있는 곳은 어디든 지금 찾아 나서라. 좋은 타이밍과 인연을 더 이상 운에 맡기거나 미루지 말고 스스로 찾아 나서길 바란다. 나의 콘셉트를 만드는 일에 시간과 비용을 아끼지 말기를 바란다. 그것은 이미 저자가 되어 퍼스널 브랜딩이 된 많은 전문가들이 거쳐 갔던 돈보다 귀한 시간을 벌 수 있는 특급 노하우이다.

## 제일 아래 있을 때가 기회다

새로운 변화가 올 때 같이 찾아오는 공통된 변화는 새로운 인연에서 나온다. 가만히 있는데 좋은 기회와 인연이 나를 찾아주지 않는다. 내가 적극적으로 찾아 나서야 한다. 내가 주인으로 살아갈 삶이기에 적극적이고 절실해야 한다. 나는 남들보다 늦은 결혼과 육아로 인하여 연간 100시간을 못 채우는 강사로 3년 동안 경력 단절을 겪었다. 정확히 말하면 미혼인 강사 때의 활동량에 비하면 꽤 많이 쉬고 있는 경력의 연장선상에 있는 상태로 지낸 것이다. 하지만 강의를 쉬었던 해는 한 해도 없었다. 강사는 나와 함께 오래가야 하는 직업이기에 잠시 숨고르기 한다고 생각했다. 그러나 사실 조바심이 나는 것을 어쩔 수는 없었다. 아이가 어릴 때는 20분 이상이라도 내가 읽고 싶은 책을 맘껏 볼 수 있으면 좋겠다고 생각할 정도였다. 아직도 나의 손길이 필요한 어린 딸에게 엄마의 공백을 최소화시킬 수 있도록 나의 여건과 사정에 맞게 스케줄을 조정해 꾸준히 교육 강사로 활동하고 있다. 이것은 프리랜서 강사가 갖는 최고의 장점이 아닌가 싶다. 하지만 기업 강사라는 일은 단지 경력이 쌓였다고 더 강의의 기회가 많아지거나 프로로 인정해 주지 않는다. 사람들이 다이어트를 위해 운동을 한다고 모두가 살을 빼는 것은 아닌 것과 같은 이치다. 경력에 맞는 실력이 있을 때, 교육의 성과를 이끌어 냈을 때 인정받을 수 있다.

# 내가 가장 잘하는 것에 집중해서 나를 알려라

살아오면서 크게 자존감이 낮아져 본 일이 없던 나는 매일 작아지는 내 모습을 견뎌야 했다. 눈에 띄게 강의하는 일수가 줄고, 강의하면서 만나고 알게 된 다양한 네트워킹 속에서 점점 멀어지고 있었다. 강사보다는 다른 일로 더 바쁘게 지내고 있었다. 더 이상을 미루면 안 되는 걸 알았기에 그날 바로 '나는 변하기로 했다'고 선언했다. 적극적으로 필요한 교육을 찾아서 들었고 만나는 사람, 잠을 줄여 부족한 독서량을 채워나갔다. 문현정 강사, 내 이름으로 잘할 수 있는, 제일 잘하는 한 가지에 집중하기로 했다. 이제 막 강사를 시작한 사람들, 강사되기를 희망하는 보통의 사람들에게 내가 알고 있는 기업교육 강사의 시작 노하우를 알려주고 싶었다.

이때 필요한 것은 부정적인 생각은 버리고 내가 지금 해야 할 일을 시작하는 것이다. 우리는 자신에게 무척 관대한 삶을 살아간다. 이 세상 어디에도 없을 소중한 존재는 바로 나 자신이다. 내 인생의 돌파구를 찾고 싶고 변화가 절실한데 왜 움직이지 않는가? 시간과 지불해야 하는 비용이 있더라도 자신이 간절히 바라는 일과 배움에 투자한다는 것은 투자한 비용 이상의 부가가치가 충분히 있다는 확신을 가져라. 투자한 시간은 더 큰 가치로 남을 수 있고 투자한 비용은 몇 배가 되어 당신의 선택을 응원할 것이다.

결혼을 하고 육아와 일을 병행하고 나의 일보다는 다른 일로 바빠

져도 결코 포기할 수 없는 내 안의 꿈이 있다. 여러 가지 이유로 전에 했던 일에서 멀어지는 상황이 온다 할지라도 끈을 완전히 놓지만 않으면 또 다른 기회가 온다. 경력단절의 기회는 또 다른 일에 도전할 수 있는 배움의 기회와 깨달음을 주었다. 자신감이 끝도 없이 땅바닥에 떨어져도 다시 현관문 열고 들어가 주저앉지 말자.

아이러니하게도 지역의 기관과 지자체의 여러 기관에서 재취업을 위한 취업면접교육 진행의 기회가 많아졌다. 아이를 기관과 학교에 보내놓고 자기계발과 재취업에 당당히 도전하고 준비하는 그녀들이 너무 존경스럽다. 내가 오히려 더 많이 배우고 위로받는 교육과정이다. 사람은 익숙함을 버리고 새로운 것을 시작했을 때 막연한 두려움과 불안감을 느낀다. 특히 나이를 먹고 40대 중반이 넘어가면 무엇인가 새로 시작한다는 말 자체가 부담감이 되어 그것을 온전히 즐길 수가 없다. 하지만 그 두려움은 잠시일 뿐이다. 혼자 가면 멀리 갈 수 없다. 같은 목표를 가진 사람들과 만나야 자극이 되고, 아는 사람들만 보인다는 그 분야의 전문영역이 눈에 들어온다. 변화해야 하는 필요성을 느낀다면 지금 바로 움직여라.

## SNS, 똑똑하게 활용해야 기회가 만들어진다

강사의 퍼스널 브랜드 경쟁력을 높이는 전략으로 블로그의 홍보와 활용, 개인 저서 가지기, SNS 마케팅을 들 수 있다. SNS 마케팅 플랫폼으로는 다양한 채널이 있다. 검색 결과의 노출이 가능한 블로그, 페이스북, 인스타그램, 카카오스토리, 밴드, 유튜브 등을 통해 자신의 강의 콘텐츠를 다양한 방법으로 노출시킬 수 있다. 이름 석 자만으로 강의가 들어오는 것이 아닌 이상 SNS 채널을 통한 강사의 셀프 마케팅은 강사들의 필수 마케팅 수단으로 자리 잡고 있다. SNS는 누구에게나 평등하게 열린 정보와 공간을 제공한다. 열린 공간을 활용해 꾸준하게 나의 콘텐츠를 알린다면 뜻밖의 좋은 기회가 찾아올 수도 있다.

나보다 더 유명하고 바쁜 많은 전문 강사들이 매일 포스팅하는 노력을 게을리하지 않으며 자신을 열심히 홍보하고 있다. 꾸준함과 성실함만 있다면 돈 한 푼 들이지 않고 나를 알릴 수 있는 채널이 바로 SNS이다. 부지런하게 최대한 활용하자. 10년차가 넘는 강사들은 특별한 마케팅을 하지 않아도 될까? 인맥과 경력만으로는 한계가 있다. 실력만 있으면 되지 그렇게 열심히 자기를 알릴 필요가 없다는 생각을 한다. 하지만 10년의 경력과 탄탄한 강의력을 아무도 알아주지 않는다면? 내 강의를 선보일 자리가 없다면? 강의료 또한 10년 전과 똑같다면? 생각이 달라진다. 초보강사도 퍼스널 브랜딩이 된 강사는 강의 요청을 받지만 그렇지 않으면 10년차 경력강사도 매번 강의할 곳을 찾아 헤매야 하는 강사로 전락하고 만다.

얼마 전 코카콜라 브랜드 신화의 추락에 대한 기사를 보았다. 결코 무너지지 않을 것 같던 130년의 성공적인 역사를 가진 코카콜라, 마케팅 불패의 신화를 자랑하며 자본주의의 상징이기도 한 코카콜라 브랜드의 신화, 그 추락은 시대의 흐름이라는 관점에서 보자면 이미 예견

된 일인지도 모른다. 전 세계적으로 건강에 대한 관심이 높아지면서 설탕과 탄산음료의 기피 현상이 뚜렷해졌기 때문이다. 코카콜라와 같은 초일류기업도 시대의 변화에 따라 생산량을 줄이고 설탕 함유량을 줄이는 건강한 음료 개발 계획을 내놓고 있다.

이처럼 시대의 흐름과 변화를 따라가지 못하거나 안주했을 때 치러야 하는 대가는 너무 혹독하다. 멋진 프로강사로 오래 롱런 하려면 내가 누군지, 무슨 강의를 하는지, 어느 분야의 전문가인지 적극적으로 SNS로 알려라. 내가 아무리 유능하고 강의를 잘해도 나를 불러주지 않으면 강의할 곳이 없는 '백수 강사'일 뿐이다. 세상에서 나의 지식과 내가 가진 재능을 꼭 필요로 하는 사람에게 내 강의가 빛과 소금이 될 수 있도록 나를 알리는 마케팅은 꼭 필요하다. 이것은 이제 막 강의를 시작하는 초보강사는 물론 기존의 경력강사에게도 꼭 필요한 전략적 과정인 퍼스널 브랜딩의 시작, 그것은 내 이름이 강사로서 검색되도록 하는 것이다. 해시태그 검색으로 관심사가 비슷한 사람들과의 교류가 이루어지는 SNS 세상을 통해 다양한 소통의 즐거움을 누려보자.

---

**··· SNS 활용 Tip**

---

1. 내가 하는 강의의 콘텐츠를 알릴 때 전문성과 일관성을 유지하라.
2. 꾸준하고 성실하게 포스팅하고 자신의 이름으로 칼럼을 정기적으로 쓰자.
3. 전문성이 돋보일 수 있도록 전략적인 플랜이 필요하다. 사적인 감정을 100% 오픈할 필요는 없다. 하지만 어느 정도의 노출은 인간미와 강사의 호감도를 높이는 역할도 한다.

---

공들인 SNS를 통해 교육 관련 담당자로부터 강의 의뢰가 올 수도 있고, 교육생이 방문할 수도 있다. 이를 염두에 두고 수위를 조절하면 된다. 말이나 표정이 아닌 글로 전달하는 공간이기 때문에 정보의 공유나 이미지 사용 등에 신중해야 한다. 의도치 않게 불필요한 오해를 불러일으키지 말아야 한다. SNS는 그 같은 폐해가 많다.

## 강의 콘텐츠의 전문가로 확실히 타이틀링하라

강사는 강의 실력도 중요하지만 그 실력을 펼칠 수 있는 강의의 기회를 만드는 것도 중요하다. 계정만 만들면 바로 무료로 이용할 수 있고 쉽게 정보교류와 소통의 창구로 활용되는 SNS를 활용하는 것은 충분히 매력적인 일이다. SNS를 활용한 적극적인 마케팅은 책 쓰기와 더불어 강사의 강력한 퍼스널 브랜딩의 요소임을 인식하는 것이 우선이다.

SNS의 파급력은 매우 커서 전문가들도 인정할 만큼 빠르게 확산되고 있고 실제로 SNS의 홍보효과를 톡톡히 보는 초보강사, 프리랜서, 1인기업 전문 강사들도 많다. SNS를 통해 퍼스널 브랜드를 만들고 SNS를 통해 전문성을 인정받고 있는 것이다.

예전에는 전문성을 말할 때 학위와 스펙을 거론했다면, 지금은 예전보다는 확실히 학위나 고스펙만으로 전문가로 부르지 않는다. 실제로 그 분야의 전문가로 제대로 잘 알고 있는 사람을 진짜 전문가로 부른다. 보통 사람, 직업인으로 살다가 분야별로 성공한 사람들이 진짜 성공을 이야기하는 전문가의 시대, 보통 사람들이 전문가가 되어 강연을 하는 시대가 되었다.

지금은 자신을 알리고 표현하는 시대인 만큼 적극적인 자기 홍보로 전문성을 확보할 수 있다. 지금은 예전처럼 정보를 특정한 계층에서 독점할 수 없는 초연결, 넷의 시대를 살아가고 있기 때문이다. 강사는 이러한 변화의 시대에 SNS를 단순히 활용만 하는 것이 아니라 강사로 자신의 전문성을 알리는 필수적인 수단으로 봐야 할 것이다. 실력이 있다고 대중에게 저절로 인정되는 것이 아니다. 내 정보와 지식이 필요한 다수의 대중에게 알려지고 노출이 되어야 한다. 대중에게 알려지려면 언론이나 방송에 나오는 게 제일 좋겠지만, 일반 강사가 특별한 이슈 없이 매스미디어에 노출되기란 어려운 일 아닌가? 전문가라는 타이틀은 수백만 명이 나와 똑같은 지식을 가지고 있다 할지라도 먼저 알리고 그 콘텐츠를 선점한 사람에게 주어진다. 이 사실 하나만으로도 강사라면 SNS로 나를 전문가로 타이틀링 할 이유는 충분하다. SNS를 똑똑하게 활용해 자신의 분야에서 최고의 전문 강사로 포지셔닝해보자.

## 프로강사, 나의 가치는 다름 아닌 내가 정한다

◇◇◇◇◇◇◇◇◇◇

직장인과 직업인의 차이는 무엇인가? 노력 대비 몸값에서부터 다르다. 이것은 직장보다 전문직업을 가져야 하는 이유이기도 하다. 강사라는 직업으로 살아가면서 강사지망생들에게 가장 많이 받는 현실적인 질문이 기본 스펙과 시간당 강사료, 즉 강사의 수입이다. 민감하지만 중요한 사항이기도 하고 가장 궁금한 부분이기도 하다. 강사마다 강의분야가 다양하다 보니 강사료가 얼마라는 이야기는 지극히 주관적일 수 있기 때문에 조심스러운 부분이기도 하다. 강사료의 기준은 기관이나 기업, 학교 등 강의가 이루어지는 다양한 곳에서 정한 지급 기준과 등급이 있는 것이 사실이다.

12년 전 처음 초보 기업강사로 시작했을 때 시간당 5~10만 원 사이의 강사료로 강의를 시작했다. 대학교도 출강했는데 강의료가 시간당 3만 원 안팎이었으니 사실 수입 면으로 볼 때 대학교보다 기업강사가 메리트가 더 있었다. 강의료 보다 기업과 대학에서 내가 강의를 할 수 있다는 사실이 너무 기뻤던 시절이었다. 지금은 그 몇 배에 해당하는 강사료를 받는 경우도 많지만, 기업 강의료를 생각한다면 기관강의료는 적은 편이고, 늘 예산 이야기를 한다. 물론 기관과 대상에 따라 강의료에 상관없이 강의를 하게 될 때도 있다. 강사 자신이 세운 기준이 강의료가 최우선인 강사는 강의료에 따라 움직여야 한다. 하지만 초보강사로 꼭 내가 참여하고 싶은 강의가 있고, 커리어를 쌓아야 한다면 무료 재능기부 강의라도 해서 경력을 만들어야 한다.

### 프로필이 한 장이 될 때까지 부지런히 움직여라

강의의뢰를 받아도 강의 일정이 겹치거나 도저히 움직일 수 없는 이동거리일 때 다른 강사를 소개하기도 한다. 강의경력은 짧지만 열심인 C강사가 떠올랐다. 그런데 C강사는 강의료가 마음에 들지 않아 차라리 쉬겠다는 것이다. 무료강의도 아니고 강의를 간절히 원하면서도 기회를 스스로 고르고 있는 C강사는 강의가 정말 하고 싶은 것인가, 하는 마음이 들었다. 풍족한 강의료는 아니어도 부족한 수준도 아니었는데, 그녀가 거절하는 걸 보고 나는 나와 다른 마인드로 자신의 경력을 관리하는 사람도 있구나, 생각했다. 나중에 전해들은 사실이지만 C강사는 강의경력을 발로 뛰어 쌓는 것이 아니라 자신에게 고가의 강의료를 연결해줄 수 있는 인맥을 골라 네트워킹에 열을 올린다는 것이었다.

이 이야기를 듣고 나는 씁쓸했다. 그녀의 기회는 다른 지인에게 가게 되었고 나는 그 분야의 강사를 추천할 때 기회에 적극적인 사람을 먼저 떠올린다. 나 또한 추천받은 강의는 최선을 다해 진행하고 내게 온 기회를 놓치지 않으려고 한다. 초보강사는 더욱 강의 경력을 만들어가는 경험을 최우선으로 삼아야 한다. 프로필 한 장을 꼭 채울 때까지 꾸준히 경험을 쌓아라. 나도 초보강사 시절엔 KTX 경비도 안 나오는 곳까지 가서 강의하고 경험을 늘려갔다. 교육을 원하는 곳에서는 아무 강의경력 없는 강사보다는 강의경력이 있는 강사를 더 선호하는 것이 당연하기 때문이다. 당신의 스펙이 아무리 훌륭하다고 할지라도 막상 강의를 의뢰할 때는 실제 강의경력이 강사세계에서 인정되는 보증서이다. 다양한 청중을 대상으로 한 강의, 강연경험이 많을수록 강의에 대한 자신감은 늘어날 것이다. 강사는 강의료를 떠나 자신의 지식을 아웃풋 하는 강의 실전경험을 즐길 줄 알아야 한다.

## 강의료, 사소한 상처도 경험이 되더라

강사 네트워크에서 강사들끼리의 협력강의를 해야 할 때가 있다. 지인의 소개를 받는 경우는 미리 강의료에 대한 조율을 충분히 하고 강의를 시작하기 때문에 큰 문제는 없었다. 한번은 지인을 통한 소개로 강의를 하게 되었는데, 성의만 표하겠다는 말과 함께 내가 요청하는 교육에 필요한 세세한 정보는 적극적으로 제공해 주지 않았다. 그쪽 역시 특별한 요구사항이 없었기에 모니터링 없이 강의 주제만 확인하고 사전 미팅 없이 강의를 하게 되었다. 강의가 끝나고 바로 건네받은 현금 봉투 안에는 사전 조율과 다르게 3시간 강의에 비해 너무 터무니없이 적은 강의료가 들어 있었고, 강사로서 마음에 상처를 입었던 때가 있었다. 강의료에 상처를 받은 것인지, 교육과 강사를 대하는 태도에 상처를 받은 것인지 모르겠다.

교육업체에 소속되어 강의를 할 때는 이런 부분은 강사가 직접 조율하지 않기 때문에 부딪힐 문제가 없었는데 프리랜서나 1인기업강사로 활동할 때는 직접 강의 요청이 온 경우 강의료를 흥정하려 드는 몇 명의 사람들로 인해 일에 대한 회의감과 상처를 받는 일도 종종 있다. 3시간 강의를 하기 위해서 나는 관련 분야의 최신 트렌드 책도 5권 가까이 구입해서 읽었고 PT와 교재도 정성들여 만드느라 많은 시간을 들였는데 야속하다는 생각이 들었다. 적극적인 교육협조가 이뤄지지 않은 것도 못내 서운했다. 약속한 강의료는 강사로서 자존심이기도 하다. 경력이 있는 강사라도 이런 일은 속수무책이다. 내 가치를 인정받아 많은 강의료를 받을 수 있다면 이것은 행복하고 감사한 일이며, 설령 많은 강의료를 받지 못해도 하고 나면 교육과정과 만족도에서 강의료 이상의 보람을 가져다주는 만남도 반드시 있다.

### 내 가치를 제대로 인정받으려면 3가지를 명심하라

프로강사로 강의료로 상처받지 않으려면 내 가치를 스스로 높여야 한다. 다시 정리하자면, 분야에서 검색되는 전문가인가, 개인 전문 저서가 있는가, 강사로 전달할 차별화된 아이템이 있는가에 따라 강사의 수입인 강의료에 차이가 난다. 물론 프로강사는 강의료 이외로 개인 컨설팅, 칼럼, 인세 등의 다른 수입원도 있다. 세 가지 중 한 가지도 준비가 안 되었다면, 지금부터 목표를 세워라.

경력이 20년 됐다고 더 주지 않는 것이 강사의 세계이다. 강사의 강의료를 얼마다라고 말할 수 없는 것은, 강사에 따라 강의료가 모두 다르기 때문이다. 기업, 지자체, 백화점 문화센터 특강, 대학교 특강, 일반 강의에 따라 모두 다르며, 일반적으로 알려진 금액은 있지만 강사의 노력과 열정에 따라 나의 몸값은 내가 책정할 수 있다는 것이 가장 큰 매력이라 할 수 있다. 일반적으로 기업교육 강사는 시간당 10~100만 원선의 강사료가 책정되며, 백화점강의는 1~2시간 특강의 경우 20~25만 원선이며, 인원이 10명 미만일 경우는 금액이 조정되기도 하며, 폐강되기도 한다. 기업특강의 경우는 100~500만 원, 그 이상 특별 강연료도 지급된다. 직장인으로 월급을 받는 경우 이 부분은 참 허탈

할 수 있고, 많은 강사지망생들은 기업강사 특강강의료를 현실로 만들기 위해 환상을 가지고 시작하는 경우도 많이 보았다. 하지만 현실적으로 기업강사 강의료는 10~100만 원선이 가장 일반적이다. 강의료가 적어도 하루 2시간 이상씩 꾸준히 강의를 하는 강사는 일반 직장인의 월급 2배의 수입을 올릴 수 있다.

여기서는 일반적인 강의료를 추산한 것이다. 강사의 몸값은 정말 강사에 따라 다양하다. 직장인처럼 정해진 월급이 아닌 나의 몸값을 내 의지로 높일 수 있다는 사실이 너무 매력적이지 않은가? 강사라는 직업으로 살아가면서 '영업', '평가', '앙코르 강의'로부터 자유로울 수는 없지만, 내 가치를 만들어가는 과정을 즐기면, 점점 멋있어지고 괜찮아지는 나 자신과 만나게 될 것이다.

어디로 가야 할지 모르겠고, 내 능력에 한계도 느껴지고, 내가 가는 길이 과연 맞는지 모를 초보강사. 처음에는 누구나 그 같은 '강사 국민병'을 겪는다. 그런 시간을 견디다 보면 나를 믿어주는 고객사와 인맥도 많아지며 그로 인해 최종적으로 자신의 스케줄과 수입을 스스로 조절할 수 있는 1인기업강사, 프로강사로 우뚝 성장하는 날이 반드시 올 것이다.


**프로강사, 나의 가치를 증명하라**

첫째, 작은 퍼포먼스라도 모두 꺼내 강사 스스로를 PR하라.

목표를 정하고 과정을 설계하며 성과로 이어져 이익을 창출한 사례를 말하라. 나는 강의를 할 만한 전문가이고 그에 맞는 전문 강사의 강의료를 받을 자격이 있음을 알려라. 다른 사람과 비교해서 내가 잘하는 것으로 성과를 낸 것과 내가 가진 장점으로 남들보다 잘할 수 있는 것을 알려라. 이전 직장에서의 커리어와 퍼포먼스는 PR하기 좋은 소재이다. 전 직장의 성과를 강의에 녹여 자신의 강의를 PR하고 그 강의로 성과를 만들어 다음 교육에 활용하면 된다. 강사는 강의 성과로 프로필을 대신하기 때문이다.

강의를 처음 시작하는 초보강사라면 전직 성과를 활용해 PR하고 강사로 진입한 후에는 강의 성과로 PR하는 전략으로 몸값을 높여나간다. 없는 것을 만들어 과장할 수는 없지만 전문경력과 이전에 몸담았던 조직에서 크고 작은 퍼포먼스가 있다면 충분히 활용해보자.

둘째, 자신의 전문 강의분야를 프로그램화하여 강의 상품을 만들라.

강사가 가져야 할 핵심능력 중 교육개발능력은 빼놓을 수 없다. 교육과정을 개발해 단시간 강의의 소화는 물론 장시간 교육과정도 할 수 있게끔 운영한다. 교육과정의 개발과 제안은 강사의 일상이다. 단시간 특강 강의만 준비하지 말고 강의를 프로그램화해 2시간, 4시간, 6시간짜리 콘텐츠로 차별화시킨다. 혹은 긴 호흡으로 6~9주, 12주짜리 커리큘럼을 만들어 프로그램화한다. 이렇게 준비가 되어 있으면 지자체와 기관 및 각 대학의 평생교육기관 등에 강의를 직접 제안할 수도 있으며, 강의를 요청한 기관이나 기업, 학교 등의 요구에 맞춰 교육의 내용을 늘리고 줄이는 것이 훨씬 수월해질 것이다.

마지막으로, 진짜 전문가가 되어라.

당신의 몸값은 당신이 정할 수 있는 타이밍이 반드시 온다. 자신의 분야에서 열심히 살아온 사람일수록 강사가 되고 싶어 하는 사람이 많다. 강사는 누구나 될 수 있다. 하지만 강사는 아무나 될 수 없다. 강사는 도전하고 노력하는 사람만이 가질 수 있는 전문가 타이틀이다.

## 1인기업강사, 지속적 적극적 셀프관리는 필수

프리랜서 강사로 비즈니스를 할 때 내 강의를 상품으로 내가 가진 전문지식, 경험을 브랜드로 거래할 수 있을지 진중하게 질문해보자. 처음 전문 강사시장에 진입했을 때 직장인으로 살 것인가, 직업인으로 살 것인가를 고민했던 시기가 있었다. 나는 그저 내 속도로 성장하며 소속강사로 정기적인 수입이 있었고 자기계발을 위해 공부도 함께 했던 때이다. 밥벌이가 되어주는 강사라는 직업에 감사하며, 직업에 대한 자기만족도가 높았었다.

지인들은 아직도 강사로 일을 하고 있는 나를 보며 언제까지 일할 거냐고 묻곤 한다. 지금의 나는 12년차 강사로 앞으로 더 많은 사람들과 만나고 싶고, 배우고 채워야 할 것이 많아 아직도 성장 중이라고 말한다. 좋아하는 일이 즐거운 일이 되고 있기에 가능하다. 멀리, 빨리 가려 했다면 나는 훨씬 빨리 유명한 강사가 되어 있어야 맞지만, 강사는 가르치는 직업이 아니라 사람과 세상과 소통하는 직업임을 생각한다면 나는 사실 그렇게 조바심이 나지는 않는다. 나는 이 매력적이고 멋진 '강사'를 평생 하고 싶기 때문이다.

롱런 하는 강사, 배운 강사가 아닌 배우는 강사, 가르치는 강사가 아닌 소통하는 강사로 30대보다 40대에 더 단단한 스토리를 전할 수 있고, 50대에도 더욱 탄탄한 강사가 되기 위해 나의 '노력'을 예약할 것이기 때문이다. 강사로 살아온 내 경험이 강사를 시작하려는 사람 누군가에게는 작은 힌트가 되고 삶의 터닝 포인트가 될 수도 있기에 내 삶에도 더욱 신중해질 것이다. 무엇보다 강사는 자기의 이야기를 할 때 힘이 생기는 법이므로 지금 살아가는 삶도, 공부도, 일상의 새로운 경험도 모두 강사로 힘을 키우는 중이라고 생각하자.

## 자기관리, 브랜드/시간/비전/감정/매력의 관리

강사로서의 삶을 살아가려면 반드시 지속적으로 자기관리를 해야 한다. 여기서는 브랜드 관리, 시간 관리, 비전 관리, 감정 관리, 매력 관리를 어떻게 해야 하는지 도움을 주고자 한다.

### 브랜드 관리

강사 개인이 가지는 브랜드는 그 사람의 이미지와 연결된다. 적어도 자신이 하는 강의에 대한 확신을 가져야 한다. 나보다 더 많은 지식을 가진 사람이 청중이 될 수도 있고 내가 전달하는 50%도 소화시키지 못하는 청중도 있으며, 내 이야기로 어떤 새로운 기회를 만드는 청중도 있을 수 있다. 하지만 자신이 하고 있는 강의에 확신을 가지고 있는 사람은 그 모든 청중을 파악하고 결국은 노련하게 내가 전달하고자 하는 하나의 메시지를 자신감 있게 잘 전달한다. 이 콘텐츠는 내가 가장 잘 알고 있다는, 즉 내 강의에 확신을 갖는 것으로 출발해서 나는 무엇을 강의하는 강사인지, 내 이름과 연결되는 이미지나 강의가 무엇인지를 잘 구축해 나가다 보면 그 분야의 퍼스널 브랜딩이 된 강사로, 전문가로 인식이 될 것이다. 무슨 말인가도 중요하지만 누가 하느냐도 중요하다.

처음부터 완벽한 강사는 없다. 처음에는 부족했지만 한 분야에 집중해서 계속 파고들면서 내 언어를 기록으로 남기고 그 기록을 모아 메시지를 만들라. 강사를 시작한 이상 성공하는 프로강사로 남겠다는 간절함을 가져라. 간절함은 안 된다는 모든 핑곗거리를 물리치는 최대 무기이다. 모두 저마다 '간절함이라는 무기'를 가슴에 장착하고 자기를 확신하는 일부터 시작하자.

## 시간 관리

누구나 공평하게 가진 시간의 파이를 관리하자. "시간은 누구나 가지고 있는 유일한 자본이며, 아무도 잃을 수 없는 유일한 것이다." 발명왕 에디슨의 말이다. 직장인이라면 일이 차지하는 시간파이가 가장 클 것이다. 직장인에 비해 강사는 시간 활용이 좀 더 자유롭다. 강사가 시간을 쪼개 관리한다는 것은 보다 효율적으로 선택과 집중을 잘해야 한다는 말이기도 하다.

우리는 누구나 공평하게 하루라는 시간을 갖지만 그 시간을 잘 활용하는 사람에 따라 24시간이 50시간 이상의 효력을 갖는다. 시간의 효율성은 사용하는 사람에 따라 엄청나게 바뀐다. 강사를 준비하는 사람이라면 어떤 콘텐츠로 무엇을 전달할 것인가부터 정하고 하루 일정시간을 정해 조금씩 투자해 자신의 부족한 부분을 채워 나가야 한다. 전문적인 콘텐츠가 있으면 강의 스킬부터 배우는 것도 좋다. 현재는 직장에 몸담고 있지만, 언젠가 강사가 되어야지 생각하고 있다면 하루 중 언제가 자투리 시간인지 생각해 그 시간을 활용하고, 주말밖에 시간이 되지 않는다면 주말시간을 최대한 활용하면 된다. 하루 중 내가 짬을 낼 수 있는 시간을 확보하는 것이 가장 중요하다.

무엇인가를 이루려면 결국은 '시간'을 투자해야 한다. 가만히 생각해보면 하루 일과 중 실제 버려지는 시간이 생각보다 많다는 것을 알 수 있을 것이다. 간절하면 없는 시간도 생긴다. 내 경험으로 보면 어떤 일을 시작할 때 빨리 못하는 것은 시간이 없었기 때문이 아니라 간절함이 부족했기 때문이었던 것 같다. 시간이 없다고 변명하지만 찾아보면 그만큼 빈틈의 시간이 있다. 강사를 준비하는 직장인이라면 강사가 되기 위해 내가 갖춰야 할 역량을 키울 시간을 내고, 강사를 하고 있는 사람이라면 현재에 만족하지 말고 성장을 위해 자신의 나이 대에 맞는 주제를 넓혀가는 데에 집중하자. 어느 쪽이든지 좀 더 효율적으로 '강사의 본질' 즉 '실력'에 몰입할 수 있는 시간관리가 필요하다.

강사는 비수기(보통 1, 2월과 7, 8월)일 때 독서를 많이 하고 그동안 미루어 두었던 일의 우선순위를 정하여 처리하는 습관을 들여야 한다. 분야별 강사에 따라 약간의 차이가 있을 수도 있으나 기업강사에게도 강의가 뜸한 비수기가 있다. 적절한 휴식을 위한 여행이나 독서를 통한 자기계발도 좋고 미루어두었던 책을 집필하거나 지인들과 교류도 하면서 알차게 활용해야 다음 강의 성수기 때도 지치지 않고 활약할 수 있다.

미국의 아이젠하워 대통령이 사용한 시간 활용의 매트릭스를 이용해 자신의 시간관리 스타일을 점검해보자.

**시간관리 매트릭스를 활용한 시간관리의 역량(아이젠 하워스타일)**

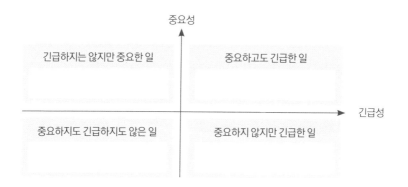

## 비전 관리

강사로 처음 입문했을 때의 마음가짐, 초심을 유지하는 게 어려울 때가 있지만, 딱 한 가지, 비전을 세우고 관리하는 나만의 비전 관리목

록과 버킷리스트는 아직도 유효하다. 강사가 되어서도 목표가 없으면 쉽게 길을 잃기 마련이다.

강사로서의 비전을 어떻게 세우고 관리할 것인가? 강사양성교육 중에는 비전 관리 로드맵 만들기 과정이 있다. 대부분은 막연하게 연봉 1억의 프로강사가 되자, 경제적인 여유를 누리자라는 목표를 세우는데 이것은 목표로는 실용적이지 못하다. 목표는 언제까지, 무엇을, 어떻게 하겠다는 현실적이고 구체적인 계획이어야 한다.

구체적인 목표를 세웠다면 실행할 수 있는 자기와의 약속, 원칙을 만들어 힘을 실어줘야 한다. 예를 들면, 하루 1시간씩 관련 독서를 하겠다, 매주 명강사의 강연 동영상을 시청하겠다, 한 달에 한 번은 내 이름을 걸고 하는 공개 강의를 열겠다, 아침에 1시간씩 일찍 일어나 운동을 하겠다 등 구체적이고 현실적이며 기간이 분명한 것으로 목표에 가깝게 갈 수 있는 개인의 실천방안을 만드는 것이다. 외국어를 공부할 때 매일 듣기 훈련 10분을 시작으로 내가 할 수 있는 작은 목표부터 세워 실천해나가는 일, 다이어트를 결심했다면 오늘부터 30분씩 무조건 운동하러 나가는 것을 목표로 하지 말고 팔굽혀펴기 1~5번, 윗몸 일으키기 3번 이런 식으로 작은 목표를 매일 성공시키면서 습관을 조금씩 늘려나가는 것이다. 등산을 하기 위해 등산화부터 등산복까지 모두 갖춰놓고 막상 등산을 자주 하기 여의치 않은 일들이 생기기도 한다. 준비하는 데 너무 많은 시간을 들이지 말고 일단은 실행하자. 작은 목표부터 세분화해 성취감을 높이는 것이 효과적이다. 아무리 피자나 케이크가 맛있다고 한꺼번에 한 판을 다 먹을 수는 없는 것과 같다. 할 수 있는 것부터 쉬운 것부터 미루지 말고 지금 바로 한다.

첫 단추를 잘 끼우는 것도 중요하지만 단추를 마지막까지 끼우는 것이 중요하다. 할 수 있는 만큼 쪼개서 시작한다. 그래야 그 일을 마지막까지 해낼 성공확률이 높아진다. 작은 것부터 시작해서 성취감을 즐겨보자. 그것만 해도 너무 많다. 막연한 과정이 쪼개지면 더 쉽게 느껴질 수 있기 때문이다. 3년 후의 나, 5년 후의 나, 그리고 10년차 이상의 강사로서의 나의 성장을 적어보자. 그리고 세부적으로 그 기간 동안 나의 성장에 도움이 될 실천 방안을 약속으로 적어보자.

**프로강사 성장목표 정하기**

| 기간 | 3년 | 5년 | 10년 |
|---|---|---|---|
| 목표 | | | |
| - 구체적으로<br>- 현실적으로<br>- 기간이 명확하게 | | | |

### 감정 관리

조직이나 사회에서 일을 하다 보면 일의 성공과 실패는 개인의 능력이 아니라 '관계'에 의해 좌우된다는 것을 알 수 있다. 관계로 인해 생기는 여러 가지 문제를 다룰 때 스트레스 관리에 넣지 않고 나는 감정관리라고 부른다. 일은 사람이 하는 것이기 때문에 사람과의 관계를 건너뛰어 원하는 결과를 얻기는 어렵다. 개인이 아무리 뛰어나도 조직 안에서의 관계 속에 녹아들지 못하면 개인의 역량이 묻혀버리는 것을 많이 보아왔다. 개인의 능력이 뛰어나도 협업능력이 뒤처진다면 감정이 노출되고 만다. 무엇을 하든 혼자 하는 일이 아니라면 사람과의 관계를 최우선으로 삼아야 한다. 그래야 스트레스가 줄어든다. 관계에 집중하다 보면 프로다운 모습으로 자신의 감정을 잘 관리할 수 있다.

수없이 많은 리더들이 개인적인 유능한 능력을 떠나 조직 안에서의 감정선을 지키지 못해 과소평가되는 것을 많이 보아왔다. 그것은 곧 그 사람에 대한 평판으로 이어진다. 강사는 강의를 하면서 새로운 장소에서 다양한 사람들과 만나고 관계를 맺고 업무적으로나 삶에 영향을 주는 사람이기 때문에 보이는 모습과 살아가는 모습이 일치되게 자신의 감정과 컨디션 조절을 잘해야 한다. 그런 강사의 일관되고 진실된 모습에 동기부여받아 개인의 변화와 성과로 연결될 수 있도록 강사 스스로 감정관리를 해야 한다. 셀프 칭찬과 피드백은 필수이며 세심하고 적극적인 관계 형성을 위해 내 감정을 관리하는 노력이 필요하다.

교육 후의 즉각적인 피드백은 강사에게 무척 중요하다. 먼저 교육 담당자와 전화나 이메일로 교육의 기회에 감사하다는 고마움을 표시하고 담당자와 교육생들의 교육 피드백에 귀 기울일 필요가 있다. 나는 이 부분을 항상 체크하는데 모두 피가 되고 살이 되는 평가 결과이기 때문에 소중하게 받아들이고 쿨하게 떨칠 것은 떨쳐 버린다. 모두 내 강의에 호의적이면 좋겠지만 그렇지 않을 때도 있기 때문에 아픈 피드백은 더 감사히 받고 반드시 '참고'하면 된다. 그다음에는 똑같은 피드백을 받지 않도록 신경 써야 함은 물론이다. 서비스업에서 불만을 이야기해주는 고객을 소중히 여기듯이 내게 달콤하기만 한 피드백은 늘 경계해야 한다. 마음을 다해 진정성 있는 관계가 형성된다면 사람들은 그것을 먼저 알아본다.

특강 1~2시간이 아닌 이상 4~6시간의 연강을 하게 될 경우 강의를 마치면 기운이 쫙 빠지고 정말 힘들다는 생각이 들 때가 있다. 말을 한다는 것은 참 많은 에너지를 필요로 한다.

청중의 반응과 호흡이 좋은 경우는 6시간도 거뜬히 하고 힘들다는 느낌을 못 느낄 때도 있지만 리액션이 적고 청중과 호흡이 겉돌 때도 있다. 그럴 땐 정말 1~2시간도 힘들게 느껴진다. 그 어떤 상황에서도 꿋꿋할 수 있는 감정관리와 체력관리가 강사에게는 꼭 필요하다.

### 매력 관리

많은 강사들은 저마다의 강점과 노하우로 강사시장에서 활약하고 있을 것이다. 수많은 강사들 중에서 나를 돋보이게 하는 힘, 돌아보게 하는 힘, '매력'을 관리할 필요가 있다. 이 매력은 문서로 표현할 수도 없고 정량화된 것이 아니기 때문에 능력, 실력처럼 논리적으로 접근하기가 참 어렵다. 3초 이내에 나의 모든 것이 결정된다는 첫인상을 굳이 거론하지 않더라도 좋은 이미지로 인간미 있고 매력적인 강사가 되기 위해 매력을 갖추고 가꾸는 일에 비중을 두어야 한다. 뛰어난 실력만으로 프로강사가 되는 것은 아니다. 매력관리가 된 강사가 결국은 프로강사로 성장한다. 많은 프로강사들은 본능적으로 끌리는 인간적인 매력의 중요성과 그것이 강의로 연결되는 것을 일찌감치 알아차리고 강사로서의 매력을 관리한다. 매력도 하나의 경쟁력으로 인식하고 관리하는 강사들이 더 많은 강의의 기회를 얻는 것을 나는 수없이 목격했다.

2013년 매력을 무기로 성공을 이룬 사람들의 이야기를 다룬 캐서린 하킴의 《매력자본(Honey Money: The Power of Erotic Capital)》이라는 책은 원제목부터가 재미있다. 사람을 끌어당기는 힘, '매력'을 자본으로 보고, 경제, 문화, 사회자본에 이어 제4의 자본이 매력자본이라고 말한다. 외모뿐만 아니라 유머, 활력, 사회적 기술, 능력을 갖춘 이러한 여러 매력적인 요소들이 조용히 권력으로 사용되고 있다는 것이다. 이렇듯 매력도 자본이 될 수 있는 세상이다. 매력이라는 요소가 우리의 일상과 직업과 성공에 있어 어떻게 조용한 권력으로 자리 잡고 있는지 여러 가지 접근법이 재미있다. 저자는 누구나 매력을 가지고 있으므로 스스로 자신의 매력을 찾고 끊임없이 자기계발을 하는 사람이 원하는 성공을 할 수 있다고 말한다.

한 화장품회사 창립자인 헬레나 루빈스타인은 이렇게 말했다. "못생긴 여자는 없다. 다만 게으른 여자가 있을 뿐이다." 나는 이렇게 바꿔 말하고 싶다. "매력 없는 사람은 없다. 다만 자신의 매력을 발견하려는 자와 매력이 있는지조차 모르는 사람이 있을 뿐이다." 사람마다 가진 매력은 모두 달라서 그 매력을 나의 경쟁력으로 가꾸는 관리가 필요하다. 어떤 사람은 듣기 좋은 매력적인 목소리와 카리스마를 타고나고, 또 어떤 사람은 뛰어난 친화력으로 성별, 직업, 권위와 상관없이 어떤 연령대의 사람들과도 관계가 충실한 사람이 있으며, 강사로서 호감 가는 이미지와 태도를 경쟁력으로 갖춘 사람도 있을 것이다. 강의 실력은 기본이고 자신이 가진 장점을 매력으로 바꾸는 경쟁력 있는 강사가 되어야 한다. 강사는 사람들과 상호작용을 하면서 관계를 이끌어가는 직업이기도 하기 때문에 자신의 매력을 발견하고 자본으로 활용하는 것이 매우 중요하다.

# 7장
# 프로강사가 되기 위한 강사습관

## 아주 작은 경험과 지식까지 자본으로 바꾸라

◇◇◇◇◇◇◇◇◇◇

아주 작은 사소한 습관이 프로강사를 만든다. 무엇이 차이를 만드는 걸까? 자신의 콘텐츠를 바로 강의자료로 바꾸는 습관이다. 아주 작고 사소한 콘텐츠라도 그냥 지나치지 말고 주의 깊게 보는 것, 관심 갖는 것부터 시작하자. 책 한 권을 읽어도 키워드가 머릿속에 남도록 하라. 고대 철학자 아리스토텔레스는 이렇게 말했다. "우리가 반복적으로 하는 행동이 바로 우리가 누구인지 말해준다. 그러므로 중요한 것은 행위가 아니라 습관이다."

요즘 강의시장에서는 은퇴를 하거나 퇴직 후 책을 출간한 후 조직에서의 경험을 살려 인생멘토, 라이프 코치로 시니어 강사가 활약하고 있다. 그들의 가장 큰 무기는 바로 그동안 해온 업에서 쌓인 기술, 조직에서의 경험으로 다양한 상황에 대한 대처능력과 유연성이다. 대부분의 사람들은 자기의 인생의 경험을 별거 아니라고 지나치거나 스스로 과소평가하는 경우가 많다. 깨달은 것이 있다 해도 그 경험이나 지식이 다른 사람에게 도움이 될 것이라고는 생각하지 않는다는 것이 맞겠다. 그렇게 찾아 헤매는 보석은 다른 데 있는 것이 아닌 내 안에 있는데 그것을 지나친다면 얼마나 큰 손실인가? 이것은 개인적인 손실을 넘어 사회적으로도 정말 큰 손해가 아닐 수 없다. 내가 살아온 이야기, 알고 있는 지식, 그리고 전달하고자 하는 당신의 그 메시지는 생각보다 훨씬 가치가 있다. 많은 사람들이 타인의 경험을 통해 간접체험을 하기 때문이다.

지금 당신은 다른 사람들에게 도움을 줄 어떤 지식과 경험을 가지고 있는가? 브렌든 버처드의 저서《메신저가 되라》의 내용 중 메신저란 자기가 가진 경험과 지식을 메시지로 만들어 다른 이들에게 전달하는 사람을 말한다. 그는 이 책에서 다음과 같이 '내 경험을 나누기 위한 10단계'를 제시했다. 경험을 나누기 전에 먼저 전달할 주제를 선택하고, 누구에게 전달할 것인지 나의 고객층을 정해라. 그다음 목표한 고객의 문제를 찾고 해결책을 제시한다. 마지막으로 차별화와 탁월함, 그리고 서비스를 잊지 말자.

강사로 나의 브랜드를 만들고 내 인생의 주인공이 되어 내 이름으로 살아가고 싶은 사람들이 중요하게 생각해야 할 것은 바로 '습관'이다. 작고 사소한 습관이 모여 성공을 이끈다. 강사시장에서 거래될 수 있는 나라는 브랜드를 만들기 위해 스몰빅(Small Big) 전략을 사용하자. 세계적인 리더들이 가진 공통점은 여러 가지 작은 습관을 가지고 있다는 것이다. 그들은 자기가 좋아하는 일을 목표로 삼고 좋아하는 일에 필요한 기술이나 지식을 체득하는 습관을 가졌고, 도전하는 과정을 좋아하며 즐기려고 노력했다. 우선은 그날의 목표를 세우고 한 주간에 할 일을 정리하는 것부터 해서 일을 세분화시켜 보자. 이렇게 성공에 대한 자신감이 생기면 스몰빅의 효과가 나타나는 것이다.

성공하는 사람들의 공통적인 성공수칙이 있다. 충무공 이순신은 작고 세밀한 내용을 일기로 적어두어 해야 할 작은 목표를 리마인드하고 큰 비전을 만드는 도구로 활용했다. 미국 건국의 아버지이자 사상가인 벤저민 프랭클린은 매일 아침 일기를 쓰며 그날 할 일을 정리했으며 매일 1시간 독서가 그의 평소 습관이었다.

로버트 마우어는 저서 《아주 작은 반복의 힘》에서 헛웃음이 나올 정도로 아주 작게 시작하고 그것을 반복하라는 '스몰 스텝전략'을 알려준다. 우리의 뇌는 변화를 무척 싫어해서 변화가 급격하거나 크다고 느껴질 때 뇌의 저항 또한 강렬하고 격해진다고 한다. 뇌의 입장에서는 환경이나 상황이 변화하는 것은 생존이 위협받는다는 신호이기 때문이다. 그래서 우리는 변화를 위해 뇌를 속일 필요가 있다. 뇌가 변화의 정도를 인지하지 못하도록 변화의 정도를 아주 가볍고 작게 하라는 것이다. 스몰빅 전략은 작은 행동으로 성공적인 인생을 설계하는 것을 말한다.

'1만 시간의 법칙'이란 말도 있다. 거창한 계획은 부담으로 다가와서 계획으로만 그치는 경우가 대부분이기 때문이다. 새해가 되면 어김없이 등장하는 이슈인 작심삼일을 떠올려 보자. 연말이 되면 수백만 명의 사람들이 다가올 새해를 기다리며 새로운 목표를 세우고 그 다음 날부터 한 번에 모든 것을 해내려고 한다. 하지만 마음의 의지력은 그렇게 오래가지 못한다. 조사에 따르면 첫 15주 안에 그중 1/4이 포기하며 다음 해에 똑같은 결심을 한다는 것이다. 이때 작은 일부터 실천해나가는 방식은 실천에 대한 부담감도 덜어주어 연례행사처럼 반복되는 실패에 대한 대안이 될 수도 있다.

내가 스몰빅 전략을 활용하는 방법은 매일 그날의 일들을 다이어리에 기록하는 일이다. 메모습관이라고 할 수 있는데 한 줄이라도 기록하다보니 양이 꽤 많아졌다. 정말 좋은 점은 휘발되어 날아갈 뻔한 나의 생각들을 잡아둘 수 있다는 점이다. '내가 이런 걸 언제 메모해뒀지?' 하면서 강의에 좋은 아이디어를 제공해 줄 때가 있다. 기억이 도통 따라와 주지 않을 때도 무척 유용하다. 메모하고 기록하는 습관의 유무에 따라 구체적인 목표를 가진 삶과 그렇지 않은 삶으로 분명한 차이를 보이게 될 것이다. '말한 대로 살아지게 되고 생각한 대로 이루어질 것'이라는 긍정적인 생각으로 프로강사습관을 다져나가자.

1. 큰 목표, 작은 행동. 실천 목표는 작고 간소하게 세운다.
2. 변화를 계획하고 변화의 순간이 가져올 즐거움에 집중한다.
3. 메모습관은 정보의 소비자가 아닌 정보를 만들어내는 생산자로서의 강사, 영향력 있는 강사를 만든다.

··· 지금 하십시오

일이 생각나거든 지금 하십시오.
오늘 하늘은 맑지만 내일은 구름이 보일는지 모릅니다.
어제는 이미 당신의 것이 아니니 지금 하십시오.
친절한 말 한마디가 생각나거든 지금 말하십시오.
내일은 당신의 것이 안 될지도 모릅니다.

― 찰스 해돈 스펄전의 시

# 수집하고 기록하고 나만의 지식창고를 만들라

오늘을 기록하는 강사는 내일이 다르다. 그렇다면 어떻게 기록해 나만의 지식창고를 만들 것인가?

## 아이디어와 사례의 수집

강의의 아이디어와 사례는 내 것일 때가 가장 빛난다. 모든 것을 내 것으로 할 수 없기 때문에 다양한 분야의 책이나 정보의 수집이 곧 강의의 준비과정이 된다. 공개된 정보가 많지만 양질의 정보를 얻기 위한 키워드 서칭 능력, 구글링 하는 능력은 강사의 중요한 능력 중 하나다. 어떤 키워드를 입력하느냐에 따라 내가 원하는 정보를 최대한 손에 넣을 수 있기 때문이다. 필요하다면 유료 사이트도 활용해보자. 희소성이 있는 자료만이 내 강의를 차별화시켜줄 수 있다.

## 메모하고 기록하고

2018년 평창올림픽 성화봉과 성화대를 디자인한 이노디자인의 김영세 회장의 인터뷰가 눈길을 끈다. 아이디어 구상이 끝나면 주변에 보이는 아무 종이를 구해 그림을 그리는데 성당의 헌금봉투, 지갑 속 영수증, 비행기 탑승권 등 눈에 보이는 것 중 잡히는 종이에 빠르게 메모해 잡아둔다고 한다. 메모지 달라는 손님으로 소문이 나서 항공사 승무원에게 스케치북을 선물받았다는 에피소드도 있다. 그가 왜 메모의 달인으로 불리는지 고개를 끄덕이게 하는 대목이다. 한번은 급하게 아이디어가 떠올라 냅킨에 메모했는데 그 메모가 모티브가 되어 12억짜리 디자인이 탄생했다는 일화는 유명하다.《한국의 메모 달인들》이라는 책에 '메모 10년이면 운명도 바뀐다'는 챕터에서는 세상을 뒤흔든 위인들은 모두 메모광이었다는 사실을 말한다.

적자생존을 적는 자가 살아남는다고 말하기도 한다. 즉, 남보다 앞서가는 사람들은 머리가 좋은 사람이 아니라 메모를 잘하는 사람들이라는 것이다. 18년의 유배기간에 무려 500권의 책을 쓴 다산 정약용은 지독한 메모광이었다고 한다. 세계적인 베스트셀러인《어린왕자》

도 생텍쥐페리의 음식점 스케치에서 탄생한 작품이라고 한다. 메모 관련 일화로 떠오르는 사례가 또 있다. 인기 만화가인 허영만 화백은 한 오락프로그램에 출연해 필기구가 없을 때는 번쩍 떠오르는 아이디어를 놓치지 않기 위해 고추장을 찍어 메모한다는 사실을 고백하며 강렬한 인상을 남겼다. 고추장으로 하든, 냅킨에 하든, 위의 사례들은 메모도구보다 메모 자체를 중요하게 여겼음을 보여준다. 실제로 그들의 메모는 강력한 힘을 발휘했다.

어떤 방법이 되었든 순간 떠오르는 다양한 아이디어나 일상의 기록을 놓치지 말고 메모하고 그것을 강의에 활용할 줄 안다면 강의의 고수가 될 수 있다. 실제로 메모를 습관화하는 사람이 얼마나 많을까? 요즘은 메모 방법과 활용에 대한 책과 강연도 많아졌다. 그만큼 메모가 중요하게 인식되고 있기 때문이다.

그럼, 강사로서 가져야할 메모습관은 무엇인가? 누구와 언제 어디서 무엇을 해야 할지 일정이나 해야 할 일 리스트 같은 단순한 일정기록이 아닌, 강의 스케줄은 물론이고, 강의에 활용할 에피소드를 모으기 위해 사례집을 만드는 일이다. 문득 머릿속을 스쳐가는 생각들을 잡아두고 사소한 일상도 기록해두어 사례로 활용해야 한다. 프로강사들은 누구나 공감할 수 있는 쉬운 언어로 메시지를 전달하는 공통적인 특성을 가지고 있다. 그것은 그들이 생활 속 소소한 아이디어를 메모해둔 것들이 강의의 사례로 쓰여 어휘를 풍부하게 하고 전문용어를 쉬운 청중의 언어로 바꿔 설명할 수 있었기 때문이다.

메모와 기록은 자신이 가장 편한 방법을 택하면 된다. 전통 메모 방식으로 종이와 펜을 활용하는 강사도 있고, 늘 손 안에 있는 스마트폰의 메모앱을 사용하여 기록하는 강사들도 있다. 스마트폰에는 기본 내장된 메모앱이 있다. 백업을 자동으로 할 수 있는 다양한 앱이 많이 출시되어 있어 이를 적극적으로 활용할 수도 있다. 나는 두 가지 모두 적절하게 활용하는 편이다. 급할 땐 스마트폰에서 바로 스크린 캡처를 해서 보관한다. 요즘 같은 정보화시대에 메모습관을 이야기한다는 것은 진부하게 들릴 수도 있으나 정보가 넘쳐나는 정보비만의 시대에 강사가 돈 안 들이고 자기경영을 할 수 있는 최고의 방법 중 하나는 바로 '메모'라고 생각한다.

쏟아지는 정보의 과부하로 자신에게 꼭 필요한 정보와 지식을 선별하는 것뿐만 아니라 그것을 기억하는 것조차 어려워졌다. 메모를 하는 습관은 강사가 자연스럽게 자신의 지식과 시간을 관리할 수 있는 자기관리의 비법이 될 수 있다. 차곡차곡 모아둔 메모는 강의의 유용한 자료가 되기도 하고 중요한 키워드를 뽑아 정리해 자신만의 관점을 더한다면 내 분야의 전문 칼럼이 될 수도 있고 자신의 책의 자료가 될 수도 있다.


## 아는 만큼 보이고 아는 만큼 누리는 세상에서

올봄 신문의 한 지면에 '아는 만큼 누리는 서비스'가 소개되었다.

잠자고 있는 금융재산을 한 번에 빠르고 확실하게 찾는 방법이라든지 자신이 잊고 있던 휴면상태의 금융보유 여부와 금액 등을 확인할 수 있는 서비스라고 했다. 식품관련, 농수산물의 이력확인과 건강정보 등 생활관련 꿀팁 제공도 눈에 띄었다. 필요한 사람이 알면 좋을 서비스가 지면 가득 소개되고 있었다. 강사로 활동하면서 스스로 정보를 검색하고 활용하지만, 수시로 쏟아지고 변경되는 새로운 정보는 놓치는 부분도 상당하다.

강사는 정확한 정보를 바탕으로 자신의 메시지를 전달하는데 그것을 잘못 활용하거나 잘못 기억하여 왜곡된 정보를 전달하는 경우도 있다. 강의의 특성상 한번 말로 내뱉은 강의 중의 언어는 다시 되돌릴 수가 없다. 마치 생방송의 실수를 다시 되돌릴 수 없는 것과도 같다. 그래서 강사는 충분한 정보를 수집해 신뢰할 수 있는 메시지로 전달해야 한다. 방대한 정보의 옥석을 가리는 일도, 사례화하는 일도 강사 스스로가 취사선택할 문제이기에 강사가 관련 정보에 능통해서 확실히 알아야 한다. 그에 걸맞은 실력을 갖추어야 함은 물론이다. 아는 만큼 보인다는 명언이 있다. 모든 사람들은 자신이 알고 있는 관점 안에서 사물을 대하고 상황을 이해한다는 것이다.

### 강의의 스펙트럼을 넓히는 방법

강사가 가져야 할 현장경험과 조직경험은 아는 만큼, 겪은 만큼, 본 만큼 강의 시에 도움이 된다. 초보강사 시절, 인천공항면세점에서 근무 시 겪은 다양한 현장 서비스 사례는 서비스관련 유통업의 고객만족, 세일즈, 비즈니스 매너 강의 때마다 훌륭한 강의의 소재가 되어주었다. 이후 전문교육업체 소속이 된 후 병원서비스 강의를 전문으로 하는 곳이어서 많은 병원 고객 접점서비스의 커뮤니케이션과 상담과정, 워크숍의 진행, 대학교의 보건행정 관련 서비스 교양과목 강의까지 외래강사로 폭넓은 경력을 쌓을 수 있었다. 이후 소속강사로 전자업체 서비스직무의 특성을 이해하며 관련강의를 소화할 수 있는 힘이 생긴 것은 나에게 커다란 기회였고 행운이었다.

그 이외의 나의 특화된 강의는 대학원 전공인 커뮤니케이션을 활용한 강사의 프레젠테이션과 스피치 코칭, 정부기관에서 진행하는 커리어 관련 강의와 대학생들을 위한 면접 코칭이다. 그리고 강의를 많이 못할 때 면접 보고 국비훈련과정으로 들은 직업큐레이터 과정은 진로와 취업분야의 강사지망생 대상 강사코칭에 적용 가능했다. 부모교육 아이템으로 교육과정개발 아이디어가 샘솟은 것도 180시간이 넘는 과정에서 얻은 소득이었다. 이렇든 나는 작은 경험과 학습이라도 허투루 흘려 보내지 않고 내게 관련 있는 모든 것을 경험과 경력에 근거해 알뜰하게 활용해 강의의 스펙트럼을 넓혀갔다. 강사는 다양한 직업군에서 강의를 하기 때문에 직업에 대해 아는 만큼 공감하고 그만큼 자신감이 생긴다. 모든 경험을 토대로 새로운 강의진행 시 생기는 불안감을 최소화해야 한다.

### 경험이 적다면 생존독서로 채워라

다양한 현장 경험이 없다면 간접적으로 해당 업무와 직원의 니즈를 파악할 수 있는 관련 서적을 통한 적극적인 독서가 답이다. 강사는 강의를 할 때 아는 만큼, 노력한 만큼 냉정하게 평가받는다. 청중은 강사의 전문성을 누구보다 예리하게 관찰하고 느끼기 때문이다.

강의를 하다 보면 내 전문분야가 생긴다. 나 역시 기업교육 강사로서 할 수 있는 강의는 제법 되지만 나는 내가 전문적이지 못한 강의는 아무리 아쉬워도 욕심을 접는다. 물론 강의의 스펙트럼을 넓히고, 다양한 강의를 소화하기 위해 대상과 범위를 넓혀 꼭 필요한 공부는 찾아서 하는 편이다. 강사는 자신이 주로 하는 전문분야 이외에도 강의 주제를 연결시켜 운신의 폭을 넓혀가야 경쟁에서 살아남을 수 있기 때문에 청중에게 이것만큼은 내가 줄 것이 있다는 생각이 들 때 청중 앞에 서는 것이 전문가의 자세라고 생각한다. 이것은 강사로 지금까지 지켜온 나의 원칙이다.


## 강사를 살리는 탄탄한 내공, 지식을 탐하는가

◇◇◇◇◇◇◇◇◇◇

강사가 강의를 잘할 수 있는 힘은 자신의 전문 분야에 대한 탄탄한 지식, 콘텐츠이다. 이것은 강의를 이루는 가장 기본적이고 절대적이 요소이다. 누가 뭐래도 강의의 힘은 콘텐츠에서 나온다. 콘텐츠, 즉 이야기는 강사의 가장 큰 차별요소이며 필수요소이다. 어제의 지식이 오늘까지 유효하지 않다는 세상에서 어제 다르고 오늘이 다르다는 말은 전혀 새삼스럽지가 않다. 대다수의 사람들은 자신에게 기회를 보는 눈과 통찰의 지혜를 줄 강사에게 호감을 느낀다. 강사의 내공은 사소한 일상과 변화도 그냥 지나치지 않는 디테일과 새로운 것을 익히고 배우는 내면의 경쟁력에서 나온다. 또한 자신의 생각을 정리하고 기록하는 것이 습관이 되어야 나온다. 강사의 내공을 이야기할 때 기록의 중요성, 글쓰기의 중요성은 아무리 강조해도 지나치지 않은데 글을 쓰고 기록하는 행위는 강의의 콘텐츠를 구성하고 구조화하는 데

## ••• 세상과 사람을 향해 문을 활짝 열라

1. 사례가 풍부한 강사가 되려면 새로운 것을 받아들이는 열린 사고를 해야 한다. 자신의 오감을 활짝 열어 세상과 소통하는 것이다.

2. 강의를 위한 정보검색능력과 과잉정보를 걸러낼 수 있는 정보편집능력을 키우는 기본은 세상에 대한 관심과 독서이다.

3. 내 생각을 정리해서 말하기 위한 첫 번째 과정은 글을 써서 생각을 정리하고 단순화하는 작업이다. 즉, 강사는 말하기와 글쓰기 실력을 균형 있게 활용하면 좋다

4. 단순함이 복잡함을 이긴다. 콘텐츠를 심플하게 만들고 가공하는 힘이 있어야 한다.

5. 공부가 일상이 되어야 한다. 콘텐츠는 또 다른 경험이 축적돼 하나의 이야깃거리가 될 때 만들어진다. 세상공부, 지식공부, 사람공부, 어디에 초점을 두든지 강사의 내공은 지식을 탐하는 습관, 배우는 습관으로부터 출발한다.

6. 다른 사람의 강연을 많이 들어라.
   강사마다 똑같은 주제를 강의하더라도 접근하는 방식이나 표현하는 어휘가 모두 같지 않다. TED에 출연하는 기업 CEO, 교수, 정치인들의 입장하는 모습, 강연 중의 제스처, 가벼운 유머 등 모두가 흥미롭다. 나는 그래서 다른 사람의 강연도 틈나는 대로 찾아서 듣는다. '아! 저렇게 쉬운 사례도 들어주네', '아! 저 어휘는 참 귀에 쏙쏙 잘 들어온다'고 무릎을 치면서 말이다. 정말 오아시스 같은 시원한 강의 팁을 얻을 수도 있다.

도움이 된다. 자신만의 콘텐츠를 가진 프로강사는 자신의 생각이나 세상의 필요한 지식을 정리하며 기록하는 일을 게을리하지 않는다는 공통점이 있다.

모든 강사가 무엇인가에 대해 잘 알고 있다고 해서 남들에게 잘 가르칠 수 있는 것은 아니다. 프로강사들은 자신만의 커뮤니케이션 스타일을 가지고 있으며 자신만의 캐릭터로 청중과 소통하고 있다. 가장 좋은 스킬은 자신만의 스타일로 더 나은 모습을 벤치마킹하여 자신의 캐릭터를 만들어가는 것이다. 이렇듯 가장 좋은 것을 모방해서 내 것으로 만드는 과정은 꼭 필요한데, 이것은 다른 사람의 강연을 많이 들어야 하는 이유이기도 하다. 잘 구조화되어 있는 강의 내용과 강사의 열정, 커뮤니케이션 스타일, 제스처, 아이 콘택트 등 강사가 눈여겨볼 좋은 공부거리가 많이 있다. 모방은 하되 내 스타일과 내 방식을 따르자. 나다운 것만큼 차별화된 것은 없다.

요즘은 마음만 먹고 시간만 확보되면 국내외의 좋은 강의를 들을 수 있는 채널이 넘쳐난다. 좋은 강의는 모방으로부터, 창조적인 생각으로부터, 역발상으로부터 나온다. 그러니 부디 많이 듣고 보고 모방하길 바란다.

## 기록이 모이고 모이면 나만의 빅데이터가 된다

기업강사라는 직업을 가지면서 생긴 습관 중 하나는 보고 듣고 읽은 것을 메모하는 습관이다. 출처 없는 자료를 사용하는 것이 조심스러워 시작한 것인데 그 양이 제법 된다. 신문이나 책, 영화, 드라마, 다큐, 개그쇼, 토크쇼 프로그램, 장르를 가리지 않고 다양한 매체를 활용한다. 강의에 필요한 좋은 내용을 골라내는 촉과 그것을 어디에 활용하면 좋을지를 메모해두는 일은 강사가 가지면 좋을 습관이다.

기록이 힘을 발휘하는 순간은 의외로 많은데 초보강사 시절 오프닝 멘트를 하기 위해 메모 내용에서 강의 주제에 맞는 명언이나 동기부여에 좋은 말들을 통째로 외워 강의를 시작하기도 했다. 내가 전하고자 하는 말을 잔뜩 준비해서 내가 하고 싶은 말만 하다 보니 강의는 간결하게 정리되지 못한 느낌이었다. 의외로 교육생은 자신이 관심 있는 분야에만 집중한다. 즉 강사는 교육생의 현재 고민과 어려움, 해결하고 싶어 하는 문제들을 파악하는 것이 우선인데 그것을 간과했던 것이다.

다양한 강의 경험을 통해 어깨에 힘을 빼고부터는 교육생들이 진짜 원하는 것은 내 지식을 뽐내는 것이 아니라 지식 더하기 재미와 공감, 그리고 활용방안, 즉 '행동으로 이끄는 것'이 우선이라는 것을 알았다. 강사는 강의를 할 때 도입 부분과 결말 부분에서는 동기부여와 재동기부여를 해야 하기 때문에 적절한 감동과 마음을 울릴 만한 울림의 메시지가 꼭 필요하다. 그래서 그들이 당장 뭔가를 해보고 싶다는 마음이 들 정도로 임팩트 있는 말, 마음을 움직일 수 있는 언어로 동기부여를 한다.

사람의 마음을 움직이게 하는 것은 화려한 언변이나 멋진 문구만은 아니다. 내 강의를 풍요롭게 하기 위해서는 언어의 선택에 공을 들이자. 필이 꽂히는 어휘에 욕심을 부려도 괜찮다. 그 노력의 일환으로 강의메모노트를 활용하는 것이다.

좋은 내용은 통째로 암기하기도 하고 짬이 날 때 찾아보며 리마인드 했다가 강의의 소재로 사용하고 있다. 반응이 좋으면 자주 활용한다. 그다음부터 메모의 내용은 일부러 외우지 않아도 자연스럽게 내 것이 되어 적재적소에서 강의를 알차게 꾸며주는 효자노릇을 톡톡히 한다. 메모지, 스마트폰의 메모 앱을 사용해 그때그때 떠오르는 좋은 말, 이로운 말과 상황, 핵심키워드를 적어둔다. 나는 메모노트에 직접 필사를 하는 편인데 권장하는 방법 중 하나다. 먼저 노트를 반으로 접어 한쪽 면은 검은색 볼펜으로 메모내용, 반쪽은 파란색 볼펜으로 내 생각과 강의적용분야를 메모해둔다.

강의에 사용하는 메모필사노트는 노트의 양이 많아지면서 얼마 전 컴퓨터에 폴더를 만들어 문서로 정리 작성해 두었더니 한결 정리가 된 느낌이다. 메모를 종이에 적거나 폴더에 문서로 저장하는 일 모두 적지 않은 수고가 필요한 일이다. 글로 남기는 기록을 하는 수고로움은 강사라면 꼭 습관으로 만들어두길 바란다. 내가 강의하는 분야의 전문가가 될 수 있는 소소한 자료는 쌓여서 나만의 빅데이터가 되어 그 어느 것과도 바꿀 수 없는 돈이 되는 나의 보물노트가 될 테니 말이다.

교육생과 소통을 위한 작은 노력과 수고로움이 내 강의를 더욱 알차고 풍요롭게 만들어 주는 밑거름이 될 것이다. 교육생과의 소통을 친밀하고 자연스럽게 이끌어갈 때 평소에 기록해둔 메모를 활용해보라. 기록의 힘을 느끼게 될 것이다.

## 네트워킹, 지금 만나는 사람들이 곧 재산이다

비즈니스에서 SNS의 인맥의 중요성이 떠오르고 있다. 물론 너무 많은 관계 속에서 힘들어하는 부작용도 생겨나고 있다. SNS의 매력은 특별한 백그라운드가 없어도 내가 관심 있는 분야의 사람들과 연결되어 교류할 수 있다는 점이다. 잘 모르는 사람도 한 사람 정도만 건너면 쉽게 알 수 있을 정도로 가깝게 연결되어 있다. 정말 21세기는 초연결 시대로 모든 것이 연결되어 있고 그것을 활용하느냐 활용하지 않느냐 역시 개인의 선택인 시대이다.

### 인맥 형성, 관계 맺기의 시작

만나는 모든 사람을 내 인맥의 네트워크로 만들기는 쉽지 않다. 오프라인 강사 모임에서 명함을 주고받으며 인맥을 교류하는 모습은 강사모임에서 흔히 볼 수 있는 모습이다. 너무 많은 사람과 명함을 교환하다 보면 관리가 되지 않아 사실 한 번 정도의 인연으로 끝나는 경우도 있다. 내가 노력하고 공들이지 않으면 관계의 지속이 어렵다는 점이다. 만남이 있고 난 후에는 문자로라도 서로의 안부를 묻는 관계로 남으려면 말이다. 그런데 여기서 우리가 생각해 보아야 할 것이 있다.

많은 사람들은 온라인의 네모난 세상에서 만난 카카오스토리 친구라고, 블로그 친구라고 내가 아는 사람이니까 인맥이라고 생각한다는 것이다. 하지만 이렇게 안다고 다 인맥이라고 할 수는 없다. 유명인과 지나치다 한 번 인사했다고 그와 나의 인맥이 형성되지는 않는다. 물론 친밀감은 형성될 수 있다. 하지만 인맥이란 서로 안부 정도는 주고받으며 시간 내서 식사나 차를 함께할 정도는 되어야 한다. 만남은 우연일 수 있지만 관계는 노력이 필요하다는 말이 있다. 인맥관리를 떠나 관계에 공을 들여야 그것이 인맥이다. 사소한 차이지만 분명히 차이는 있다. 명함교환을 계기로 서로 지속적으로 안부를 챙기고 나의 소식을 전할 수 있는 그런 관계가 인맥이다. 알고는 있지만 서로 연락을 주고받기 어렵고 부담스러운 관계라면 그냥 아는 정도의 관계라고 할 수 있다. 명함만 가지고 있다고 그 사람과의 인맥이 유지되는 것은 아니기 때문이다.

강사도 결국은 사람을 만나고 관계를 만들어가는 비즈니스 관점에서 본다면 관리가 아닌 관계라는 인맥의 본질을 알고 관계를 맺어 가야 한다. 그래야 자연스러운 인맥이 형성되는 것이다.

### 같이의 가치를 아는, 함께 성장하는 인맥

인맥과 관계형성, 업계의 정보교환 등을 위해 강사들도 크고 작은 모임에 참석하며 인맥을 형성한다. 우선은 모임에서 무엇인가 자신의 이익만을 우선시하고 내 것은 내놓지 않으려고 하면 그 관계는 오래가지 못한다. 모임에 참석하는 이유가 인맥을 쌓기 위한 것이라면 그

관계에 먼저 집중해야 한다. 관계가 아닌 내 이익을 먼저 챙기려 든다면 꼭 문제가 생긴다. 준 만큼 꼭 챙기려는 마음도 트러블의 원인이 되기도 한다.

내가 조건 없이 도와주었을 때 상대방도 조건 없이 내게 힘이 되어준다. 몇 년 전 육아로 지방의 강의를 원활하게 소화할 수 없어 서울과 수도권만 강의를 했는데 강의를 하는 날보다는 강의를 하지 않는 날이 더 많았을 때 지역에서 알게 된 강사모임이 내겐 무척 소중한 인연으로 남아 있다. 그 모임이 더욱 귀하게 느껴지는 것은 인간적인 배려와 서로를 대할 때의 겸손함, 분야별 전직 경력이 다양했고, 모두가 자신의 분야에서 전문가여서 도움을 많이 받았기 때문이다. 서로 다른 각자의 재능을 나눌 줄 알았으며 무엇보다 배움을 즐기는 멋진 선생님들이었기 때문이다. 내 것을 챙기기보다는 내 것을 더 주려고 했던 모임이었기에 함께 성장할 수 있는 모임이었다. 이렇듯이 사람과 만나는 일은 진짜 눈앞의 계산이 아니라 좋은 사람들과 함께 나누는 교감이 우선되어야 한다. 정말 중요한 때 내가 그들에게 도움을 받을 수도 있고 나 또한 힘이 되어줄 수 있는 그런 관계를 만들어 나가야 한다.

강사라는 직업으로 교육을 하다 보면 정말 많은 사람들과 만나게 된다. 한번 스치는 인연일 때도 있고 몇 년에 걸쳐 소중한 인연으로 남는 사람도 있다. 교육을 통해 만나는 모든 인연에 겸손하고, 신중하며, 감사하게 해준 시를 한 편 소개하며 맺으려 한다.

방문객

사람이 온다는 건
실은 어마어마한 일이다.
그는
그의 과거와
현재와
그리고
그의 미래와 함께 오기 때문이다.
한 사람의 일생이 오기 때문이다.
부서지기 쉬운
그래서 부서지기도 했을
마음이 오는 것이다.
그 갈피를
아마 바람은 더듬어볼 수 있을
마음,
내 마음이 그런 바람을 흉내 낸다면
필경 환대가 될 것이다.


– 정현종 시집,《광휘의 속삭임》(문학과 지성사) 중에서

## 참고문헌

《The art of public speaking》, Lucas
《기업의 성과를 이끄는 사내강사매뉴얼》(김경태)
《마음을 사로잡는 파워스피치》(김은성)
《스피치 커뮤니케이션》(임태섭)
〈M〉, economy magazine, september, 2017
"어떻게 말할 것인가?", TED(카민갤로)

## 보통사람 강사되기

| | |
|---|---|
| **초판 1쇄 발행** | 2018년 1월 5일 |
| **초판 2쇄 발행** | 2023년 8월 31일 |
| | |
| **지은이** | 문현정 |
| **발행인** | 조현수 |
| **펴낸곳** | 도서출판 더로드 |
| **마케팅** | 최문섭 |
| **편집** | 정민규 |
| **디자인** | 호기심고양이 |
| | |
| **본사** | 경기도 파주시 초롱꽃로17 303동 205호 |
| **물류센터** | 경기도 파주시 산남동 693-1 |
| **전화** | 031-942-5364,5366 |
| **팩스** | 031-942-5368 |
| **이메일** | provence70@naver.com |
| **등록번호** | 제2015-000135호 |
| **등록** | 2015년 06월 18일 |

정가 17,000원

파본은 구입처나 본사에서 교환해드립니다.